魔法使いは完全犯罪の夢を見るか?

東川篤哉

文藝春秋

目次

装画　Ｍｉｎｏｒｕ
装丁　関口信介＋加藤愛子（オフィスキントン）

魔法使いは完全犯罪の夢を見るか？

魔法使いと
さかさまの部屋

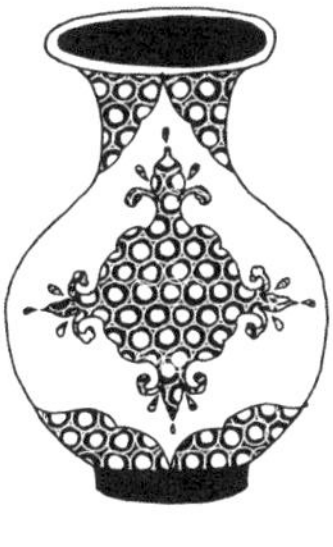

1

「殺しなら撲殺《ぼくさつ》がいちばんだ。それが最も簡単だし、時間も掛からない」

重量感のある渋い低音が応接室に響く。ポロシャツ姿の中年男性、南源次郎《みなみげんじろう》が「撲殺で決定だ、いいな君たち」と念を押すと、居合わせた人相の悪い二人が揃って頷《うなず》いた。

そのうちのひとり、高橋健吾《たかはしけんご》がワイシャツの腕をまくりながら深刻な顔でいう。

「でも、殴って殺すだけでは駄目でしょう。捜査の目を欺《あざむ》く工夫が必要です。例えば――」

「密室だ」紺のジャケットを着た男、島尾圭一《しまおけいいち》が先回りしていう。「密室殺人がいい。誰ひとり侵入できない閉ざされた空間の中で殺害する。これぞ究極の完全犯罪――」

「待てよ、島尾」と高橋が相方の話を遮《さえぎ》った。「密室なんて現実的じゃない。俺は現実的なアリバイトリックこそが理想の殺人だと思うな。新宿で犯行がおこなわれた時刻、犯人は遠く離れた八王子にいた、みたいな――」

「くだらん」島尾がテーブルを叩く。「そもそもアリバイ崩しなんてビジュアル的じゃない」

「なんだと」高橋は腰を浮かせると、「人を殺そうってときにビジュアルもクソもないだろ」

いがみ合うように顔を突き合わせる高橋と島尾。そんな二人を悠然と眺めながら南源次郎は
「ビジュアルは大事だ」と断言していった。「なにしろ、これは映画なんだから」

殺しは美しく鮮やかにあるべし。源次郎の低音が応接室に響き渡ると、いがみ合う二人は神からの福音を聞いたように、たちまち従順になった。

「ですよね監督。これは映画ですもんね!」

「監督のいうとおり、これは映画でした!」

判ればよろしい、というように源次郎は頷くと、気分を変えるようにソファからひとり立ち上がる。窓辺に歩み寄って、カーテンの隙間から外を覗《のぞ》く。午後十一時が迫った夜の闇の向こうに、小さな明かりが見える。明かりの中には人の動く気配。それを確認した源次郎は、さりげなく窓辺を離れた。

「議論ばかりでは息が詰まる。しばらく休憩にしよう。君たちも、ゆっくりしたまえ。わたしは煙草を吸ってくるとしよう」

「おや、監督、煙草はおやめになったのでは?」島尾がひやかすように突っ込むと、

「――う!」源次郎は、痛いところを衝《つ》かれて、言葉に詰まる。だが彼は懸命の作り笑顔でこう答えた。「いや、最近、また吸いはじめたんだよ。長年の習慣はやめられんものだ。じゃあ、いってくるよ」

踵《きびす》を返そうとする源次郎に、今度は高橋が余計な気を利かせる。

「ここで、お吸いになってください、監督。僕も島尾も、煙草は吸いませんけど、監督が吸うの

は全然平気ですから。なあ、島尾」

するとが島尾のほうも、「もちろんです、どうぞどうぞ」と寛大な振る舞い。仕事仲間の優しい心遣いに、源次郎は丁寧に感謝の言葉を述べ、返す刀で、煙草の副流煙が人体に及ぼす悪影響と発ガンのリスクについて若干の説明を加え、あらためて宣言するようにいった。

「いいね、そういうことだから、わたしはひとりで煙草を吸ってくる。文句はないね」

さすがに文句をいう者はいなかった。源次郎は念願かない、ただひとりで応接室を出た。

後ろ手に扉を閉めた源次郎は、「ふぅ危なかった」と廊下でそっと額の汗を拭《ぬぐ》う。本当のことをいえば実際、煙草はやめたのだ。ただ今日に限っては、どうしてもひとりでみんなの前を離れる必要があった。そこで島尾と高橋が嫌煙派であることを利用して、敢えて煙草を口実に使ったのだ。自分では「ナイスアイデア、これなら成功間違いなし」と思っていたのだが、実際には酷《ひど》くギクシャクした成り行きになってしまった。

「なかなか計画どおりにはいかないものだ。撮影の現場と同じだな……」

波乱含みの展開を予想して、源次郎は思わず溜め息。だが、計画を実行する意思に変化はない。源次郎は廊下を早足で進み、屋敷の玄関からこっそり外に出た。

季節は春。桜の季節は過ぎて、庭ではツツジが満開だ。闇の中で咲き誇る花たちを尻目に、源次郎は庭の外れにある離れへと向かう。芝生の敷かれた広い庭を突っ切ることが、離れへの最短距離だ。と、そのとき、彼は数メートル先に思いがけず人影を発見した。

芝生の庭の中央で、月明かりに照らされながら佇《たたず》んでいるのは、ひとりの女性だった。

いや、女性というより少女と呼ぶべきだろうか。長く美しい栗色の髪を顔の左右で三つ編みにしたその少女は、月の浮かぶ夜空を眺めていた。濃紺のワンピースに、純白のエプロン姿。右手には背丈ほどの長さの棒のような物体を持っている。

少女はあたりを窺《うかが》うように首を振る。背中に掛かる三つ編みが左右に揺れて、青く輝いた。

源次郎はギクリとして、いったん植え込みの陰に身を隠す。なんだ、彼女は？　いや、判っている。彼女は南家に新しくやってきたばかりの家政婦。手に持っていた長い棒は、彼女が愛用する竹箒《たけぼうき》だ。しかし、こんな夜中に彼女はいったいなにを？　深夜の掃除でもはじめる気か。源次郎は植え込みの陰から顔を覗かせ、再び彼女の様子を窺った。

「――おや!?」

少女はすでにいなくなっていた。好都合な展開に、源次郎は「よし！」と快哉《かいさい》を叫び、そして事の異常さに気づいて「ん!?」と首を傾げた。彼女はどこに消えたのだ？　さっきまで庭の真ん中にいたはずなのに、一瞬で掻《か》き消えるようにいなくなってしまった。

「人間消失!?　瞬間移動!?」源次郎はぶるっと首を振り、「いや、いまはどうでもいい――」

余計な思考を断ち切ると、彼はまっすぐ庭を突っ切って、最短距離で離れへとたどり着いた。玄関に立ち呼吸を整える。耳を澄ませば、自分の心臓の音が聞こえてきそうだ。

緊張で汗ばむ手に、まずは落ち着いて手袋を装着。それから、源次郎はおもむろに扉のノブを握った。源次郎は堂々と勢いよく扉を開けた。

窓辺付近に佇んでいた人物が、こちらを振り向く。源次郎の妻、佐和子《さわこ》だ。胸元の開いたニットのシャツに鮮やかなハイビスカスがデザインされたスカート。五十半ばの女性としては、いささか派手すぎる装い。しかも深夜だというのに念入りなメイクだ。

そんな佐和子は最初、待ちわびたかのような表情。だが、直後には落胆と困惑の表情に変わった。その表情の変化、普段とは違う装い、濃い化粧、どれをとっても源次郎の気持ちを逆なでするものばかりだった。

源次郎は無言のまま妻との距離を詰めた。佐和子の顔に、戸惑いと恐怖の色が濃くなる。

「あなた……どうして、ここに⁉」

「なに、ちょっと休憩だよ。そういう君のほうこそ、こんな時間に離れでなにを？」

「いえ、わたしはべつに……」

「誰かと待ち合わせかな」源次郎は抑揚のない声でいった。「紺野《こんの》君なら、こないよ」

「べ、べつに紺野さんを待っているわけでは……」そういいかけた佐和子は、ハッとした表情を浮かべ、夫に疑惑の視線を向けた。「まさか、あなたがあのメールを！」

「あのメール⁉　あのメールとは、どのメールのことかな⁉」

「とぼけないで！　まったく、どういうつもりなの。こんなの卑怯《ひきよう》よ。犯罪だわ！」

佐和子は怒りに顔を紅潮させながら、ぷいっと踵を返して、源次郎に背中を向ける。自分の立場を誤魔化《ごまか》そうとする思いが強すぎて、いまの彼女はむしろ驚くほど無防備だ。

「犯罪⁉　いやいや、こんなのは犯罪じゃない」源次郎は本棚の上に置かれた花瓶を右手で強く握った。「犯罪というのはね――」彼は妻の背後に忍び寄ると、頭上より高い位置まで花瓶を持ち上げた。「こういうことだよ！」

源次郎は一直線に花瓶を振り下ろした。

数秒後、源次郎は荒い息を吐きながら、ピクリともしない妻の姿を見下ろしていた。

「見ろ。やっぱり殺しは撲殺がいちばんだ。簡単だし、時間も掛からない。それに――」源次郎は右手に握った花瓶を見詰めて呟いた。「撲殺なら片手で済む」

そして源次郎は、血のついた花瓶を本棚の上に戻した。

ただし、花瓶の口を下向きにしながら――

2

八王子市暁町《あかつきちょう》に住む映画監督、南源次郎の自宅で殺人事件発生。報せを受けた八王子市警察の若手刑事、小山田聡介《おやまだそうすけ》は自宅から直接、現場へ急行した。甲州街道から東京環状を北へ向かう。中古で購入した年代物の白いカローラが聡介の足だ。本当は赤いフォルクスワーゲンが欲しかったのだが、街で偶然見かけた指名手配犯を自分の車でこっそり尾行するような場合のことを想定すると、断念せざるを得なかった。ワーゲンでこっそり尾行は、ドイツ人でも無理だろう。もっとも、指名手配犯を八王子で偶然見かけることも、滅多にないが。

そんな聡介は古びた愛車を励ましつつ、南源次郎の家のことを考える。以前、彼の家の前を通ったことがある。さすが有名映画監督の自宅というだけあって、それはそれは泥棒に入りたくなるほどの立派なお屋敷だった。いや、もちろんそれは聡介が警官になる前の話。大学生時代、なぜか毎日お腹をすかせていた彼の中に、ふいに浮かんだ出来心というやつだ。実際に泥棒する人間なら、いまごろ警察官にはなっていない。たぶん。

やがて、聡介の運転するカローラは無事、南邸に到着。門前には、すでに数台のパトカーがペンギンの行列のように綺麗に並んでいた。車を降りた聡介は、制服巡査に案内されて、死体の発見された現場へと向かう。現場は敷地の片隅にある、小さな離れだった。

平屋建ての離れは、白い壁に赤い瓦屋根を乗せたシンプルな外観。一見して、画家のアトリエのような雰囲気だな、と聡介は思う。画家のアトリエを見たことはないけれど。

扉を開けて中へ入る。忙《せわ》しげに現場を這《は》いずり回る鑑識課員。朝なのになぜかすでに汗臭い男性捜査員たち。そんなどんより澱《よど》んだ空気の殺人現場に、ひとり颯爽《さっそう》と佇む花一輪。『八王子市警の椿姫』こと椿木綾乃《つばきあやの》警部である。聡介は甘い蜜に誘惑された蜂のように、麗《うるわ》しの上司に駆け寄った。

「おはようございます、椿木警部。朝から殺人事件をご一緒できて光栄です」

「妙な挨拶《あいさつ》はいいから、あんまり大きな声出さないで」

警部は眼鏡の奥から恨《うら》むような視線を送り、こめかみを指で押さえる。「今日、頭痛いのよねー。ゆうべ、呑みすぎちゃってさー」

だが、顰《しか》めた横顔も魅力的。そんな彼女は捜査畑一筋の女性警部で独身。最近ひとつ年を重ねて現在三十九歳という微妙なお年頃、というか絶妙なる年齢へと足を踏み入れたばかり。表向きクールな彼女も心中穏やかではないらしく、ときに怒り、ときに泣き、ときに部下や容疑者につらく当たっては、溜まったストレスを解消する日々である。

「ところで小山田君」椿木警部は、いきなり真剣な顔で尋ねてきた。「よーく見てごらんなさい。なにか気づくことはない？」

いわれたとおり、聡介は椿木警部をよーく見た。

光沢を放つグレーのスーツ。腰に張り付くタイトなスカートは、ギリギリ膝頭《ひざがしら》が覗く長さ。そこから伸びる二本の脚は見事な曲線美を描き、引き締まった足首は鍛えられた一流アスリートのよう。実際、聡介の同僚の中には、彼女の逆鱗《げきりん》に触れた挙句に、渾身《こんしん》のローキックの餌食になった者が約数名。それはそれで羨《うらや》ましい。いっそ自分もあの脚に蹴られたい、と密かに倒錯した願望を抱く聡介は、変態でしょうか。いいえ、誰でも。

それはともかく、警部の様子は普段どおりに見える。「髪でも切りました？」

「切ってない！　ていうか、誰がわたしを見ろといった！」警部は肩に掛かる髪を右手で押さえながら、「この部屋の様子を見て、なにか気づかないかって、いってるの！」

「ああ、部屋ですか、そうですか」

そういえば、ここは殺人現場で自分は現場検証の最中だった。重要な現実を思い出した聡介は、あらためて現場の様子を眺めた。

画家のアトリエのように見えた離れだが、中はお金持ちの書斎といった雰囲気である。いや、本来は落ち着いた書斎で間違いなかったのだろう。だが、いま聡介が目の当たりにしている部屋は、ひどく不自然でぎくしゃくした空間になっていた。

壁に油絵が掛けられている。富士山を描いた風景画だ。富士山はさかさまになっている。いわゆる《逆さ富士》が描かれているわけではない。普通に描かれた富士山の絵が、額縁ごとさかさまに飾ってあるのだ。

「油絵だけじゃないわよ。ほら、そこも……そこも……」

警部の指差すほうに目をやれば、そこにあるのは一台のテーブルと二脚の椅子。本来は、テーブルを挟んで向かい合っているはずの椅子は、互いにそっぽを向くように配置されている。向きが逆だ。一方、テーブルはひっくり返った亀のように、天板を下にして四本の脚が上向きになっている。上下が逆だ。

部屋の角のテレビ台には大型テレビがある。スタイリッシュなデザインを誇る《最新の》大型ブラウン管テレビ。薄型テレビが標準となったいまでは、要するに時代遅れの代物なのだが、これも見事にさかさまだ。テレビの天地が逆になっている。

テレビ台の棚に配置されたＤＶＤプレーヤーも天地が逆の状態で、なおかつ壁のほうを向いている。これではＤＶＤが出し入れできない。本棚の上のミニコンポも同様だった。

台の上の固定電話はひっくり返され、受話器が外れていた。文字盤のないお洒落な時計は三時四十分を示していた。時計本体がさかさまになっているから、そう見えるだけで、実際の時刻は午前九時十分である。

要するに、部屋の中の家具や家電製品などの多くがさかさまになっているのだ。あるものは上下が逆に、あるものは向きが逆に、あるものは上下も向きも両方逆になっている。

まるでこの離れ全体が、さかさまの魔法をかけられたかのようだ。

「これはなんの冗談ですか。部屋中のすべてのものがさかさま、なんて！」

呆気《あっけ》に取られて聡介は叫ぶ。だが、そんな彼の言葉を、椿木警部は冷静に訂正した。

「すべて、というのは言い過ぎね。さかさまになっていないものも、たくさんあるわよ」

確かに、警部のいうとおりだった。例えば、壁際の本棚。並べてある本は通常どおりだ。あるいはテレビの横にあるＤＶＤラック。そこにはざっと見て、数百枚のＤＶＤがコレクションされているが、さかさまにはなっていない。その他、ペン立てや水差しなど、普通の状態のものも結構ある。

「なんで、物によって差がついているんでしょうか」

「本やＤＶＤなんかは数が多すぎて、さかさまにするのが大変だったからじゃないかしら。一方、ペン立てや水差しは、さかさまにしにくい。だから敢《あ》えて手をつけなかった」

「なるほど。いずれにしても、このさかさまの殺人現場を作った張本人は、彼女を殺した犯人自身と見ていいんでしょうね」

そういって聡介は部屋の中央に横たわる《彼女》について、いまさらのように確認した。

「ところで殺された彼女、ひょっとして映画監督、南源次郎氏の奥さんでは？」

「そうよ」警部はさらりといった。「南佐和子。旧姓、岡島《おかじま》佐和子さんよ」

岡島佐和子といえば、聡介が子供のころには『二時間ドラマで岡島佐和子が出てきたら、八十パーセントの確率で犯人か死体』といわれるほどの人気女優だった。そんな佐和子も南源次郎監督との結婚を機に芸能界を引退。南佐和子となって以降は表舞台に立つことはほとんどなかった。

ちなみに佐和子の父親も岡島光之助《こうのすけ》という昭和を代表する名監督である。彼の代表作『任俠探偵　花籠竜次』はヤクザ映画のバイオレンスと本格ミステリのロジックを融合させた超斬新な推理ヤクザ映画で、一部のマニアに絶賛され十日で上映打ち切りとなったという伝説を残している。ちなみに、いま聡介たちがいる屋敷も、もともとは岡島光之助が建てたものだ。ハリウッドのセレブが住むような豪邸には、数え切れないほどの部屋数があり、地下には本格的な映写室まで備わっているという。まさに巨匠の住む家である。

そんな岡島光之助監督もすでに他界して二年になる。そしていま、父の後を追うように実の娘もまた天に召されたというわけだ。

聡介は椿木警部と一緒に、かつての人気女優の変わり果てた姿を丹念に観察した。

南佐和子の顔は綺麗だった。容貌は引退当時と比べれば多少の衰えを隠せないとしても、それでも同年齢の女性と比較すれば、遥かに若々しくて美しいものだ。そんな彼女は、後頭部を殴打されたらしい。他に目立つ外傷はないから、これが致命傷と見てまず間違いはない。撲殺というわけだ。

「背後から忍び寄り、いきなり後頭部を凶器で一撃ってところね。そういえば――」

椿木警部はふと思いついたように、本棚の上に置かれたさかさまの花瓶に歩み寄る。手袋をした手で花瓶の首の部分を持つと、その重量感を確かめるように軽く振ってみる。

「よーく見て、小山田君、この胴の部分を」

いわれるまま、聡介は椿木警部の胴の部分を、あらためてよーく見た。膨《ふく》らんだ胸の魅力もさることながら、引き締まったウエストラインに聡介は彼女のストイックな日常を垣間見る。さらに、腰から臀部《でんぶ》へとなだらかに広がっていく絶妙な曲線美に至っては、神々しさのあまり両手で拝みたくなるほどである。

すると、椿木警部は自らの身体に注がれる邪《よこしま》な視線を察知してか、不埒《ふらち》な部下の鼻面に花瓶をずいと突き出した。

「あたしの、じゃなくて、花瓶の胴体を見ろといっている！」

男勝《おとこまさ》りな怒りの言葉とともに、必殺のローキックが飛んでくるのではないかと期待した聡介だったが、警部は威嚇《いかく》するように靴の踵《かかと》で床を鳴らしたのみ。多少の落胆を覚えながら、聡介はようやく花瓶の胴体部分に顔を寄せる。赤い絵柄のように見えたものが、実は真っ赤な血のりだと判る。

「これが凶器ってことですか」

「ええ、そうよ。まず間違いないわね」警部は花瓶を本棚の上に戻すと、再び佐和子の死体に歩み寄った。「ところで、この服装について、なにか思うことはない？」

「服装について、というのは――」聡介は上司の質問の意図を慎重に確認した。「被害者の服装について、ですね？　警部の、ではなくて」

あったりまえじゃん、あたいが自分の服装について感想を求めるわけないじゃんかあ！　と次第に言葉遣いが乱れていく上司を尻目に、聡介は涼しい顔で死体を眺める。

さかさまの現場に転がる変死体。ならば、死体そのものにもさかさまの要素があるのではないか。例えば、服が後ろ前とか裏返しとか。あるいはスカートを腕に通しブラウスを脚に穿《は》くみたいな。だが聡介の見たところ死体の服装にさかさまの要素はなかった。

とはいえ、気になる点もなくはない。

「被害者の服装、ちょっと派手目ですね。それに化粧もバッチリだ。ひょっとして南佐和子は、この離れで誰かと会っていたのでは？」

「そう、男よ」警部は指先で眼鏡を押し上げて断言した。「夜中に人妻がお洒落して会うのだから、相手は当然、夫以外の男性に違いない。つまりこれは泥沼の不倫劇の果てに、愛憎の縺《もつ》れが引き起こした悲劇の殺人。――ふッ、どうやら見えてきたじゃんよ、この事件」

警部には見えるらしい。大方、佐和子の不倫相手が犯人、とでも考えているのだろう。

「愛憎の縺れはいいですが、このさかさまの殺人現場は、どういう意味があるんですか」

「意味なんか、考えちゃ駄目。これは警察の捜査を攪乱《かくらん》するための目くらましよ。無闇に重要視すれば、かえって犯人の思う壺ね」

「………」本当に⁉　本当にこれだけの念入りな作為が、単なる目くらましだと⁉

いささか短絡に過ぎる上司に懸念を抱きつつ、かといって聡介にも特に主張できる考えはなかった。聡介は沈黙するしかない。その一方で、事件がすでに見えている椿木警部は、余裕の笑みを浮かべながら、捜査を次の段階に進めた。

「じゃ、とりあえず第一発見者の話を聞いてみるとしましょ。で、第一発見者は誰？」

警部の問いに答えたのは、傍《かたわ》らに控える若杉《わかすぎ》という新米刑事。彼の言葉によれば、離れの死体を発見した人物は、この家に雇われたばかりの可愛いお手伝いさんらしい――


やがて聡介たちの前に現れたのは、おとなしそうな女の子だった。襟元と袖口に純白のレースをあしらった濃紺のワンピース。そして、お手伝いさんの象徴である純白のエプロン。栗色の髪は綺麗な三つ編み。靴はシンプルな黒のローファーだ。そんな彼女を、若杉刑事は《可愛い》と形容したが、聡介にいわせれば《幼い》だ。スタイルはいいし顔立ちも整っているから将来的には有望だが、現時点では成熟した大人の色香には及ばない。充分勝ってますよ、椿木警部！

聡介が麗しの上司に視線を送ると、警部はぶるっと身体を震わせ、少女のほうを向いた。

「第一発見者のあなたに聞きたいことが――いえ、その前に、あなたの持ってるその箒、玄関先に置いてきてもらえるかしら。そう、それでいいわ――じゃ、まず名前から」

聞かれて、少女が小さな声で名乗ったのは「立川良子《たちかわりようこ》」という地味な名前。立川市役所の住民票交付願いの記入例にあるような名前だな、と聡介は思う。偽名じゃないのか？

だが気にせず警部は質問した。「あなた、最近この屋敷にきたそうだけど、いつから？」

「み、三日前――でございますわ」と少女はとってつけたような丁寧語。

「三日前!?　本当に最近なのね。それまでは、どこでなにを？」

「べ、べつのお屋敷で、お手伝いさんを、なさっておいででした」

なさっておいでだったのか。いったい彼女、誰を尊敬しているのやら。

「そう。じゃあ、今朝のことを聞くわ。離れで死体を発見した経緯を聞かせてちょうだい」

「今朝は午前七時に起きて、八時まで朝食の支度を。ところが支度が済んでも、奥様がいっこうに姿を見せないものですから、いったいどこにいきやがったのかと、わたくし心配になって庭に捜しに参ったのでございます。そのとき、離れの扉が薄く開いていらっしゃることに気が付きました。きっと奥様がいるに違いないと、そうお思いになったわたくしはさっそく中を覗かれました。すると部屋の真ん中に奥様がぶっ倒れており、それを見たわたくしは思わず悲鳴をおあげになったのでございますわ」と、少女は澱みなく答えた。

証言内容から察するに、お手伝いの少女にとって奥様は尊敬の対象ではないようだ。なんとなく判る気もするし、単に敬語の使い方を間違っているだけのような気もする。

「あなたが死体を発見したとき、この部屋の様子はすでにこんなふうだったのかしら」

「はい。テレビもミニコンポも絵画も花瓶も、全部さかさまになっていらっしゃいました」

少女に不自然な様子はない。不自然なのは言葉遣いだけだ。

「あなたの悲鳴を聞いて、誰か駆けつけてきた人は？」

「ええ。旦那様とその仕事仲間の方がお二人、いらっしゃいました。三人は徹夜で新作映画の構想を練っていたのだとか。その後は、もう大騒ぎでなにがなんだか――」

「無理もないわね。ところで、警察に通報したのは誰？」

「旦那様ですわ」少女は正しい日本語でいった。「あの騒ぎの中、旦那様はとても冷静でいらっしゃいました。けっして取り乱すことなく、みんなを離れの外に出してから、ご自分の携帯電話で警察に通報なさいました。とても立派な態度でいらっしゃいました」

聞きたいことを聞き終えた椿木警部は、「ありがとう、もういいわ」といって少女を下がらせた。少女は両手を揃えてペコリと一礼。踵を返して玄関を出ていく。緊張から解放された少女の背中には安堵《あんど》の色が窺える。そんな彼女の背中に、聡介は玄関先からふいに声を掛けた。

「――あ、ちょっと、立川さん！」

だが立川良子を名乗る少女は、自分が呼ばれたと気づかないかのように数歩前進。それからビクリと背筋を伸ばし、慌てた表情を聡介に向けた。「――な、なんでしょう？」

聡介は玄関先に取り残された彼女の商売道具を手にして、ひと言。「忘れ物だよ」

少女は「あ、いけない」といって聡介のもとへと引き返すと、彼の手から愛用の竹箒を大事に両手で受け取った。「ありがとうございます」と照れくさそうにいいながら、小さくお辞儀する彼女。顔の左右でぴょんと跳ねる三つ編みを眺めながら、なるほど若杉刑事のいうように彼女は《可愛い》のかもしれない、と聡介は少しだけ考えを改めた。

3

間もなくおこなわれた検視の結果、死因は後頭部を鈍器で殴打されたことによる脳挫傷《のうざしよう》。死亡推定時刻は昨夜の午後十一時前後と判断された。

それらの情報を手に、椿木警部と小山田聡介は屋敷の応接室にて南源次郎と対面した。お手伝いの少女もいっていたが、突然に妻を失ったこの状況の中、源次郎はよく平静を保っていた。というより、やや平然としすぎている、というのが聡介の第一印象だった。

椿木警部は型どおりのお悔やみの言葉を述べてから、さっそく質問に移った。まず、死体発見時の状況を尋ねてみる。だが源次郎の答えに目新しい部分はなかった。要するに、源次郎は徹夜明けの午前八時過ぎに、離れの方角から響く少女の悲鳴を聞き、事件の発生を知ったというのである。少女が語った話と矛盾するところはない。

ならば、とばかりに椿木警部は、質問の矛先を昨夜の屋敷の様子へと向ける。

「昨夜、生きている奥様を最後に見かけたのは、いつでしたか」

「午後九時ぐらいだな。そのころに、わたしは仲間たちと応接室にこもったんだ。だから、その直前にリビングにいる彼女の姿を見たのが最後だったと思う」

「それ以降、仕事仲間の二人とともに、新作映画の構想を練っていたわけですね」

「いや、厳密にいうと二人ではなくて三人だ。チーフ助監督の島尾圭一、脚本家の高橋健吾、それとわたしの三人で徹夜したことは事実だ。しかし、昨夜はもうひとり若い脚本家の紺野俊之《としゆき》という男がいた。もっとも、紺野は用事があるとかいう話で、午後十一時になる前にひとりだけ帰っていったわけだが」

午後十一時といえば、被害者の死亡推定時刻だ。警部の声に緊張が漲《みなぎ》る。

「そそそ、それは、まま間違いありませんか。たたた確かにじゅじゅ十一時なんですね！」

緊張が漲りすぎて、なにを聞きたいのかよく判らない。

「ああ、そうだ、十一時の少し前だよ。紺野が帰って以降は、ずっと島尾と高橋とわたしの三人だった。ときどき十分程度の休憩を挟みながら、朝まで語り合ったというわけだ」

「なるほど」と頷いた椿木警部は、ふと眼鏡の縁《ふち》に手を当てながら、「失礼ですが、大の大人が三人で夜通しなにを語り合っていたのですか」と、それこそ本当に失礼な質問。

だが源次郎は平然と答えた。彼の話によると、どうやら話題の中心は「完全犯罪」だったそうだ。彼らが構想中の新作映画は完全犯罪にまつわるミステリなのだという。

「完全犯罪といえば」そういって、聡介は例の謎について言及した。「離れの様子をご覧になりましたよね。あのさかさまの部屋をどう思いますか。やはり、あれは犯人が仕掛けたトリックみたいなものなんでしょうか」

聡介の問いに、源次郎はミステリ愛好家としての素顔を覗かせた。

「わたしが思いつく限りでは、あれはエラリー・クイーンが書いた『チャイナ橙《だいだい》の謎』に出てくる殺人現場に似ている。いや、似ているというより、あれをやった犯人は明らかにクイーンを真似する意図があったはずだ。要するに、《あべこべ問題》とか《さかさま問題》とか呼ばれるもので、ミステリの世界では度々取り上げられるテーマでね。鮎川哲也の『悪魔はここに』や、法月綸太郎の『中国蝸牛の謎』などがそうなんだが」

「では、犯人はミステリマニアで、敢えてそのような殺人現場を作り上げたと？」

「その可能性はあるね。だが、逆にミステリマニアでもなんでもない人間が、マニアの犯行に見せかけるため、現場にそのような装飾を施した、とも考えられる」

「だからいったでしょ、小山田君」椿木警部が口を尖《とが》らせる。「その問題については、考えても無駄なのよ。犯人の意図なんて、どうせ我々常識人には判りっこないんだから」

椿木警部が常識人過ぎるのか、あるいは長年の警察人生が彼女の好奇心を磨耗させてしまったのか。いずれにしても、彼女はこの興味深い謎について驚くほど冷淡である。

「どうせ犯人にだって深い考えなんかないのよ。きっと思いつきで有名なミステリを真似して面白がったのね。はん、まったく子供じみた犯人だこと。相手してらんないわ」

と犯人を小馬鹿にする椿木警部。その顔をなぜか源次郎が、複雑な表情で見詰めていた。

応接室に漂う妙な空気の中、聡介はもう少しだけ源次郎からの情報収集に努める。

「さかさまじゃない、つまり正常な状態の部屋を最後に見たのは、いつでしたか」

「それなら昨夜の八時ぐらいのことだ。島尾、高橋、紺野の三人が揃ってこの屋敷にやってきた。そのとき、わたしはあの離れの部屋にいてテレビを見ていたのだよ。お手伝いの立川さんは最初三人を離れに案内した。そこで型どおりの挨拶をしてから、わたしたちは揃って屋敷のほうに移動した。そこで軽い食事をした後に、ディスカッションとなったわけだ。もちろん、昨夜八時の時点では、あの部屋はごく普通の状態だった。島尾たちに聞いてもらってもいい。きっと、彼らも同じことをいうだろう」

「では、部屋がさかさまの状態にされたのは、昨夜の八時以降と見ていいわけですね」

「そう。もっというなら午後九時以降だ。その時刻までは佐和子は生きていたのだから」

断定的にいう源次郎に対して、聡介は慎重に反論を述べる。

「なるほど。確かに殺人の時刻は九時以降、検視の結果によれば午後十一時前後だそうです。ですが、部屋がさかさまの状態にされたのは、それより前なのかもしれませんよ。犯人はまず離れの部屋をさかさまの状態にしたうえで、そこに奥様をおびき寄せて殺害した。そういう順序だって考えられる。部屋の模様替えが殺人の後だとは限りませんよね」

「…………」源次郎はしばしの沈黙の後、深く頷いた。「面白い。確かに君のいうとおりだ。しかし君、模様替えが先か、殺人が先か、それで事件のなにが変わるというのかね？」

この問いには、聡介も首をすくめた。

「なに、思い付きを口にしただけです。たぶん、どちらが先でも大差はありません」

「そうだろうとも。どっちにしたところで、死んだ妻は戻ってはこない……」

南源次郎は沈痛な面持ちで、悲しみに耐える遺族の表情を覗かせる。聡介は、いささかの疑惑の念を抱きながら、その顔を眺めた。椿木警部はといえば、疑う気配は微塵《みじん》もないまま、「お気持ち、お察しいたしますわ」と目許を指先で拭うのだった。

源次郎からの事情聴取を終えた聡介たちは、同じ応接室で源次郎の仕事仲間と対面した。チーフ助監督の島尾圭一と脚本家の高橋健吾の二人である。二人の話の大半は目新しいものではなく、ただお手伝いの少女や南源次郎から得た情報を、裏付けるだけのものだった。退屈そうに椅子に座ったまま、だらだらと脚を組む椿木警部。隣で揺れるハイヒールの爪先に目を奪われながら、聡介は昨夜の様子を彼らに尋ねてみる。

「昨夜、お二人は源次郎氏とずっと一緒だったそうですが、本当にずっとなんですか」

「ええ、そうですよ」と島尾が答える。「午後八時ごろにこの屋敷を訪れてから、翌朝、佐和子さんの死体が発見されるまでずっと一緒でしたね。途中で帰った紺野はべつですが」

「でも、トイレにいったり煙草を吸いにいくとかで、一時席を外すことはあったのでは？」

「ああ、それはもちろん」と今度は高橋が答える。「トイレは度々いきましたし、あと、監督が煙草を吸いに出たこともありましたね。あれは十一時ごろだったかな」

午後十一時。何度もいうが、それは被害者の死亡推定時刻と一致する時刻だ。

「そそそ、それは本当ですか。ほほほ本当にじゅじゅじゅ十一時なんですね！」

「なに、興奮してんのよ、小山田君」警部は冷静なまま、靴の爪先を揺らし続けている。

あれ!?　おかしいな。さっきは、似たような場面であれほど緊張を漲らせていた彼女が、なぜ今回の新情報に、これほど冷静でいられるのか。首を傾げながら聡介はさらに質問。

「源次郎氏が煙草を吸うといって中座したのは、どれくらいの時間でしたか」

「ほんの十分程度ですよ」軽い口調で島尾が答える。

「十分もあれば、離れの殺人は可能ですよね。ここから離れまで、歩いて一分も掛からないわけだから、時間的な余裕はある」

聡介の発言に、他の三人はザワッとなった。「無理だ」「無理だよな」「無理じゃんよ」なにが無理なのか、聡介には理解できない。三人の思いを代弁したのは椿木警部だった。

「あのね、小山田君、確かにあなたのいうとおり、十分あれば殺人は可能かもしれない。でも、犯人は現場をさかさまの状況に作り変えているわ。その作業は十分では困難。特に源次郎氏には不可能だわ。あら、その様子だと、小山田君は知らないみたいね」

「知らないって、なんのことでしょう?」

キョトンとして尋ねる聡介の前に、椿木警部は細い指を一本立てていった。

「南源次郎監督はね、左手が不自由なの。日常生活には、それほど支障はないらしいけど、重たいものを持つことは無理なのよ。ところで小山田君も見たでしょ、あの離れにあった馬鹿でかいテレビを」

いわれて聡介は思い出した。殺人現場でひと際目立っていた、さかさまのテレビ。あれは、いまや時代遅れのブラウン管テレビで、画面のサイズはたぶん29インチ。ブラウン管テレビとしては、比較的大きなサイズだ。片手でひっくり返せるものではない。

「ああ、なるほど、そういうことですか」

「そういうことなのよ」警部もゆっくりと首を縦に振る。「だから、源次郎氏にはたった十分で部屋の模様替えは不可能ってこと。いいえ、おそらく二十分あっても三十分あっても、彼には難しいでしょうね」

警部の言葉に、島尾と高橋が揃って頷く。聡介も納得するしかなかった。

島尾と高橋の事情聴取を終えた刑事たちは、応接室を出て屋敷の外へ。満開のツツジの植え込みを縫うように歩きながら、聡介は溜め息混じりに口を開く。

「そうですか、源次郎氏は左腕が利かないんですか。それは知りませんでした」

「有名な話よ。十年も前からそういう状態らしいわ。撮影中の怪我が原因なんだって」

だから警部は源次郎について、最初からあまり疑いの目を向けていなかったのだ。聡介の見るところ、彼女の疑惑の矛先《ほこさき》は、断然、佐和子の不倫相手にあるようだ。

そんな二人のもとに、息を弾ませながら現れたのは若杉刑事だった。彼は先輩と上司に耳よりな情報をもたらした。

「被害者の携帯のメールを調べたところ、興味深いメールが一通ありました。送信したのは紺野俊之という男で――ぐ！」

若杉刑事が呻《うめ》き声を漏らす。興奮した椿木警部が、彼の首根っこを摑まえていた。

「紺野俊之がどうしたって！　さあ、いいなさい！　どんなメールだったの、さあ早く！」

答えられるわけがない。上司の両手が彼の首をぐいぐい絞め上げているのだから。

「午後十一時に……屋敷の離れで……会いましょう……そういうメール……でした」

立派な刑事根性というべきか。若杉刑事はメールの内容をしっかりと上司に伝えて、力尽きたようにドサリと芝生の上に崩れ落ちた。よく頑張ったな、若杉――気の毒そうに後輩刑事を見下ろす聡介。一方、意気あがる椿木警部は力強く拳を握って叫んだ。

「ほら、見ろ、やっぱりじゃん！　紺野俊之、そいつが南佐和子の不倫相手じゃんかぁ！」

例えば、そのメールが贋物《にせもの》だとか、誰かの仕組んだ罠《わな》だとか、そういった可能性はいっさい考慮しないのが椿木警部らしいところ。彼女はその単純さで数々の《簡単な難事件》を解決に導いてきた。それはそれで素晴らしい功績だ。だが聡介の見る限りでは、今回の佐和子殺しは《ちょっと手強い難事件》の部類に入る。たぶん、椿木警部向きではない。

「小山田君、さっそく紺野俊之のところへいくわよ。どこに住んでいるか知らないけれど、どこに連れていかれるか、判ったものではない。がむしゃらに突き進もうとする警部をいなすように、聡介は「申し訳ありませんが」と頭を下げた。

「紺野俊之を調べるのでしたら、誰か他の者を連れていってもらえませんか。僕は他に調べたいことがあるものですから」

「調べたいこと!?　ははん、判った。例のさかさま問題にこだわっているのね」

「まあ、そんなところですが」

「判った。気になるなら徹底的に調べてみるがいいわ。じゃあ、わたしは彼を連れていくことにするから」

そういって、椿木警部は地べたにしゃがんだ新米刑事に命令した。「ほら、若杉君、聞いてたでしょ。最重要容疑者に会いにいくわよ。お供しなさい」

しかし、お供とは名ばかりで、実際には、引きずられるがごとく無理矢理連れていかれる若杉刑事。そんな彼は、まるでドナドナの仔牛のように悲しい目をしながら、聡介を見詰めている。聡介は、遠ざかる椿木警部の背中に未練を覚えながらも、片手を振って二人を見送った。

4

椿木警部と別行動を取ることになった小山田聡介は、現場となった離れには向かわずに、しばらく敷地内を歩き回る。間もなく彼は屋敷の裏庭にて《目標物》を発見した。

箒を持ったお手伝いさんが、祈りでも捧げるような真剣さで裏庭を掃いている。聡介は音も立てずに背後から接近すると、箒の少女に向かっていきなり声を掛けた。

「こんなときに庭の掃除かい？」

驚く少女は、「きゃ」と叫んで背筋を震わせると、三つ編みを振り回すようにしてこちらを振り向き、竹箒を竹刀《しない》のように構えた。「はッ、あなたは、さっきの刑事さん、でございますね」

相変わらず怪しい敬語を駆使する彼女は、いったん構えた箒を恥ずかしげに背中に隠す。

「わたくしになにか用でございますか？」

「いくつか聞きたいことがあってね」

聡介は相手の警戒を解くように軽く微笑む。「まずは、昨夜の午後八時ごろの話を聞きたい。そのころ、源次郎氏の仕事仲間たちが三人、屋敷にやってきたね。そして君は、その三人を離れに案内した。そうするように、源次郎氏からいわれていたのかな？」

「はい、そうです。『わたしは離れにいるから、客がきたらそこに案内するように』と、そのように旦那様はおっしゃいました」

「なるほど。ちなみに、君が三人を離れに案内したとき、君は部屋の中を見たよね。そのとき、源次郎氏はなにをしていたのかな」

「椅子にお座りになって、テレビを見ていらっしゃいました」

「三人のお客を迎えた源次郎氏は、それからどうしたのかな？」

「短い挨拶があった後、すぐにお客様と一緒に屋敷のほうに移られて――」

「そう、そこだ」聡介は少女の話を遮るように質問した。「結局、屋敷に移動するんだったら、わざわざ客人を離れに案内させる必要はなかったはずだ。なぜ、源次郎氏はそんな無駄なことを君に指示したんだと思う？」

「さあ、なぜでしょう。いわれてみれば少し変ですわね」小首を傾げた少女は、しかしすぐに諦め顔になると、「所詮、お金持ちのやることは、我々庶民には理解不能ですから」といって小さく肩をすくめた。「きっと、ただの気まぐれですわ」

「…………」なぜだろうか。一見、純真無垢な少女の言葉に、わずかな毒を感じるのは。

気を取り直して、聡介はべつの質問。

「君の見た範囲で、そのときの離れの様子に不自然なところはなかった？」

「いいえ、特になにも気づきませんでした。さかさまになった物もありませんでしたわ」

「部屋は明るかった？」

「明るくはありませんでした。照明は絞ってありましたから。でも、家具がさかさまかどうかぐらいは判りますわ。真っ暗というわけではないのですから」

「では、午後八時以降のことを聞くよ。君は八時以降に、あの離れにいったかい？」

「いってません」少女は聡介の目を正面から見詰めて、断言した。

「本当に？」「本当です」「近づくぐらいは？」「ありません」「絶対に？」「絶対に！」

絶対といわれては、もはや話の接《つ》ぎ穂《ほ》がない。仕方がないので、聡介は形式的なアリバイ調べの質問を口にした。「昨夜の十一時ごろは、どこでなにをしていたのかな？」

すると意外にも少女は、いままでになく激しい動揺の色を示した。手にした箒をブルブル震わせながら、

「じゅ、十一時！　そ、その時間でしたら、わたしはそそ、空に、いえ、外に、いえいえ、部屋に！　自分の部屋にひとりでいらっしゃいました。間違いありません、ですわ」

「………」なんだろうか、彼女のこの異常な慌てっぷり。午後十一時という遅い時刻にアリバイがないのは、ごく普通のことなのに。

少女の態度に不審を抱いた聡介は、ここが勝負のしどころと判断。いままでずっと聞きたくてウズウズしていた質問を心の中で用意する。だが、それを口にする前に――

「やあ、君の話は充分、参考になったよ。ありがとう。僕は現場に戻るけど、気がついたことがあったら、いつでも声を掛けてくれないか。それじゃあ、僕はこれで」

あくまでも爽《さわ》やかに聡介は片手を上げる。少女はホッと安堵の表情を浮かべると、「では、わたくしも失礼いたします」と、箒を手にしたまま深くお辞儀をして踵を返す。

そんな彼女の油断した背中に向かって、聡介はいきなり「あ、そうそう、忘れてた」と狙いすました言葉をかける。「最後にもうひとつだけ――」

少女の背筋がビクッと緊張し、綺麗な三つ編みにさえ緊張感が漲る。両足を止めた彼女に、聡

介は本命の質問を投げた。

「君の名前を教えてくれないか。『立川良子』なんて偽名じゃなくて、本当の名前を」

聞かれた少女は、瞬間、仔猫のような俊敏さで聡介との間合いを取ると、再び竹箒を竹刀のように中段で構えた。先ほどまでとは、明らかに違う殺気のようなものが、少女の身体全体に漲っているのが判る。本気で攻撃も辞さない構えのようだ。

「な、名前ですって。そ、それを聞いて、どうする気——いえ、どうなさるおつもりでございますか？」

「…………」聡介は、必要ない、とばかりに手を振った。「お手伝いさん用の言葉遣いは、もう充分だろ。君がただのお手伝いさんじゃないことは、いまの身のこなしでバレバレだ。それに『立川良子』が偽名だということも間違いない。さっき、僕がその名前で君を呼んだとき、君は一瞬自分が呼ばれていることに気づかなかった。本来の名前じゃないからだ。さあ、教えてくれ、君は何者だ？」

「何者かですって、そんなの見れば判るでしょ」少女は左手を箒から放して、自分の胸に当てた。「あたしは、この屋敷に雇われた、ただ可愛いだけのお手伝いさんよ！」

そうは見えない。ただ可愛いだけのお手伝いさんは、箒の先に殺気を漲らせたりしない。

「君がこの屋敷に雇われたのは、つい三日前のことだ。そして君がやってきた途端に、殺人事件が起きている。なぜだ？」

「知らないわよ。あたしには関係ないもの」

「関係ないなら、名前ぐらい教えたっていいだろう。さあ、君の名前は？」

知らないわ、と頑《かたく》なな態度を取る少女に、聡介は矢継ぎ早に質問を繰り出した。

「年齢は？　生年月日は？　出身地は？　本籍地は？　最終学歴は？　血液型は？　身長体重は？　スリーサイズは？」

「知らない知らない知らない知らない知らない知らない――ああ、もう！」うるさいわね、というように少女は地面を箒でバシンと叩いて、「上から82・58・84よ！」

文句ある？　と、なぜか勝ち誇る少女に対して、聡介はもはやひと言もない。ほとんどの質問を拒絶されたにもかかわらず、すべての質問に答えてもらえたような妙な達成感。

少女は箒の構えを解くと、「じゃ、あたしは用事があるから」と踵を返す。箒を肩に担ぎながら少女は悠々と歩き出した。聡介は呆気に取られたまま少女の背中を見送るばかり。

だが、ふと我に返った聡介は、遠ざかる背中をもう一度呼び止めた。

「ちょ、ちょっと、待ってくれ！」

少女は足を止め、視線だけを聡介に向けた。「なによ、まだ聞きたいことでも？」

聞きたいことはたくさんあるが、聡介は咄嗟《とっさ》に頭に浮かんだ質問を口にした。

「その箒、なにか特別な箒なのか。君、ずっと大事そうに持ち歩いてるみたいだけど」

「ああ、これのこと」と肩に担いだ箒に目をやり、少女はなぜかにっこり笑顔。あらためて聡介のもとに歩み寄ると、「普通の竹箒よ」といって、少女は自分の愛用品をずいとばかりに彼の前に突き出した。「ほらほら、近くでよーく見てごらんなさい」

聡介はいわれるままに、彼女の持った竹箒に自分の顔を近づける。腰をかがめた恰好で、目の前にある箒の先を眺めながら、ふむふむ、確かに普通の古ぼけた竹箒だな、などと思っていた、そのとき――

「もらったあああぁぁぁ――ッ！」突如、裏庭に響き渡る少女の雄たけび！

次の瞬間、少女は内角球狙い打ちの小笠原道大ばりのえげつなさで、箒をフルスイング！

油断した刑事の頭は、少女にとって打ちごろの絶好球だったに違いない。見事、箒でかっ飛ばされた聡介は、ライナー性の放物線を描いて数メートル先の地面まで吹っ飛んだ。

「畜生、なんてことすんだ！　人の頭でバッティング練習か！」

聡介は地面に四つん這いになりながら、ブルブルと首を振る。所詮、箒の先は柔らかいものだから、たいした怪我はない。だが、箒の先というものはツンツンとして痛いものだ。顔面に無数の引っかき傷をこしらえた聡介は、痛みで目が開けられない。

そんな聡介をあざ笑うかのように、「ああ、もう、最低ッ」と、少女の声が彼の頭上から降ってきた。「あたし、しつこい男は嫌いよ！　刑事なら、なおさらだわ！」

「なにを、くそッ、どこだ」右手で顔を覆《おお》いながら、聡介は左手を振って少女を捜す。

だが、伸ばした手は宙を摑むばかりで、声の主に指一本触れることはできなかった。

「ふふッ、無駄よ、刑事さん。あたしを捕まえるなんて無理。でも、そうね、これじゃあ、あんまり可哀相だから、お詫びの印に名前だけは教えておいてあげる」

そして少女はようやく本当の名前を口にした。「あたしの名はマリィ。片仮名のマリィよ」

「マリー!?　マリーだって!?」

「違ぁーう！」少女は駄々っ子のような調子で訴える。「あのね、マリーって棒線を伸ばすんじゃなくて、マリィの『ィ』は小さな『ィ』だから間違えないで――って、どうせもう会うわけないか」

無駄口叩いたことを後悔したように、いきなり話を終えると、マリィと名乗る少女は、「さよなら、刑事さん」と、いきなり別れの言葉を告げる。またね、の意味はなさそうだ。

「おい、ちょっと待て。まだ聞きたいことは山ほどあるんだぞ」聡介は痛みを堪《こら》え、両目を開けて前を見た。「――あれ!?」

誰もいなかった。慌てて周囲を見回すが、やはり見える範囲に人の姿はない。裏庭に存在するのは、顔面傷だらけの聡介がただひとりと、他は等身大の天使のオブジェが一体あるのみ。彼の頭を箒でクリーンヒットした張本人は、影さえも見当たらない。

「消えた!? そんな馬鹿な」聡介は唖然《あぜん》となる。「さっきまで声がしていたのに……」

だが、どれほど捜しても結果は同じだった。箒を持った謎の少女は「マリィ」という、ちょっと怪しく響く名前だけを残して、聡介の前から煙のように消えたのだった。

5

「消えた、だって!?」

南邸のリビングにて。小山田という若い刑事の報告を耳にした南源次郎は、思わず眉間に皺《しわ》を寄せて聞き返した。「立川さんが消えたとは、いったいどういうことかな?」

「まあ、その、細かいことは捜査上の機密事項なので申せませんが、要するに、突然姿が見えなくなっちゃったんですよ、お宅のお手伝いさんが」

憮然《ぶぜん》として肩をすくめる小山田刑事。その顔面には酷く掻きむしられたような無数の引っかき傷。源次郎は不思議に思って尋ねた。「――君、その傷は？」

「……機密事項です」

小山田刑事は俯《うつむ》きながらボソッと呟《つぶや》く。源次郎は意味が判らないまま首を捻《ひね》る。

この小山田という刑事が、あらためて話があるといって、このリビングに現れたとき、源次郎は内心ヒヤリとした。ひょっとすると、この一見頼りなげな若手刑事が実は切れ者で、意外な手がかりや動かぬ証拠を、犯人である自分の眼前に突きつけるのではないか。そんな不安を彼は抱いたのだ。だが、そんな源次郎に対して小山田刑事が伝えたのは、家政婦が突然消えたという、いささか拍子抜けするような出来事だった。

「そうか、あの娘が行方不明ねえ。ふむ、どういうことなのかな」

正直、源次郎にも彼女の行動の真意は判らない。だが捜査の攪乱因子としては利用価値がありそうだ。瞬間的にそう判断した源次郎は、ポンと手を打ち刑事に向き直った。

「ひょっとするとだ、立川良子は逃げたんじゃないのかな」

「逃げた、というと？」

「判りきったことだよ、君。離れで妻を殺害したのは、実は立川良子だったというわけだ。動機は判らないよ。だが、この状況の中で姿をくらませるという彼女の行動、それ自体がなによりの罪の告白じゃないか。そう、それに、いま思い出した。昨夜の十一時ごろ、彼女は離れの近くの庭にいた。煙草を吸うために外に出たわたしは、彼女の姿を確かにこの目で見た。彼女は月の綺麗な夜空を見上げていた……そして彼女の髪が青く輝いて……そして、そう……消えた……」

源次郎は昨夜見た夢のような光景を思い出し、うっかり呟く。小山田刑事はキョトンだ。

「はあ⁉　髪が輝いて、消えたって——なんの話ですか」

「い、いや、なんでもない。と、とにかく犯行のあったとされる午後十一時ごろに、立川良子が離れの傍《そば》にいたことは事実だ。やはり彼女が犯人なのではないかね」

「なるほど。確かに、そう考えることも可能ですね。しかし彼女、凶悪な殺人犯のようには見えませんでしたが」

「いやいや、女は見た目じゃ判らないよ」

「ふむ、それもそうですね」小山田刑事は深く納得した表情を浮かべて、「ところで源次郎さん、立川良子がこの屋敷で働くようになったのは、つい三日前のことですよね。では、それ以前には、べつのお手伝いさんがこの屋敷で働いていたわけですか」

「ああ、そうだよ。ベテランの家政婦がね。その人が十日ほど前に辞めてしまって、その代わりに雇ったのが彼女、立川良子だ。募集の貼り紙を見て、応募してきたんだよ」

「身許調べなどは、しなかったのですか」

「そんなことはしなかった。ひと目見て、気に入ったからね」

「女は見た目では判らないのでは？」

「……む」思わぬしっぺ返しを食った源次郎は、一瞬言葉に詰まり、そして苦笑いを浮かべた。「確かに君のいうとおりだ。しかし、男が女の外見に騙されやすいことも事実だからね。正直、わたしも彼女がそれほどタチの悪い女だとは夢にも思わなかったのだよ」

「なるほど。確かにあの娘は相当にタチが悪い……」小山田刑事は記憶をたぐるように顔の傷を指先で撫《な》でた。「しかし、どうも僕には彼女が殺人犯とは思えません」

「なぜかね。逃げた家政婦を信頼する根拠でもあるというのかね？」

「根拠といえるほどではありませんが、ひとつ奇妙な点が」そういって小山田刑事は、もうひとつの事実を語った。「実は、屋敷から消えたのはお手伝いさんばかりではありません。彼女の愛用していた箒、あの古ぼけた竹箒も一緒に消えてなくなっているんです。これ、どう思われます？　箒を持って逃走する殺人犯なんていると思いますか？」

6

南佐和子を殺害した犯人も、さかさまの殺人現場の謎も、消えたお手伝いさんの行方も、まるで判らないまま時計の針だけがグルグル回る。しばらくは、そんな毎日が続いた。

椿木警部が目星をつけた紺野俊之についても、真犯人と断定するほどの確証は、まだ得られていない。佐和子を離れにおびき出すメールは、確かに紺野の携帯から送信されたものだった。しかし彼はその携帯そのものが、「誰かに盗まれた」と証言しているらしい。

紺野の証言が真実なら、何者かが彼に成りすまして佐和子を離れにおびき寄せた可能性が高い。もちろん、紺野の証言自体が嘘で、やはり彼が犯人という可能性も否定できない。

そんな中、真相究明に挑む椿木警部は、このところ毎日、紺野俊之にべったり張り付き、彼の脚本家としての仕事ぶりからプライベートな生活、さらに趣味嗜好、健康状態、果ては年収、借金の有無、将来的な両親との同居の可能性に至るまで、徹底的に調べ上げた。

結果、どうやら椿木警部は紺野のことが好きになったようだ。最近の椿木警部は、この最重要容疑者に会いにいくときだけは、特に念入りなメイクを欠かさない。

一緒に引っ張りまわされる若杉刑事は、「転職したい……」と漏らしているらしい。

一方、聡介はといえば、「マリィ」と名乗る少女に顔面を掃き清められて以来、まるで魔法にでもかかったように、彼女のことが頭から離れない。いったい彼女は何者で、この事件において、どういう存在なのか。なぜ急に消えたのか。いまどこでなにをしているのか。

答えの出ないまま、事件発生からすでに一週間が経過。聡介の顔面の引っかき傷もようやく癒《い》えて、元の男前が復活したころ――

聡介は再び奇跡と遭遇することとなった。

夕刻のことだ。聡介は、壊れかけのカローラを励ましながら八王子某所の自宅へと帰還した。

聡介の自宅は小高い丘の上に立つ西洋館。実は付近では有名なお屋敷である。ゴチックだかロマネスクだかよく判らない異形の建物は、戦後すぐに建てられたらしい。尖った屋根に特徴があり、夕日に映えるシルエットはまるで鉛筆を並べたよう。庭はうっそうとした樹木が生い茂り、軟体動物の触手のような蔦《つた》が建物のそこかしこに絡まる。

そんな《暗い・古い・でも広い》の三拍子揃った小山田邸のことを、近所のお利口な子供たちは親愛と好奇の思いを込めて《幽霊屋敷》または《魔女の館》と呼んでいるようだ。

だが、純真無垢なガキどもの期待を裏切るようで恐縮だが、この時代遅れの館に住んでいるのは聡介と、その父親だけである。魔女はいない（幽霊はいるかもしれない）。

そんな小山田邸の古びた門をカローラが通る。そのとき、門柱に貼られた一枚のチラシが聡介の目に入った。聡介は庭の片隅に車を停めると、再び門柱に戻ってよくよくチラシを見た。求人募集の貼り紙だ。そこには聡介の父親、小山田鉄二《てつじ》の直筆《じきひつ》で、こうあった。

『住み込み家政婦、募集中。委細面談。個室アリ』

確かに、この広すぎる館の中で父ひとり刑事ひとりの暮らしでは、家政婦の必要性は否《いな》めない。部屋数だけは余っているから、住み込みという条件も判るのだが、しかし――

「誰が給料を払うんだ？　家政婦を雇う公務員なんて、霞ヶ関の高級官僚ぐらいだろ」

聡介は目の前のチラシを迷わず剝《は》がした。破ったチラシを片手に、館の玄関を入る。

「おーい、親父、なに変な求人出してんだぁ、応募してくる人がいたらどーすんだよぉ」

大声で叫ぶ聡介の脳裏に、例のマリィのことがチラリと浮かんだことは否定できない。しかし、この大都会八王子で家政婦募集の広告がどれほどあり、また家政婦の職を得たがっている人がどれほどいるか。それを思えば、たった一枚のチラシが、たったひとりの家政婦を招き寄せる確率など、あって無きが如し。それに――

「わざわざこの幽霊屋敷で働きたがる家政婦なんて、そもそもいるわけないか」

というわけで、完全に油断した心理状況の中、聡介はリビングに足を踏み入れた。

目の前のソファでは、父の鉄二と若い女性が履歴書を前にしながら談笑中だった。

女性は濃紺のワンピース姿。栗色の髪の毛を三つ編みにしている……

「お、親父」聡介は啞然として立ちすくむしかない。「そ、その娘は……」

「ああ、聡介か、ちょうどよかった」鉄二は笑顔で立ち上がると、傍らの彼女を得意げに紹介した。「今日からうちで働いてもらうことになった、立川良子さんだ」

彼女は立ち上がり、ペコリと可愛く一礼した。「はじめまして、立川良子です、えへ」

「…………」ある意味、意外な名前を聞いて、むしろ笑いがこみ上げる。「ふ、ふふ、ふふ」

この館で「立川良子」の名前を騙《かた》るとは、いい度胸というべきか勉強不足というべきか。聡介の目の前にいる彼女こそは、間違いなく聡介を箒でぶん殴った張本人、マリィだった。

聡介は咄嗟に身構え、いきなり真顔で叫んだ。「親父ッ、騙されんなあぁッ」

鉄二を突き飛ばす勢いで、聡介はマリィの前に立ちはだかる。

マリィは「ちッ」と舌打ち。「まさかあんたの家だったとはね。せっかく住みやすそうな屋敷だと思ったのに残念。デカと一緒じゃ暮らせないわ」と全警察官を敵に回す問題発言。

なんだと！　聡介が抗議しようとした、その瞬間――

ガッチャーン！　いきなり天井の古いシャンデリアが、聡介の目の前を掠《かす》めるように落下。びっくりして飛び退《の》く聡介をよそに、マリィは三つ編みを弾ませて踵を返す。リビングの腰高窓に一直線に駆け寄る彼女。その前で、大きなガラス窓が一瞬で開く。マリィは窓枠に片手を掛けると、いつか見た仔猫の俊敏さで、ひらりと窓枠を飛び越えて外へ。

「待て、こいつ！」聡介も叫びながら窓枠を乗り越えると、彼女の後を追った。

すでに日は完全に落ちて、夜の闇が館の周囲を覆っている。

だが、彼女の姿を見失うほどではない。となれば、向こうは少女、こっちは刑事。追いかけっこに関しては、聡介のほうが一枚上手だ。聡介は余裕を持って、彼女の背中を追った。マリィは館の門から車道に出る。聡介も後に続く。マリィは坂道を駆け下りる。聡介も坂を下る。マリィは路地の角を曲がる。瞬間、彼女の背中で揺れる二本の三つ編みが、青く光ったような気がしたが、気にしている場合ではない。聡介もすぐさま角を曲がって——

「ぎゃ！」聡介はいきなり悲鳴をあげた。路地を曲がった目の前に、白い壁が立ちはだかっている。全力疾走の聡介は、目の前の壁との正面衝突を回避できず、「——ぶほッ！」

壁に弾き返された聡介は、そのまま後方にぶっ倒れた。あまりの衝撃に、呼吸と思考が両方一時停止する。意味が判らない。「な、なんで、路地の真ん中に壁が⁉」

ゆっくりと身体を起こす聡介。追いかけっこの相手はもうとっくに姿が見えない。容疑者確保を諦めた聡介は、彼の追跡を妨害した白い壁の正体を確認し、驚いた。

それは白い冷蔵庫だった。本来は粗大ゴミとして民家の門前に出されていたものだ。事実、《業者に連絡済・田中》というメモ書きが貼ってある。だが、メモ書きの文字がさかさまだ。いや違う。メモ書きではなくて、冷蔵庫そのものがさかさまになっている。

田中さんちの門前にあったはずの冷蔵庫が、路地の真ん中でさかさまになっているのだ。

「どういうことだ⁉　これも、あの娘の仕業なのか⁉」

だが、あの華奢《きゃしゃ》な娘にこんな離れ業が可能だろうか。聡介には見当も付かない。だが、なにかやり方があることは確かだ。そして当然のことながら聡介には、目の前でさかさまになった冷蔵庫と、例のさかさま殺人の問題が無関係だとは思えない。

「やはり、事件の鍵はあの娘が握っている、ということか……」

だったら、なおさら彼女を逃がすべきではなかった。事件解決の糸口をつかむ千載一遇《せんざいいちぐう》のチャンスだったのに。いまさらながら無念の思いを抱きつつ、とりあえず聡介は冷蔵庫を田中さんの家の門前に運ぶ。そして彼はとぼとぼと自宅への道を引き返していった。

もう一度。なんとかもう一度、マリィと遭遇する機会はないものか。

強く願いながらも、聡介には彼女と連絡をつける手段がない。だが館にたどり着いた瞬間、彼の視線が意外な物体を捉えた。聡介は思いがけない幸運に頬を緩める。

「ふふん、意外と簡単に、また会えるのかも——」

聡介はまっすぐその物体に駆け寄った。彼の願望を叶えてくれるかもしれない絶好のアイテムが、玄関先に置きっぱなしになっていた。

それはマリィの忘れ物。彼女が大事にする古い竹箒だった。

7

それから一夜明けた翌朝、聡介の抱いた予感は、早々と現実のものになった。

現場百回の格言どおり、あらためて現場を調べてみようと思った聡介は、暁町の南邸へ向けて愛車を走らせた。屋敷付近の駐車場に車を停め、あとは徒歩で南邸へと向かう。

長々と続くレンガ造りの塀に沿って進むと、その途中に彼女がいた。マリィだ。例によって濃紺のワンピース姿の彼女は、ほっそりとした長い脚を交差させて、モデルのように壁にもたれかかるポーズ。まるで、誰かを待っているかのような雰囲気だ。

聡介は何食わぬ顔のまま、淡々と歩を進める。互いの距離はじわじわと狭まり、やがて二人は握手できる距離まで接近した。どうやら彼女は聡介を待っていたようだ。

「あたしの大事な箒、返してほしいんだけど！」

「昨日の冷蔵庫、あれはどういう手品なんだ？」

二人の会話は中央線と武蔵野線のようにすれ違う。沈黙の後、再び聡介が口を開いた。

「昨日は、あんなに逃げ回っていたのに、今日はずいぶんおとなしいな。なんでだ？」

「逃げ回るのは、もうやめたの」マリィは生意気そうな高い鼻を聡介に向けた。「考えてみれば、あたしは殺人事件とはなんの関係もない。だから、あたしには逃げる理由なんかないの。いい、あたしは無実。判った？」

そうかな？　刑事の頭を箒でかっ飛ばす行為は、立派な公務執行妨害。彼女は完璧に有罪だと思うのだが、そういう認識は彼女にはないようだ。もっとも聡介自身、いまさらその件で彼女を逮捕する気はないから、べつにいいのだが。

「君はそういうけど、この事件での君の振る舞いは怪しさいっぱいだ。『あたしは無実』といわれて、『はい、そうですか』とはいえないね」

「でしょうね。結局、あたしは自分で自分の無実を証明するしかないってことだわ」

「ほう、そりゃ勇ましいな」聡介はからかうようにいった。「でも、どうやって？」

「簡単よ。あなたはあたしを逮捕したいんじゃなくて、要するに、真犯人を捕まえて事件を終わらせたいだけなんでしょ。真犯人が誰だか判れば、文句はないんでしょ。違う？」

「そ、そりゃまあ、犯人さえ判れば、それで充分だけれど」

そこまでいって、聡介はハッとなった。以前、源次郎が口にした証言を思い出したのだ。犯行のあった夜の十一時ごろ、離れの傍の庭に佇むマリィの姿を、源次郎が目撃している。マリィは現場の近くにいたのだ。ならば、そのとき彼女が真犯人の姿を目撃していたとしても、なんの不思議もない。聡介は思わず彼女の肩を両手で摑んで、激しく揺すった。

「知っているのか、君！　知っているんだな、佐和子殺しの真犯人を！」

マリィは企むような笑みを浮かべ、悠然と首を縦に振った。「ええ、あたしには判るわ」

「だ、誰だ、教えてくれ、頼む！」

「うーん、教えてあげてもいいけどぉ」マリィは人差し指を顎に当てるポーズで、小悪魔っぽく微笑む。「そのためには容疑者たちに直接会わないと駄目かしらん」

「会えば判るのか。そうか。うん、それは確かに必要かもな」聡介はひとり勝手に頷く。

犯行の夜、マリィが犯人の顔を見たとして、それが誰なのかを特定するためには、あらためて容疑者たちの顔をひと通りチェックする必要がある。いわゆる面通しというやつだ。

彼女の提案に正当な理由ありと判断した聡介は、その場で即決した。

「よし、いいだろう。容疑者たちを集めようじゃないか。さっそく手配してやる。――え、箒!?

ああ、あんなもの、事件さえ解決すれば、すぐに返してやるよ」

大丈夫、心配しなさんな。そういいながら、聡介は取り出した携帯を耳に当てる。

もはや事件は解決寸前。新たな展開に舞い上がる聡介は、そう信じて疑わなかった。

数時間後、南邸のリビングには、事件の関係者が一堂に会していた。被害者の夫、南源次郎、チーフ助監督の島尾圭一、脚本家の高橋健吾というお馴染みの三人。それとはべつにもうひとり、聡介の知らないイケメン男性が壁際に佇んでいるのだが、傍らで椿木警部がうっとりとした表情を浮かべていることから察するに、たぶん彼が紺野俊之なのだろう。

一同の気持ちを代弁するかのように、源次郎が重々しく口を開く。

「刑事さん、みんなを集めて、これからなにをするおつもりかな。この状況はまるで、探偵映画のクライマックス・シーンのようだが」

「監督のいうとおりだ」紺野俊之も不満げに訴える。「ひょっとして、あれをやる気ですか。『名探偵、皆を集めて、さてといい』ってやつ。本気ですか、刑事さん」

「まったく！　万が一、無様な結果になった日には、君にもそれなりの責任をとってもらうから覚悟しなさいよ、小山田君」と、なぜか椿木警部は容疑者側の人間のような口ぶり。

完全なアウェーの風。しかも、源次郎もいうとおり舞台設定がいささか大袈裟《おおげさ》になったのは計算外だ。しかし聡介には切り札を持つが故の余裕がある。

聡介は一同の前に進み出て、戯《ざ》れ句に詠《よ》まれたとおりに「さて」と話の口火を切った。

「実は、みなさんに会っていただきたい人物がいます。おそらく、今回の事件の鍵を握る人物といっていいでしょう。――君、入ってきなさい」

聡介に呼ばれてマリィが姿を現すと、たちまち一同の中にざわめきが起こった。

無理もない。事件直後にふいに姿を消した彼女は、今回の事件の重要な容疑者と目されている。その彼女が《鍵を握る人物》と紹介されて、再び屋敷に舞い戻ってきたのだ。

呆気にとられる一同をよそに、聡介は小声でマリィに聞いた。「どうだ？」

「大丈夫、任せて」マリィはニンマリとした笑顔で頷くと、「ちょっと質問させてもらっていいかしら」

「え!?　ああ、いいけど……」

弾みでそう答えたものの、この期《ご》に及んでなにを質問することがあるのか、と聡介は首を傾げる。要するに、犯行の夜に見た犯人の顔と、いま目の前に並んだ顔とを、見比べればいいだけの話ではないか。いや、待てよ。そもそも彼女、『犯人の顔を見た』とは、一度もいっていないような気がする。彼女は、なんといっていたっけ……

漠然とした不安に駆られる聡介。しかし、マリィは彼の気持ちなどどこ吹く風で、容疑者たちの前に進み出る。容疑者たちの顔をひと通り眺め回すと、彼らの目の前でなぜかマリィは「パチン、パチン」と指を四回鳴らす仕草。キョトンとする容疑者たちに対して、マリィは端から順に質問していった。それは単純にして率直過ぎる質問だった。

「あなたが佐和子さんを殺したの？」

「なにいってるんだ、僕じゃないよ」チーフ助監督の島尾圭一が答える。

「あなたが佐和子さんを殺したの？」

「わたしは違う。断じて殺してなんかいない」脚本家の高橋健吾が答える。

「あなたが佐和子さんを殺したの？」

「違うわ！　彼はただ犯人に利用されただけの被害者よ！」なぜか椿木警部が答える。

数秒間、天使が通り過ぎたような変な間があってから、

「俺じゃないよ。俺は殺人なんかしない」脚本家の紺野俊之が答える。

「それじゃあ」とマリィは最後のひとりに尋ねた。「あなたが佐和子さんを殺したのね？」

答えたのは、この屋敷の主人、映画監督の南源次郎だった。

「なにをいうんだ。殺してない。わたしは最愛の妻を殺され――くしゅん！」

なぜか突然、源次郎の口から可愛らしいくしゃみが漏れ、彼はぐすっと鼻を啜《すす》る。

瞬間、マリィの整った横顔が見る見るうちに強張《こわば》り、そこに驚愕《きょうがく》と怒りの色が加わった。マリィは睨みつけるような目で聡介に目配せすると、「見た！　見たわよね！」と意味不明の念押し。わけも判らずに聡介が頷くと、マリィは右手の人差し指を高々と掲げ、ワンラウンド、いや一分だ！　と力石徹の名台詞《せりふ》を口にするかと思いきや、そうではなくて、その高く掲げた人差し指を今度はまっすぐ目の前の人物、南源次郎に向けて、こう叫んだ。

「おまえが犯人だあああぁぁぁ――ッ、このぉ、オンナの敵めえええぇぇぇ――ッ」

マリィの発した言葉は、リビングの隅々にまで響き渡り、その波紋は一気に広がった。

容疑者たちの間にどよめきが起きる。椿木警部は、目の前の光景が信じられない、というようにハンカチで眼鏡を拭きはじめる。一方、名指しされた当の源次郎は、顔面を熟した柿のような色に染めて、激しく声を震わせた。

「きき、君は、なにを根拠に、そんなデタラメをッ。しょしょ、証拠でもあるのか！」

興奮する源次郎の顔が、そのとき突然ハッとなり、たちまち朱色が引っ込んだ。すると今度は、見る見るうちに青ざめた表情になって、源次郎は急にうろたえはじめた。

「ひょ、ひょっとして見たというのか。君はあの夜に、わたしが妻を殺す場面を見たとでもいうのか。そ、そうなのか？」

一同の視線が、いっせいに少女のもとへと集まる。マリィは聡介を見た。聡介は彼女の背中を押すように強く頷く。マリィは小さく頷き返すと、すうと息を吸い込み、臆することなく源次郎の質問に真っ向から答えた。

「いいえ。べつに証拠なんかないし、あなたが奥さんを殺すところを見たわけでもないわ」

え⁉　意外な言葉に聡介の心がざわつく。しかしマリィは、なおも源次郎を指差して、

「でも、間違いない。犯人はあなたよ。あたしには判るわ」

力強く断言する彼女の言葉を聞いて、聡介はやっと思い出した。そうだった。もともとマリィは『犯人を見た』とはいわず、『あたしには判るわ』と豪語したのみだ。彼女のことを重要な目撃者だと思い込んだのは、手柄を焦る聡介の単なる勘違いだったのだ。

「判る、だと」源次郎は強気を取り戻して反論する。「判るとは、どういうことだね。証拠はない。目撃したわけでもない。じゃあ、なぜわたしのことを犯人だと断定できる。わたしが犯人に違いないという、完璧なロジックでもあるというのかね？」

源次郎の質問に、マリィは真剣な顔でこう答えた。「ロジック⁉　なにそれ⁉　必要⁉」

聡介は思わず頭を抱えた。――この娘って！　そういうレベル！　だったのか！

ならばこれ以上、彼女に発言の機会を与えるのは自殺行為。そう悟った聡介は慌ててマリィに駆け寄り、彼女の腕をぐっと握った。「ちょっと、こい！」

一同からの突き刺さるような視線を背中に感じながら、二人はリビングを飛び出した。

数分後――。八王子を流れる浅川に架かる橋のたもと。肩で息をするマリィと膝に手をつく聡

介の姿があった。よし、もう充分だろう。ここなら追っ手もやってくるまい。聡介の心理状態は、いまや完全に犯罪者のそれである。聡介は傍らの共犯者に事情を尋ねる。

「おい、マリィ、どういうことか答えろ。さっきのあれは、なんの冗談だ」

「冗談じゃないわよ。犯人は南源次郎よ。実際、彼が泡食ってるの見たでしょ」

「でも、証拠はないんだろ。殺しを目撃したわけでもないんだろ」聡介は頭を掻きむしりながら、悲鳴に近い叫びをあげた。「だったら、なんで源次郎が犯人だって判るんだ！」

「判るわよ。あんたも見たでしょ、あの人がくしゃみするところ」

「くしゃみ⁉　そういや彼、くしゃみしてたな。それがなんだ。風邪かなんかだろ」

「違うわ。彼、嘘をついたのよ。嘘をついた人はくしゃみをする。そういうふうにしたの。その上で、あたしは容疑者に同じ質問をした。『あなたが佐和子さんを殺したの？』って。そしたら、源次郎だけがくしゃみをした。彼は嘘をついている。ゆえに犯人は彼、南源次郎ってわけ。証明終わり。――なにか質問ある？」

「んーと、なんか一箇所だけ、まったく意味不明な部分があったような気が……」

聡介は腕組みしてマリィの発言を思い出す。「えと、『嘘をついた人はくしゃみをする』そういったよな。で、『そういうふうにしたの』――おい、『そういうふうにした』って、なんだよ。なにをどうしたんだよ？」

「だ・か・ら」マリィは聡介の顔の前で指を三回振って答えた。「そういうふうに魔法をかけたのよ。嘘つきがくしゃみするようにって、容疑者全員に魔法を、ね」

「ああ、なるほど。魔法か。それなら判る。源次郎が突然くしゃみをしたのは、魔法の効果というわけだ。『佐和子さんを殺したの？』という君の質問に、『殺してない』と彼は嘘をついた。だから、くしゃみを。そうかそうか、なるほどなるほど——って、馬鹿ぁ！」

聡介は思わずちゃぶ台をひっくり返しそうになった。たまたま川原にはちゃぶ台がなかったので、聡介は全身を使ったアクションでその行為を表現した。そして彼は握った拳をわなわなと震わせ、目を吊り上げながら目の前の少女ににじり寄る。

「魔法だと。魔法ってなんだ。そんなものがあってたまるか。じゃあなにか——」聡介は少女を指差し敢えて聞く。「マリィ、君は魔法使いなのか。箒を使って空を飛べるのか！」

「飛べるわよ」とマリィはアッサリ認めた。「この前、飛んで見せたでしょ。あんたは目をつぶってたけど」

いわれて、聡介はハッとなる。南邸の裏庭での出来事だ。あのとき、聡介の顔を箒でヒットしたマリィは、突然彼の前から箒ごと姿を消した。そういえば、彼女の声は聡介の頭上から聞こえていた気がする。

「じゃ、じゃあ、昨日の冷蔵庫も……」

「そうよ。あたしが魔法で路地の真ん中に動かしたの。あんたの障害物になるように」

「じゃあ、突然、落っこちてきたシャンデリアも君の仕業か」

「そうよ。あなたがいまにも摑みかかってきそうだったから、時間稼ぎにね」

「そうだったのか」聡介はピンときた。「じゃあ、箒で顔をぶたれて以来、寝ても覚めても君の事が僕の頭から離れなくなったのも、やっぱり魔法の仕業だったんだな」

「いや、そういう魔法はないんだけれど……」と、これにはマリィが戸惑いの表情。

「え!? あ、そう……」どうやら、これは聡介の勘違い。単なる彼のマリィに対する関心の高さの表れだったようだ。「だったらいい。気にするな。いまのは忘れろ」

「うん、忘れる。忘れる魔法もないけれど」マリィはワンピースの裾を翻《ひるがえ》して背中を向けた。

思いがけず舞い降りた気まずい雰囲気の中、聡介は川べりに佇み、目を閉じて冷静に考えた。普通ならば、魔法使いの存在など、まともに信じる聡介ではない。だがここ最近、彼の経験した不思議な出来事の数々は、マリィが魔法使いであると考えれば合点がいく。

いや、だからといって、現職刑事が魔法使いの存在など認めていいものだろうか。もちろん、いいはずがない。科学捜査全盛のこの時代、魔法使いなど認めては警察の恥だ。

確固たる意思を確認して、聡介はキッと目を見開く。そんな彼の目の前をアユだろうかフナだろうか、一匹の川魚が五月の鯉のぼりよろしく空中浮揚して通り過ぎる。マリィがパチンと指を鳴らすと、魚はポチャンと川面に落下して、また水中をスイスイと泳ぎはじめた。確固たる意思も、現実の前には無意味であることを、聡介は思い知った。

「なるほど、確かに魔法の存在は認めざるを得ないようだ」聡介は白旗を掲げ、《魔法容認論者》に転向した。「ということは、犯人は源次郎で間違いない、ということになる」

「だから、さっきからあたしがそういってるでしょ。やっと信じる気になった?」

「だけど、それじゃあ説明がつかないんだ。あの容疑者の中で、源次郎だけは犯人であり得ない。いいかい、彼は左手が不自由なんだよ。ほぼ右手一本しか使えない源次郎には、あのさかさまの殺人現場が作れないんだ。君も見ただろ、あの現場にあったさかさまのテレビ。あれを源次郎がどうやってひっくり返せると思う? そんなの不可能だ」

するとマリィはむしろ驚いた様子で、「あら、不可能じゃないわよ。簡単だわ」

「本当か！」聡介は淡い期待を持って尋ねた。「どうやったんだ、源次郎は？」

マリィは人差し指を掲げ、「決まってるでしょ」といって、真面目な顔でこう答えた。

「源次郎は魔法を使ったのよ。あたしが魔法で冷蔵庫をさかさまにしたように、彼は魔法でテレビをさかさまにしたの。簡単でしょ」

マリィの実に明快すぎる回答に、聡介は脱力のあまり川原にへたりこんだ。

――ふざけんな、犯人も魔法使いかよ！

8

そのころ、南邸のリビングでは椿木警部が源次郎に対して、平身低頭していた。

「申し訳ございません。わたくしの部下がとんだ御無礼をいたしまして。彼にはわたくしのほうから、厳しくいっておきますので、どうぞこの件は平《ひら》にお許しを――」

「まったく、不愉快な話ですな。証拠もなしに犯人呼ばわりとは、名誉毀損《きそん》も甚《はなは》だしい！」

源次郎は憤懣《ふんまん》やるかたない、といった怒りの表情を椿木警部に向ける。

だが、それは一種のポーズ。源次郎は内心、密かに胸を撫で下ろしていたのである。

あの立川良子という家政婦が登場して、いきなり源次郎のことを犯人として指摘した瞬間、彼は半ば観念したのだ。なにしろ、彼女の意気込みというか気迫というか、自信に満ち溢れた態度が尋常ではなかった。彼女は源次郎が佐和子殺しの真犯人であることに絶対の確信を持っていた。そして、もちろん彼女の指摘は百パーセント事実なのだ。

ただ、源次郎にとって幸いだったのは、彼女がなんの証拠も持っていなかったことだ。

逆に考えると、なんの証拠も持たない彼女が、なぜ源次郎のことを、あれほどまでに確信を持って犯人であると指摘できたのか。考えてみると、不思議な話ではある。ひょっとして彼女は、超人的な勘とか神業的な閃《ひらめ》きを持った名探偵なのだろうか。

いずれにしても立川良子――どうせ偽名だろうが、彼女には警戒が必要だ。

ならば彼女と一緒にいた小山田という刑事も警戒が――と、いったん思いかけて源次郎は小さく首を振った。いやいや、彼はそう危険な存在でもなさそうだ。事実、彼女の行動にいちばん驚いていたのは、あの刑事のようだった。きっと彼は、なにも判っていない。

ともかく、大事なことは誰にも証拠を握られないことだ。刑事にも家政婦にも。

そう決意して思考に区切りをつけた源次郎は、ふと我に返って前を見た。さっきまでそこで平身低頭していたはずの椿木警部の姿が見当たらない。おや、と思って足元に目をやると、椿木警部は床に手をつき、必死の土下座を見せていた。「平に……平にぃ……」

源次郎はもともと椿木警部に謝罪を求める気はなかった。だが、向こうは源次郎に負い目を感じているらしい。ならば、ここは優位な立場を利用するのも、ひとつの手だろう。そう考えた源次郎は、椿木警部の前に膝をつき、彼女の目を見詰めて優しく語りかけた。

「もういいですよ、警部さん、そこまでしなくても。べつにあなたのミスではない」

「あ、ありがとうございます、そういっていただけると助かります」

土下座から解放され、立ち上がる椿木警部は、ホッとした中にも感謝の表情。そんな彼女に源次郎はすかさず要求した。

「ところで、警部さん、あの離れなんですが、いまはまだ立入禁止になっていますね。入口には制服の巡査が四六時中張り付いて、実に大変そうだ。しかし、すでに事件から一週間。もう充分お調べになったはずだ。そろそろ立入禁止を解いてもいいんじゃありませんか。あの離れはもともと妻の父親、岡島光之助監督の書斎だった建物だ。いつまでも警察に占領されていては困りますよ」

「ああ、そのことですか。ええ、もちろんですとも。わたくしも、そろそろ立入禁止は解こうかと、そう思っていたところでした。では、さっそく今夜にも解除の方向で――」

「よろしく、頼みましたよ」

源次郎が優しい目つきでお願いすると、椿木警部は魅入られたように頷いた。

9

「――というわけだから、いいですね、小山田刑事。今回は南先生の寛大な配慮があったから、大目に見てもらえたけれど、今後は二度とこのようなスタンドプレーは許しませんから、そのつもりで。後で、あなたからも南先生に謝罪するように」

八王子市警の会議室にて。聡介は椿木警部の長い説教を聞かされる苦痛を、彼女の長い脚を眺める喜びで相殺《そうさい》しながら、嵐の収束を待っていた。ところで、警部のいう『南先生』とは、どうやら源次郎のことらしい。彼女、いつから彼の信奉者になったのだ？

「それから、南先生の要望どおり、離れの立入禁止は今夜から解除。いいわね」

ようやく彼女の怒りが一段落したタイミングを見計らい、聡介は神妙な表情で、「どうも、すみませんでした」と深々と一礼。すると、どういうわけだか彼の行為は、警部の収まりかけた怒りの炎に、また油を注いでしまったらしい。椿木警部はいきなり聡介の胸倉をむんずと摑むと、この日、最大の怒声で会議室の天井を揺らした。

「このあたいが土下座して謝ったってのに、あんたが『深々と一礼』したぐらいで済むわけねぇぇーじゃんかぁぁぁ――ッ」

上司の凄まじい迫力に、聡介は小便をちびりそうになりながら慌てて土下座。そんな部下の姿を、警部は眼鏡の縁に指を当てて冷ややかに見下ろした。「そう、それでいいわ」

はい、これでいいです、最高です、警部！　聡介は床に額を擦りつけながら、倒錯した喜びを密かに嚙みしめるのだった。

その日の夕刻。椿木警部の説教から解放された聡介は、自宅へ向けて愛車を走らせていた。普段、誰も乗ることのない助手席に、いまは三つ編みの魔法使いがちょこんと座っている。もはや彼女が魔法使いであることを、聡介は疑っていない。自宅に連れていくのは、彼女の大事な竹箒を返却してやるためだ。なにしろ、箒を失った魔法使いなんて、手帳を奪われた刑事みたいなもの。そのアイテムなしでは存在そのものが危うい。やはり返してやるべきだろう。どうせ、ただの箒なのだし。

とはいえ、この魔法使いは事件の重要な関係者でもある。箒に乗ってどこかへ飛んでいってしまわないうちに、聞くべきことは聞いておいたほうがいい。

「前にも聞いたと思うけど、ずっと引っ掛かっていることがある。君が新しいお手伝いさんとして南邸にやってきたのは、事件の日のつい二日前だ。君があの屋敷にやってきた途端に、南佐和子は何者かの手――いや、源次郎の手で殺された。そうだよな」

「そうよ。源次郎が奥さんを殺したの」

「なんで、源次郎は殺人を犯す直前に君を雇ったんだ？」

「知らないわ。偶然、そういうタイミングになっただけなんじゃないの」

「いや、違うな。彼の殺人は計画的なものだ。紺野俊之の名前で送られた贋メールが、その証拠だ。源次郎はあの日の午後十一時に佐和子夫人を殺害することに決めていた。それに合わせて君を雇った。つまり君の存在は、この事件においてなんらかの意味がある」

「ふーん」魔法使いは小首を傾げて、「でも、あたし、なにもしてないけど」

「よく思い出せ。なにかあるはずだ」

「なにもないってば。事件のあった離れに入ったのだって、あれが初めてだったし」

「なに!?」マリィの漏らした意外なひと言に、聡介はうっかりハンドル操作を誤りそうになる。

「あれが初めてって――あれって？」

「だから、あれよ。事件の当日、源次郎の仕事仲間が三人やってきて、あたしが離れに案内した場面。あれが初めてなのよ。あのとき、あたしは初めてあの離れに入ったの」

「え、そうだったのか。それまで一度も？　掃除とかは？」

「してないわ。だって、あのお屋敷で働きはじめて、まだ三日目だもん。一度足を踏み入れただけでも、まだマシなほうよ。結局、一度も見なかったお部屋が、たくさんあるわ」

「そうか」無理もない話だ。なにしろ南邸は部屋数が多い。「そうか、あれが初めてだったのか。そして、そのとき源次郎はテレビを見ていたんだよな。おい、本当にテレビを見ていたんだな。見間違いじゃないよな」

「見間違いなわけないでしょ。――あ、でも正確にいうなら映画ね」

「映画!?」また意外な事実だった。「映画って、テレビで洋画劇場でもやってたのか」

「違うわよ。ＤＶＤで映画を見ていたの。そこに、あたしたちが訪れたってわけ」

「じゃあ、テレビじゃないじゃないか！」

「テレビでしょ。ＮＨＫが映っていようが映画のＤＶＤが映っていようが、テレビはテレビじゃない。なにが違うっていうのよ」

「いや、それはそうだけど。ところで、そのときテレビに映っていた映画って、どういう作品だったんだ。知ってる作品か」

「ううん、知らない作品だった。でも古い日本映画ね。それもヤクザ映画。着流しのヤクザがドスを振り回しながら、『犯人はてめえだ！　死んでもらうぜ！』って――。そういや、なんか変な映画だったわね、いま考えてみると。誰の映画かしら？」

「……………」ハンドルを握る聡介の手に、思わず力が入る。「そ、それは『任侠探偵　花籠竜次』だ。源次郎の師匠であり義理の父でもある岡島光之助が監督した伝説のカルト映画。『犯人はてめえだ！　死んでもらうぜ！』は花籠竜次が真犯人の名前を告げる前に口にする、有名な決め台詞なんだよ。――でも、なんでだ？」

なぜ源次郎はそんな映画を、いまごろになって見返していたのか。しかも、その時刻に離れに来客があることは、源次郎にも判っていたはずだ。彼自身がそうするようにマリィに指示したのだから間違いない。

「ということは、これも源次郎の計画のうち――あ！」

そうか、そうだったのか。一瞬の閃きが聡介の脳裏を照らした。いままで理解できなかったいくつかの事象が、たちまち明確な輪郭を持ちはじめる。難解と思われた事件の真相は、意外に単純だった。真犯人は源次郎だ。いや、それはもうとっくにマリィが魔法で見抜いたことだ。問題はそこではない。

「問題なのは証拠だ。証拠さえあれば。証拠、証拠――あ、そうか！」

再び閃いた聡介は、前を向いたまま叫ぶ。「おい、マリィ、ちょっと引き返していいか」

「え、駄目よ。あたしの箒、返してくれる約束でしょ。もうすぐじゃない、《幽霊屋敷》」

「《幽霊屋敷》って呼ぶな！」

聡介はアクセルを踏み込み、愛しの我が家に通じる長い坂道を一気に上った。猛スピードで門を通り抜け、ぎゅんと後輪を滑らせながら自宅の玄関に到着。勢いよく車を降りた聡介は、玄関に立てかけてある竹箒を取ると、マリィのもとに引き返した。「――ほらよ」

聡介は箒を放り投げる。マリィは危なっかしい仕草で、それを受け止めた。

「これで約束は果たしたぞ。そいつに乗って、どこでも好きなところにいくんだな」

「い、いわれなくても、そうするけど――あんたは？」

「引き返す」聡介は再び運転席に乗り込み、エンジンキーを回した。「源次郎の屋敷にまた戻るんだ。ひょっとしたら、いままで見つからなかった証拠が見つかるかもだ」

車をバックさせながら、聡介は運転席の窓から手を振って、「じゃあな」と魔法使いに別れの挨拶。だが、門を出たところで聡介は車を止めていきなり、「あ、そうそう、忘れてた」と運転席からマリィに呼びかけた。「最後に、もうひとつだけ――」

魔法使いはビクリと身体を緊張させて、「なによ？」

「犯人の名前を教えてくれたこと、そこだけは感謝しとくよ。そこだけ、な！」

強調すべき部分を強調してから、聡介は強くアクセルを踏む。坂道を急発進で駆け下りるカローラ。チラリと覗いたバックミラーの中で、魔法使いはムッとした表情だった。

10

漆黒《しっこく》の闇の中にカチリという金属音が響く。ノブの回る音だ。続いて扉が軋《きし》むギーッという耳障りな響き。冷たい春の夜風が、暗い室内にさあっと流れ込む。だが、それも一瞬のこと。再び扉は閉められたらしい。空気の流れは収まり、室内に静けさが舞い戻る。

静寂と暗闇を掻き分けるように、微《かす》かな足音が部屋を横切っていく。足音の主は、難なく部屋の角までたどり着く。すると突然、小さな明かりが出現し、その人物の手元を照らした。ＬＥＤ

のペンライトらしい。わずかな明かりを頼りに、その人物はしばらくの間、自分の作業を続ける。その口は堅く閉じられ、終始無言のままだ。

やがて退屈で地道な作業は、なんらかの成果となって現れたらしい。小さな光に照らされた横顔にニヤリとした笑みが浮かぶ。その人物は手に入れた《戦利品》を持って、くるりと踵を返した。ＬＥＤの明かりが消える。

再び漆黒の闇に包まれた空間。その中を足音だけが、ゆっくりと移動を開始する。

と、その瞬間——

「誰だ、そこにいるのは！」

叫ぶと同時に、聡介は部屋の明かりを点けた。まばゆい照明の下、照らし出されたのは南源次郎だ。この予想どおりの光景に、聡介は精一杯の驚きの表情で反応した。

「うわあ、なあんだ、源次郎さんじゃないですか！　すみません、てっきり泥棒か誰かが侵入して、離れを荒らしているのかと思ったもので。あれ、でも変ですね。どうして源次郎さん、明かりを点けずに離れでコソコソしてるんです。ご自分の家の離れなんだから、堂々と明かりを点ければよろしいじゃないですか。それとも——」

聡介は立ちすくむ源次郎に対して、にっこり優しく語りかけた。

「まだ屋敷のあちこちに警官の姿があるんで、念のため警戒したんですか？」

「な、なにをいうんだ。け、警戒もなにも……」

「ところで」聡介は源次郎の言い訳を皆まで聞かず、いきなり核心に切り込む。「源次郎さん、右手にお持ちのものはいったいなんですか。見たところ、ＤＶＤのケースのようですね。へえ、

『ゴジラ』のＤＶＤですか。いいですねえ。いや、僕はこう見えても怪獣映画が大好きでしてね。ちょっとそのＤＶＤ、僕に見せてもらえませんか、なんなら貸してもらえませんか。お願いしますよ、源次郎さん」

「い、いや……これは……駄目だ……断る！」源次郎はケースを胸に抱え込む。

「なぜ駄目なんです？　なぜ断るんです？」聡介は源次郎の目を見据えた。「ひょっとしてケースの中身は『ゴジラ』じゃないとか。ひょっとして中身は『任侠探偵』とか――」

「な！」源次郎の目がいっぱいに見開かれた。「き、君は……いったい……」

「ねえ、椿木警部」聡介はいきなり上司を呼んだ。「警部も見てみたいですよね」

すると、いままで気配を消していた椿木警部が、遅ればせながら麗しいグレーのスーツ姿をカーテンの陰から現した。警部は源次郎のもとに歩み寄りながら悠然と頷く。

「そうね。確かに気になるわ。南先生、そのＤＶＤ、わたしには見せていただけますね」

「…………」もはや源次郎に抵抗の意思は見られなかった。

椿木警部はいともたやすく源次郎の右手から問題のＤＶＤケースを奪い取った。すぐさまケースを開き、中からＤＶＤを取り出す。ディスクの表面にはちゃんと『ゴジラ』のタイトルが印刷してある。それを見て、椿木警部は不安そうに部下を見やった。

「いっとくけど小山田君、万が一これが正真正銘『ゴジラ』のＤＶＤだった場合は、もういっぺん土下座――いや、土下座じゃ済まないわよ」

「ええ、構いませんよ、逆さ吊りでも、磔《はりつけ》でも」

と自信満々の聡介は、警部からディスクを受け取り、部屋の角に置かれたブラウン管テレビに向かう。以前さかさまになっていた29インチの大型テレビは、いまはもう通常の状態に戻されている。DVDプレーヤーも同様だ。聡介はそのDVDプレーヤーに問題のDVDをセット。リモコンの再生ボタンを押すと、間もなく再生がスタートした。

再生された映像は、モノクロの怪獣映画ではなかった。色あせたカラーの任侠映画だ。映画の冒頭、丁半博打の最中に、壺の中からサイコロの代わりに小指が飛び出すという鮮烈な場面。これぞまさしく『任侠探偵　花籠竜次』の有名なファーストシーンである。

「ほらね、警部。僕のいったとおり、『ゴジラ』じゃなくて『任侠探偵』でしょ」

と、勝ち誇る聡介。だが、ブラウン管テレビを見詰める警部の表情には、それとはまるで次元の違う、驚きと戸惑いの色が浮かんでいた。「――お、小山田君、なによ、これ!?」

「なにって、なにか問題でも？」無表情を装う聡介に対して、

「問題どころじゃないわよ」

椿木警部は素《す》っ頓狂《とんきょう》な声で叫んだ。「さかさまじゃない、この映画！」

南源次郎は観念したように肩を落としている。椿木警部は驚きのあまり言葉もない。

聡介はテレビを消して説明を開始した。

「今回の事件の最大の特徴は、殺人現場の家具や家電製品などの多くが、さかさまになっているという点でした。あるものは天地が逆に。あるものは向きが逆に。誰がそれをおこなったのか、そこにどんな目的があるのか。現場を見た多くの人たちが首を傾げました」

「ええ、そうだったわね」と、全然首を傾げてこなかった椿木警部が全力で頷く。

聡介は苦笑いを浮かべながら、源次郎のほうを指差して続けた。

「しかし源次郎さん、今回の事件の犯人はあなたではあり得ない。そのことだけは関係者の一致した見解でした。なぜなら、あなたは左手が不自由だ。そんなあなたには現場の家具類をさかさまにするという、この奇妙な模様替えは不可能。そう思われたからです。ただし厳密にいうなら、あなたに不可能と思われる行為は、たったひとつ。それは——」

聡介は部屋の角を指差していった。

「この29インチのブラウン管テレビ、これをさかさまにするという行為だけです。あなたの左腕は不自由といっても、まったく物が持てないわけではない。壁の油絵をさかさまにしたり、椅子の向きを逆にしたり、ミニコンポをひっくり返したりする行為は、おそらくあなたにとっても、そう難しいものではなかったはず。もちろん、佐和子夫人を花瓶で殴る行為は、右手一本でも充分可能です」

「…………」源次郎は無言のまま聡介の話を聞いている。

「では、源次郎さん、あなたには本当にテレビをさかさまにすることはできなかったのでしょうか。事件の夜のあなたの行動を眺めてみれば、なるほど、あなたにその機会はなかったように思われます。あなたは事件の夜八時ごろに仕事仲間たちの来訪を受けている。そしてそれ以降、翌朝の死体発見時に至るまで、あなたがひとりで行動できた時間は極端に少ない。自由に行動できたのは、煙草を吸いに出た十分程度だけです。これでは全然無理だ。いや、たとえ休憩時間が二、三十分あったとしても難しい。左手の利かないあなたには、短時間でテレビをさかさまにするという行為は不可能に思える。ただし、この考え方には、ひとつの前提条件があります」

「前提条件!?」椿木警部が聞く。「どういうこと!?」

「ポイントは午後八時の場面です。この時刻、仕事仲間たちがお手伝いさんとともに、離れを訪れました。このとき、離れの家具や家電製品は間違いなく通常の状態だった。これが前提条件です。この前提に間違いがないなら、確かに源次郎氏は犯人ではあり得ない。逆に考えるなら、源次郎氏が犯人であるためには、この前提のほうが間違っていなければならない。すなわち、午後八時の時点で、すでに離れは通常の状態ではなかった。29インチのテレビは、すでにさかさまだった。——そうじゃありませんか、源次郎さん」

「ちょっと待て！」源次郎が初めて声を荒らげた。「前提、前提というが、そういう君こそ、わたしが犯人であるという前提で事件を考えているじゃないか。いったいなぜだ！」

「え!?　なるほど、えーと、それは……」

なぜかと聞かれれば、それはマリィが魔法でもって、南源次郎こそが真犯人である、と教えてくれたからである。しかし、そのことをここで説明するわけにもいかないので、聡介はすべてが自分の類まれな推理力の賜物《たまもの》であるかのように振る舞うことにした。

「なぜって？　それは、あなたの行動に不自然な点が見られたからですよ。あなたは事件の夜に訪れた仕事仲間たちを、いったん離れに案内するようにと、お手伝いさんに指示を出している。僕は、これが引っ掛かった。なぜそんな無駄なことをするのか、とね。だが、あなたにとってはそれこそが今回のトリックの肝《きも》だったわけです。仕事仲間たちとお手伝いさんに、さかさまのテレビを見てもらうこと。そして、そのテレビが通常の状態であると錯覚してもらうこと。それこそが重要だった。——違いますか、源次郎さん！」

聡介がズバリと言い放つと、源次郎は「うッ」と言葉に詰まる。彼の口から反論は聞かれなかった。代わって、椿木警部がテレビ台へと歩み寄りながら口を開く。

「錯覚させるために使ったのが、このＤＶＤというわけね」

椿木警部はＤＶＤプレーヤーから証拠品のＤＶＤを取り出して、ケースに仕舞った。

「そうです。中身はさかさまの映画が録画されています。おそらく、スクリーンに上映中の映画を、さかさまにしたＤＶＤムービーカメラで撮ったのでしょう。映画泥棒と似たようなやり方ですね。この屋敷の地下には映写室があるそうですから、源次郎氏にとっては簡単なことです。ただし、このやり方だと映像の画質が落ちてしまう。だから、源次郎氏はもともと画質の悪い古い映画を敢えて選んだ。それが『任侠探偵』というわけです。それに、離れのテレビは古いブラウン管テレビですから、少々画質が悪くても誰も不思議には思わない。それも源次郎氏の計算のうちだったのでしょう」

「さかさまのテレビで、さかさまの映画を再生する。なにも知らない人が見れば、普通のテレビに普通の映画が映っているように見える。そういうトリックだったのね」

椿木警部は感心したようにいうと、目の前のテレビを指差しながら聡介に質問した。

「じゃあ実際のところ、この馬鹿でかいテレビは、いつさかさまにされたのかしら？」

「正確には判りません。ただ事件の十日ほど前、それまで屋敷で働いていたベテランのお手伝いさんが辞めています。おそらく源次郎氏が意図的に辞めさせたのでしょう。一方、新しいお手伝いさんがやってきたのは事件のつい二日前のことです。ここに、約一週間の空白期間がありま す。この間、おそらく離れに入って掃除をする人間は誰もいなかった。源次郎氏はその空白期間のどこかでテレビをさかさまにしたのでしょう。いくら片腕が不自由な源次郎氏でも、それなりの道具、例えば梃子《てこ》や滑車やロープやジャッキ等々を使用すれば、29インチのテレビをさかさまにすることは可能だったはずです。なにしろ時間は二時間でも三時間でも、なんなら三日でも四日でも存分に使えたわけですから」

「じゃあ、このテレビは事件の十日近く前から、事件の当日までずーっとさかさまだったかもしれないってわけ？」

「ええ、その可能性はありますね。さかさまにしたテレビが、十日間で壊れて映らなくなるということもないでしょうから。しかしまあ、実際は事件の前日か前々日あたりに作業した公算が高いでしょうが」

「それだけの準備をした上で、源次郎は事件当日の午後八時に、来客を迎えたわけね」

「はい。そして彼のトリックに、仕事仲間たちもお手伝いさんも、みんな騙されました。誰ひとり、テレビがさかさまだとは気がつかなかったのです。ひとつには、このテレビがスタイリッシュなデザインを誇る、当時としては最新機種だったことが原因でしょう。もともとフレームが細く、天地を逆にしても一見それと判らない、スマートなデザインです。もちろん、源次郎氏も細工がばれないように、なるべく部屋を暗くしたり、みんなをテレビから遠ざけるなど、それなりに気を使ったことでしょう。そうして離れでの目的を果たした後は、源次郎氏はさっさとみんなを屋敷のほうに誘導して、後は午後十一時の殺人の機会を待った、というわけです」

聡介はあらためて源次郎のほうを向いた。

「源次郎さん、あなたは午後十一時に仕事仲間たちとの議論を中断し、休憩だといってみんなの前を離れました。煙草を吸いにいく、というのは口実で、実際にはあなたは離れに向かったんですね。そこには、贋メールで呼び出された佐和子夫人がいる。あなたは彼女を花瓶で殴って殺害。そしてすぐに事件の仕上げに移ります。さかさまの殺人現場を作る作業です。テレビはすでにさかさまになっている。あなたはそれ以外の家具や家電を、次々にさかさまの状態にしていった。何もかも全部さかさまにすることはできないし、その必要もありません。十分間という制限時間の中で、可能な限りのものをさかさまにすればいいのです。それなら、あなたにもできる」

「…………」源次郎は無言で聞いている。

「そして最後にもうひとつ、あなたには大事な作業が残っていました。トリックの要《かなめ》であるＤＶＤを目に付かない場所に隠す、という作業です。あなたはそのＤＶＤを『ゴジラ』のケースに入れてＤＶＤラックの中に隠しました。一枚のＤＶＤを、数百枚のＤＶＤコレクションの中に紛れ込ませたというわけです。まさに、『木の葉は森に隠せ』の格言どおり。いかにもミステリマニアらしい隠し場所です。そうやって離れでの作業を終えたあなたは、屋敷へと戻ってまた仲間たちとの議論を続けた。そして翌朝、佐和子夫人の死体が発見されるまで、ずっと仲間たちと一緒に過ごした、というわけです」

「…………」

「あなたは自分の思い描いたトリックを完璧に遂行した。警察は、あなたのことを疑えない。あなたには、あのさかさまの殺人現場が作れないからです。あなたは完全犯罪を成し遂げて、ひとり悦に入っていたのでしょう。ところが、ここに思いがけない邪魔が入りました。例の魔法伝いさんです！」

聡介の微妙な発音に、それまで緊張しきっていた場の空気が、一瞬弛緩《しかん》した。

「いま、なんていったの、小山田君？　マホウツダイさんってなに？」

「マホウツダイさんなんていってません！　お手伝いさんって、ちゃんといいました！」

聡介は断固とした態度で言い張り、上司の疑問を一蹴。再び源次郎に向き直った。

「あなたはお手伝いさんから、面と向かって犯人呼ばわりされた。あのお手伝いさんが、証拠もなしになぜあなたが犯人であると主張できたのか、それは僕にも判りません。全然判りません。いや、本当に全然判らないんですよ。しかし理由はどうあれ、真犯人であると名指しされたあなたは、内心かなり慌てたはずです。焦ったあなたは証拠隠滅を急いだ。DVDラックにいったん隠した証拠のDVDを、あらためて処分しようと考えたのです。そこであなたは、椿木警部を渋い大人の魅力で籠絡《ろうらく》し、離れの立入禁止を解除させた」

「ちょっと小山田君！　誰が渋い大人の魅力で籠絡されたですって！」

血相変えて否定する警部。一方、源次郎はまっすぐ首を縦に振って、ついに自白した。

「君のいうとおりだ、小山田刑事。わたしはこの警部さんの惚れっぽさを利用したのだ」

おいこら、勝手に自白すんな、このあたいがあんたなんかに惚れるわけないじゃんか、と椿木警部は両目を三角にする。

荒れ狂う警部をよそに、聡介は最後の説明に移った。

「源次郎さん、あなたが離れの立入禁止の解除を要求したと聞いて、僕はまた引っ掛かりを覚えました。なぜ、あなたがそんなことをわざわざ要求するのか。そして、ピンときたのです。この離れのどこかに、あなたが犯人であることの動かぬ証拠が眠っているのではないか、と。そして、今夜にもあなたはそれを持ち出そうとするのではないか、と」

「なるほど。それで君は先回りして待ち伏せを……わたしは証拠を隠滅するつもりで、かえって証拠の在《あ》り処《か》を君に教えてしまったわけだ……」

自嘲気味に呟く源次郎。そして彼はとつとつとした口調で敗者の弁を語った。

「小山田刑事、君が見抜いたとおり、わたしが佐和子を殺したのだ。もともとわたしが佐和子と一緒になったのは、彼女の父親、岡島光之助監督の存在があればこそだ。岡島光之助の娘婿という立場は、わたしの業界での地位を高めてくれた。仕事上の人脈作りにも役に立った。だが岡島光之助は二年前に死んだ。その時点で、わたしにとって佐和子は必要のない存在になったのだ。だが、この屋敷を初めとする多くの財産は佐和子の名義だ。彼女はその立場を利用して、わたしの仕事に口を挟むようになった。まるでプロデューサー気取りだ。映画のことなど、なにも判らんくせに！　おまけに、いい歳して若い男には目がないときている！　わたしは彼女を殺そうと決意した。彼女が死ねば、名実ともに岡島光之助の遺産は、全部わたしが引き継ぐことになるのだからな」

「なるほど、それが動機というわけですか。よく判ります。同情はできませんが」

「同情などいらんよ。さあ、小山田刑事、君の勝ちだ。わたしに手錠を掛けてくれたまえ」

南源次郎は揃えた両手を、自ら聡介の目の前に差し出した。聡介は手錠を手にして源次郎の正面に立つ。だが一瞬のためらいの後、聡介はくるりと後ろを向いた。

「いや、手錠はやめておきましょう。あなたはすでに罪を認めている。その潔さに免じて、これ以上の辱《はずかし》めは必要ないと判断します」

そして聡介は再び源次郎のほうに向き直ると、指を一本掲げた。「――ただし！」

ただし、南源次郎は映画監督でありながら、映画を、それも義父であり師匠でもある岡島光之助の代表作『任侠探偵』を殺人の道具として使用した、そのことについてはすべての映画人と映画ファンに対して謝罪するべきではないか――というような趣旨のことを聡介はカッコよく語ろうとしたのだが、次の瞬間、いきなり源次郎の右ストレートが彼の顔面に炸裂！　聡介はひと言も語れないまま、ただ「ぐふッ！」という呻き声を残して真後ろに吹っ飛び、椿木警部の身体を巻き込みながら、二人して床に倒れた。

刑事たちの隙に乗じて、源次郎は脱兎の如き素早さで扉を開けて外へ。床に倒れた聡介と椿木警部はお互い泡を食いながら、なんとか立ち上がる。

「畜生！　こんなことならカッコつけてないで、さっさと手錠打っとくんだった！」

「んなこといってる場合じゃない！　小山田君、早く追いかけて！」

聡介と警部は揃って離れから飛び出した。暗闇の遥か遠くに、源次郎の背中が見える。

「あそこです、警部」指を差しながら、聡介は全力で駆け出した。

だがスタートで後手を踏んだ影響は大きい。両者の距離には絶望的な開きがある。

やがて源次郎は屋敷の角を曲がった。聡介の視界から犯人の背中がいったん消える。

「屋敷の裏に回ったようです！」聡介が叫ぶ。

「そっちには裏門があるわ」と背後から椿木警部。「奴は裏門から逃げるつもりよ」

そうはさせるか。さらにスピードを上げて、屋敷の角を曲がる聡介。だが、その瞬間！

「ぎゃあああぁぁぁぁ――ッ」

源次郎のものと思しき絶叫が、南邸の敷地全体に響き渡った。思わず足を止める聡介。背後から追いついてきた警部が、荒い息の間から尋ねた。

「なに、小山田君、いまの叫び声は⁉」

「わ、判りません」聡介は闇の中を覗き込むようにしながら、前に進んだ。「気をつけてください、警部。なにかありそうですよ」

「な、なにかありそうって、なによ……」

椿木警部は聡介の背中を盾にしながら前方を見やる。そんな警部が、突然暗闇に向かって指を差して叫んだ。「あッ、あそこ！」

聡介は警部の示した方角に視線をやる。確かに、奇妙な光景がそこに見られた。白い物体と黒い物体とが、地面の上で折り重なっている。白いほうはなんの感情も見せず、黒いほうは苦しがっているように見える。

聡介と警部はいったん顔を見合わせて、それから一目散にそちらへと駆け出した。

「こ、これは……」

実際の状況を間近で確認した椿木警部は、唖然としたまま言葉を失った。

白い物体の正体は裏庭に飾られた等身大の天使のオブジェ。黒い物体は天使のオブジェの下敷きになって、身動きが取れなくなった真犯人、南源次郎だった。

聡介はオブジェの下でもがく源次郎に歩み寄り、難なく手錠を打った。こうして、さかさまの謎に彩られた南佐和子殺害事件は、呆気なく幕を閉じたのだった。しかし——

「なにこれ、どういうこと⁉」椿木警部は犯人確保の喜びよりも、目の前の奇妙な現象に心奪われているようだ。「源次郎は天使のオブジェに自分で衝突して、自分で下敷きになったの⁉　そんな器用な真似、できる⁉　それとも、これって誰かの仕業なの⁉」

「えーっと、そうですねー」聡介は誤魔化すように頭を掻いた。

もちろん、これは誰かの仕業だ。誰の仕業なのかも、聡介にはピンときている。だが、真実を口にすることは控えよう。せっかくの事件解決の手柄を台無しにしたくない。

「うーん、どーいうことなんでしょーねー」

精一杯とぼけながら、聡介は何気ないフリを装い夜空を仰いだ。

――やってくれたな、魔法使いめ！

聡介の見上げる先、三日月の夜空に浮かぶ魔法使いマリィの姿があった。愛用の箒の柄《え》にちょこんと腰掛ける彼女は、夜の闇に溶け込むような濃紺のワンピース。頭には魔法使いのもうひとつの象徴ともいうべき三角帽を乗せている。そしてマリィは唇の端に誇らしげな微笑を浮かべると、帽子のひさしに指を掛け、地上の刑事に軽く挨拶。だが聡介がそれに応えて小さく片手を上げると、彼女は素っ気ない態度でプイと横を向くのだった。

マリィの背中で揺れる三つ編みは、月明かりの中で妖しく青く輝いていた。

魔法使いと失くしたボタン

1

フローリングの床の上には、カラフルなトレーニングウェアを着た女性たちが、ざっと三十人。中年女性から若い女の子まで、年齢層は幅広い。部屋いっぱいに広がった彼女たちは、流れてくるアップテンポのリズムに合わせて、激しく身体を動かし続けている。

彼女たちを指導するのは、タンクトップから太い腕を覗かせた筋骨隆々とした四十代男性、泉《いずみ》田健三《だけんぞう》。彼は自らも運動を続けながら、鬼軍曹のごとく彼女たちを叱咤《しった》激励する。

「休むんじゃない！　もうひと頑張り！　はい、1、2、1、2——そう、それでいい！」

彼の掛け声とともに、女性たちの息遣いは荒くなり、あたりは特有の熱気に満ちていく。

凄い脂肪熱だ——と健三は滴《したた》る汗を手で拭いながら、密かに呟いた。

脂肪熱。それは、ダイエットに励む女性が無駄な脂肪を燃焼させようとして、無駄な努力を重ねる際に身体全体から発する、じっとりと生暖かく殺気立った熱の俗称である。

「はい、1、2、1、2——腰！　脚！　腰！　脚！　そうだ、その調子！」

健三の熱血指導は続く。彼は単なるインストラクターではなく、この『ヘルシー・ラボ』の経営者。と同時に、数々のエクササイズを考案し、その普及に努める著名なダイエット研究家でもある。彼の著書やエクササイズＤＶＤは、馬鹿みたいにずーっと続くダイエットブームの中で、阿呆《あほ》のようにずーっと売れ続けている。

中でも、彼が鬼コーチ「泉田館長」のキャラクターを演じて、超過酷な（というより、ほぼ実行不可能な）エクササイズ・メニューを熱血指導するＤＶＤ『泉田館長のダイエット道場』は、この種のＤＶＤとしてはかなり優秀な売り上げを叩き出した。この種のＤＶＤとは、要するに通販で一世を風靡《ふうび》したあの伝説のエクササイズ、『ビリーズブートキャンプ』の類似品、という意味である。

そんな彼の経営する『ヘルシー・ラボ』は、八王子市内にある雑居ビルの四階と五階にて運営されている。ダイエット研究家泉田健三の活動拠点であると同時に、『泉田館長のダイエット道場』そのものだ。そこに通う女性たちも、多くは「泉田館長」を目当てに、ここに通っているものと見て間違いない。よって、健三は彼女たちの前では、常に「泉田館長」のキャラを演じ続ける。その真髄は、マッチョな肉体と情熱的な指導、そして爽やかなスマイル。このギャップこそが多くの女性を魅了することを、彼は経験的に知っていた。

「それ、あと少しだ！　頑張れ！　右、左、右、左！　よーし、前半終了ぉーッ」

健三の声が響き渡ると同時に、汗だくの女性たちが床にへたり込む。館長キャラの健三だけが、腰に手を当てて涼しい顔で彼女たちを見下ろしていた。

「よーし、十分間休憩！　後半はさらに厳しいエクササイズが待っているから、覚悟するように！　いいね、では、十分後にまた会おう――」

健三は余裕の笑みを生徒たちに向け、手を振ってエクササイズ・ルームを後にする。

だが、誰もいない廊下に出た瞬間、彼の表情から爽やかな笑顔が掻き消えた。

代わって現れたのは、生徒たちの前ではけっして見せることのない、暗く深刻な表情。

健三はその表情のまま、小走りに廊下を進み、突き当たりの非常扉を開けた。扉の向こうは外付けの非常階段の五階部分だ。

あたりは夜の闇に包まれ、吹き抜ける風は汗ばんだ肌に心地よい。

だが、健三はこの場所に涼みにきたのではない。鉄製の手すりには、ハンガーに吊るされた黒いジャンパー。あたかも、取り込むのを忘れた洗濯物、といった風情だ。彼は素早くそれを着込むと、右のポケットから小道具を取り出す。マスクと帽子。健三はその両方を身につけながら、非常階段を一階まで駆け下りた。

そこは雑居ビルの裏側。隣接するビルとの隙間は幅五十センチほどの狭い通路だ。普段はノラ猫かコソ泥ぐらいしか利用者はいない。健三はその通路を蟹歩きの要領で進んだ。

通り抜けた先はコイン式の駐車場だ。駐車中の車は数台しかなく、人の気配はない。

健三はそこに停めてある一台の黒い高級ワゴン車へと駆け寄った。車内に人の姿があるのを確認してから、マスクと帽子を脱ぐ。運転席のドアを開けると同時に、彼の表情にお得意の陽気なスマイルが蘇った。

「やあ、待たせたね」運転席に身を躍らせながら、健三は親しげに右手を上げた。

助手席にはポロシャツ姿のラフな恰好をした中年男性、槙原浩次《まきはらこうじ》の姿があった。健三にとっては妻の兄、つまり義兄にあたる男である。眼鏡を掛けた顔つきは知的で、少し冷たい印象。体格は小柄で、マッチョな健三と並ぶと、その小ささが際立つ。

そんな槙原浩次は少し不満げな口調で、「どうしたんだ、急にこんなところに呼び出して」と、いいながら鍵のついたキーホルダーを健三に手渡した。このワゴン車のキーだ。キーホルダーはドアを開閉するためのリモコンになっている。

健三は車の中で義兄と待ち合わせるために、前もって彼にこう伝えていた。『バンパーの裏に車のキーをテープで貼り付けておくから、それでドアを開けて中で待っていてくれ』——と。

どうやら義兄は健三の指示に従ってくれたらしい。もっとも多少の疑問は抱いたようだが。

「話があるなら、うちにくればいいだろうに。どうせ、例の話なんだろ」

「まあ、そうなんだけど……なあ、義兄《にい》さん、もう一度考え直してくれないか。このビルを売却するって話。だって、もったいないだろ。せっかく街の一等地にあるビルなのに。売却じゃなくて、建て替えでどうだい。そうすりゃ俺のエクササイズ・スタジオも規模を大きくして——」

「おまえの、じゃない。俺のビルだ。俺が親父から引き継いだ。たとえ『ヘルシー・ラボ』の経営者がおまえだとしても、このビルの土地と建物は俺の所有物だ。売ってなにが悪い。なに、心配するな。おまえは人気者だ。本やＤＶＤも売れている。新しい場所を探して、新しいスタジオを持てるさ。そのためなら、いくらでも協力しようじゃないか」

「そ、そうかい……ありがとう、義兄さん」運転席でぎこちなく頷いた健三は、顔を上げると明るい声を発した。「あ、そうだ！　義兄さん、後ろを見てくれないか」

「ん、なんだ」いわれるままに槙原浩次が首を曲げて後ろを見やる。

三列シートの二列目三列目を折りたたんだ状態のフラットな空間。そこをビニールシートで覆われた大きな物体が占領していた。槙原浩次は片手を伸ばして、ビニールシートを取り除いた。

現れたのはひとり掛け用の肘掛椅子だった。座面や背もたれ、肘掛部分が格子柄の布張りになっている。それを見るなり、義兄の横顔に怪訝《けげん》な表情が浮かんだ。

「どうしたんだ、この椅子。買ったのか」

「ああ、そうだ。今日買ってきたんだ」

答えながら、健三はジャンパーの左のポケットから、密かに凶器を取り出した。なんの変哲もない一本のロープ。彼はその片方の端を右手に巻きつけ、臨戦態勢をとった。後部スペースに気を取られている義兄の背後から襲い掛かり、その首にロープを巻きつけ、ひと思いにギューッと絞め上げれば、勝負は一瞬で決着するはず——よし、いまだ！

健三がロープを手に襲い掛かった瞬間、

「ん⁉」義兄はひょいと腰を浮かせ、助手席と運転席の間をすり抜けるように、立ち上がり、後部スペースに移動した。「この椅子、俺の家のリビングにあるやつとよく似てるな」

「あ、ああ、そうさ」健三は助手席をロープでギューッと絞め上げながら答えた。助手席に命があるなら、断末魔《だんまつま》の絶叫が響いたろう。実際にはヘッドレストがギシッと軋んだだけだった。

「お、同じのを買ったんだ。俺も前からいい椅子だと思ってたんでね」

勝負は一瞬では決着しなかった。健三はヘッドレストから素早くロープを外し、セカンドチャンスを待った。「そ、そうだ。なんなら、座ってみなよ、義兄さん」

「はあ⁉　同じ椅子なんだから、座り心地は変わらないはずだろ」

とはいいつつ、子供っぽいところのある槙原浩次は、真新しい椅子を前にして座ってみたくなったようだ。彼はどっかと座面に腰を降ろし、背もたれに背中を預ける。

おお！　まさに、おあつらえ向きのビッグチャンス到来！

はやる気持ちを抑えながら、健三はロープを背中に隠し持ち、後部スペースに移動する。さりげなく椅子の背後に回り、今度こそ成功を確信した健三は、余裕を持って口を開いた。

「義兄さん、さっき、俺のためにいくらでも協力するっていってくれたよな」

「ん⁉　ああ、いったとも。なんでも協力しようじゃないか」

「そうかい。それじゃあ、義兄さん！」健三は手にしたロープで目の前にある義兄の首に襲い掛かる。太い腕に力を込めながら、彼は叫んだ。「俺のために死んでくれ――ッ！」

ロープでギューッと絞め上げると、今度は布張りの背もたれがキュと鳴った。ハッとして顔を上げると、目の前には中腰で立つ義兄の姿。その表情には、驚愕と怯《おび》えの色が浮かんでいる。どうやら、彼は健三の邪悪な意思に遅まきながら気づいたらしい。

「お、お、おまえ、い、いったい俺をどうする気――うぐッ」

事ここに至って、健三は俄然、自らの類まれな身体能力を活用する手段に出た。

健三は、相手の胸倉をむんずと摑むと、力任せに自分のほうに引き寄せる。強引にロープを相手の首に掛けると、あとはもう、ありったけの力で相手を絞め上げるばかり。

やがて、力の抜け落ちた槙原浩次の身体は、椅子の上に崩れ落ちていった――

はあ、はあ、はあ。車内に響く荒い息遣い。大仕事を終えた健三は肩で息をしていた。だが休んでいる暇はない。余分な時間を食いすぎた。むしろ急ぐ必要がある。

健三は呼吸を止めた義兄の身体を、きちんと椅子の上に座らせた。履《は》いている靴を脱がせる。死後硬直がはじまれば、彼の肉体は座った姿勢のまま硬くなることだろう。それから健三はあらためてビニールシートを広げると、それで死体の座る椅子を再び覆い隠した。後部スペースの窓はスモークになっているから、車内の様子を誰かに覗かれる心配はほとんどないのだが、念のための措置である。

作業を終えた健三は再びマスクと帽子を装着。運転席から外へ出ると、リモコンを操作して車をロックした。

健三は素早く車を離れ、きたときと同じルートを通って、雑居ビルへ。非常階段を五階まで一気に駆け上がる。マスクと帽子を脱ぎ、ジャンパーのポケットにねじ込む。そしてジャンパーを脱ぎ、元のようにハンガーに掛けて手すりに吊るす。

扉を開いて、何食わぬ顔で廊下に戻る。誰にも見咎《みとが》められることはなかった。

腕時計を確認すると、ちょうど十分の休憩時間が終了したところ。ギリギリセーフだ。

健三はそのまま休む間もなく、エクササイズ・ルームに飛び込んでいった。整列して待つ受講生の前に立つ。瞬間、彼の表情は鬼コーチ「泉田館長」のそれに変わった。

「さあ、休憩時間は終了！　エクササイズの後半戦だ——ではミュージック・スタート！　はい、1、2、1、2——はい、右手、左手——はッ、はッ、ひッ、ひッ——」

やばい。苦しい。死にそうだ。力ずくで人間ひとり絞め殺した直後のエクササイズ。健三のマッチョな肉体でさえも、さすがに悲鳴をあげていた。だが、ここが踏ん張りどころだと、彼は自分に言い聞かせる。死ぬほどハードなエクササイズだとしても、涼しい顔でこなしてこそ、みんなの憧れる「泉田館長」。簡単に音を上げるわけにはいかないのだ。

「さあ、1、2、1、2、ほら、頑張って！　もうひと息だ！　自分を信じて！」

健三は自らを鼓舞するようにいうと、苦しい息遣いの中で得意のスマイル。

そして、心の中で思わず毒づいた。

畜生！　誰だ、こんな無茶苦茶なエクササイズを考案した奴は！　絞め殺してやる！

2

午後九時過ぎ。営業を終了した『ヘルシー・ラボ』近くの駐車場から、一台の高級ワゴン車がのっそりと黒い車体を現した。運転席でハンドルを握るのは、仕事用のタンクトップを脱ぎ、洒落た茶色のジャケットに着替えた泉田健三である。

健三はちらりとバックミラーに視線を送り、後部スペースを確認する。そこに見えるのは、盛り上がったビニールシート。その下には椅子に座った槙原浩次の死体が隠れている。

健三はこの死体を槙原の自宅に運ばなくてはならないのだ。

「このビルから槙原邸まで車で約十分……慌てることはない」

自分に言い聞かせるように、健三は呟く。実際、ここで焦って交通事故などやらかしてしまっては、全ての計画が台無しだ。健三は慎重なハンドルさばきで、車を一路槙原邸へと走らせた。

幸い道路は空いており、走行はスムーズ。車の調子も申し分ない。彼のワゴン車は、予定通り約十分で槙原邸に到着した。

槙原浩次はひとり暮らし。だが、数年前に死んだ父親の遺言に従って、数多くの不動産を相続した。そんな彼の暮らしぶりは、まさに優雅な独身貴族のそれだった。自宅もやはり父親から受け継いだ、豪華な邸宅である。とはいえ、厳《いかめ》しい外観とは裏腹に、さほどセキュリティーに気を使った建物ではない。そのことを健三はよく知っていた。

健三のワゴン車は正門から槙原邸の敷地内へ。目の前に威圧感のある二階建て建築が聳《そび》える。健三はハンドルを切り、車を屋敷のガレージへと向けた。

屋敷と一体化したガレージは、けっして大きなものではない。車二台がようやく停められる程度のものだ。いま、ガレージの中には黒塗りのベンツが一台だけ駐車中だ。槙原浩次の愛車である。だがベンツの隣のスペースは空いている。もともと車好きとはいえない槙原は、ベンツ以外のセカンドカーを持たなかった。この駐車スペースに常に一台分の余裕があることも、健三は先刻承知である。

健三はワゴン車をガレージの前に進めた。後方を目視で確認する。駐車スペースは、意外と狭い。3ナンバー車なら、ぎりぎりだろう。だが、ここからなんとかバックでガレージに駐車できれば、後の作業がとても楽になるのだ。

「ゆっくり慎重にやれば、大丈夫……」

運転に自信のある健三は、そう決断した。小刻みにハンドルを操作し、車をバックさせる。するとと努力と慎重さの賜物というべきか、彼のワゴン車は一度の切り返しも必要とすることなく、見事一発でベンツの隣に納まった。

「よっしゃ！」歓喜の声とともに、健三はサイドブレーキを勢いよく引く。

さっそく彼は次の作業に取り掛かった。まずは両手に革製の手袋を装着する。そして、運転席から後部スペースへ車内を移動。ビニールシートを退《ど》かすと、その下からは椅子に座った槙原浩次の死体が露《あらわ》になる。

「ふふ、なに、怖がることはない……」

不敵な笑みを浮かべると、健三は車の最後尾に歩み寄り、電動式の後部ハッチをリモコンで開けた。静かに上がっていくハッチ。すると視界の真正面に一枚の扉が見える。ガレージから屋敷の中へと続く勝手口だ。健三はいったん車を降り、死体から奪った鍵で扉を開錠。扉を全開にしてから、ドアストッパーで固定する。これで屋内への通路は確保された。

それから健三は死体から脱がせた靴を持ち、勝手口から廊下を進み、正面玄関に向かった。たたきに彼の靴を並べて置く。槙原が普通に玄関から帰宅したと思わせるためである。

「よし。あとは、死体を運ぶだけだ……」

幸いというべきか、槙原浩次は小柄な体格。体重は五十キロ程度と見ていい。椅子の重量と合わせても六十キロに届かないはずだ。筋肉の鎧《よろい》を纏《まと》った健三にしてみれば、運べない重量ではない。いや、必ず運べる！　運ぶのだ！

自分を鼓舞しながら再びガレージに戻ると、健三は車の後部ハッチから車内へ。そして彼は、いよいよ死体が乗った椅子を両手で抱えた。足を踏ん張り、腕に力を込める。

「ふんッ、ぬッ！」ガレージ全体に健三の気合が響き渡る。「ぬをおおお！」

死体を乗せた椅子は、ゆっくりと確実に持ち上がっていった――

数分後。椅子と死体を一度に抱えた泉田健三は、ガレージの勝手口を通り、廊下を進み、その先にある広々としたリビングに到着。フローリングの床の中央に、大きな荷物を下ろすと、彼はそのまま床の上にへたりこんだ。「……はあ、はあ、はあ！」

四つん這いのまま呼吸を整える。そんな彼の前には、二脚の椅子が並んでいた。

どちらも同じひとり掛け用の肘掛椅子だ。材質も色もメーカーも、まったく同じ二脚の椅子。違うのは、片方の椅子に死体が腰掛けている、という点のみである。

健三はゆっくりと立ち上がると、死体の座った椅子の位置を微調整。壁際の大画面テレビに正対するように椅子の向きを変える。槙原浩次は自宅のリビングでくつろいでいる最中、何者かに襲われた。そんなふうに見えることが望ましい。健三はリモコンを操作してテレビを点けた。音量は高めに設定する。空調はどうだろうか。今夜の気温は、少し肌寒い程度だ。エアコンはなくて構わないだろう。余計なことは、なるべくしないほうがいい。

それから健三は、誰も座っていない肘掛椅子――つまり本来このリビングにあったほうの椅子――に目を向けた。後はこの椅子を持ち出すだけだ。それによって、このリビングは槙原浩次の殺害現場となる。実際の現場が『ヘルシー・ラボ』近くの駐車場であるなどとは、誰も思わない。簡単なトリックだが、複雑なトリックを駆使するよりも確実だ。そもそも、これより複雑なトリックを捻り出す頭脳など、健三にはないのだ。

健三は最後にもう一度リビングを見渡した。やり残したことはないか。やっておくべきことはないか。例えば、強盗の仕業に見せかけるために部屋を荒らしておく、とか――

そんな姑息《こそく》な考えも一瞬脳裏をよぎったが、いや、やはり余計なことだ、と健三は頭を振る。どんな目的で槙原浩次が殺害されたのか、それは警察が勝手に考えればいいことだ。

「それより、早くここを立ち去ったほうがいい……」

健三は意を決し、肘掛椅子を持ち上げた。死体の乗っていない椅子は、驚くほど軽い。

空っぽの椅子を持った健三は、リビングから廊下、そして勝手口の扉をくぐって再びガレージへ舞い戻る。開いた後部ハッチからワゴン車の中へ椅子を押し込むと、自らもハッチから車に乗り込み、それをリモコンで閉める。そのまま車内を移動して運転席へ。エンジンを始動させ、シートベルトも忘れずに装着。健三はゆっくり慎重に車をスタートさせた。

ワゴン車はガレージの狭い駐車スペースを、すり抜けるように動き出した。そのままゆっくりとした速度で、車は槙原邸の門を後にする。だが、交通量の多い幹線道路に出た途端、車は急に目を覚ましたかのようにぐんと速度を上げ、八王子の夜を突っ走っていった。

「やった、やったぞ……やり遂げた！」

運転席の健三は興奮した口調で、ひとりフロントガラスに向かって快哉を叫ぶ。その口許からは、抑え切れない笑い声さえ漏れていた。もちろん、やるべきことはまだ残っている。車の後部スペースに積んだ椅子の処分の問題があるし、明日以降のことも心配だ。

とはいえ、殺人と死体運搬、この二つの大仕事をやり遂げたいま、最大の難関は突破したといっていい。健三は文字どおり重い荷物を降ろしたような気分で、車を自宅へ向けて走らせる。そのハンドル捌《さば》きは、いつになく軽快なものだった。

だが、そこに油断があった。自宅まであと僅《わず》かという上野町公園の交差点に差し掛かったとき、健三の集中力が途切れた。それは疲労の果てに生じた、一瞬の居眠りだった。

ハッ——慌てて前方に意識を集中した時には、もう遅かった。彼の視界に驚くべき光景！　横断歩道の真ん中に黒っぽい服を着た女性が突っ立っていた。長い髪を三つ編みにした少女だ。夜中に道路掃除でもあるまいが、少女はなぜか背丈ほどもある箒を手にしている。

危ない！　クラクションを踏んでブレーキを鳴らさなければ——いや、違う！　クラクションを鳴らしてブレーキを踏まなければ——って、ああ、もう全然無理！

だが、健三が観念しかかった、そのとき——

横断歩道の真ん中で少女の髪が青白く輝いた。同時に少女の手が動く。奇妙な動きだ。少女は逃げるでもなく飛び上がるでもなく、ただ目の前の埃《ほこり》を掃《はら》おうとするかのように、手にした箒を一振り。すると次の瞬間、ワゴン車はそれこそ埃のように右に掃われた。

「うわあ！」健三の身体に経験したことのない重圧が掛かる。ワゴン車はまるで星飛雄馬投じるところの大リーグボール三号が相手のバットを間一髪避けるがごとく、特殊な軌道を描いて蛇行した。健三は恐怖と混乱の中、思わず目を閉じる。「ひ、ひいぃぃぃ！」

一瞬の後。目を開けた健三は「あれ⁉」と、拍子抜けしたように周囲を見回した。

彼のワゴン車は誰を撥《は》ね飛ばすでもなく、何事もなかったかのように路上を走行していた。車は衝突寸前に事故を回避したらしい。だが、あの絶体絶命の場面でどうやって？

「…………」唯一考えられるのは、衝突の寸前、自分の腕にいまは亡きアイルトン・セナの霊魂が宿ったという可能性だけだが、「しかし、セナは知り合いじゃないし……」

ならば、いったいなぜ？　いや、待てよ、そんな疑問はさておいて――

先ほどの交差点の少女は黒っぽいワンピースに三つ編み、手には箒という姿だった。

実は、健三はそのような恰好をした少女に心当たりがある。

他でもない。ほんの半月ほど前から、泉田家で働いてもらっている住み込みの家政婦だ。

濃紺のワンピースに白いエプロン姿。愛用の箒を両手で大事そうに持ち、熱心に庭を掃く、そんな彼女の姿を彼は毎日のように見かけている。

先ほどの少女が、あのお手伝いさん？　だとすれば、今度はべつの不安が募ってくる。

「ひょっとして、あの娘、俺の顔を見たんじゃないか――」

仮にそうだとしても、たぶん決定的な問題にはならない。だが念のため確認する必要はありそうだ。

健三は今度こそ安全運転を心がけ、ワゴン車を自宅へ向けて走らせた。

間もなく車は泉田邸へと到着。庭先のカーポートに車を停めた健三は、後部スペースの椅子もそのままに、すぐさま屋敷の玄関へと向かう。呼び鈴を鳴らしてしばらく待つと、

「はーい」明るい返事とともに扉が開いた。「――あ、旦那様」

顔を出したのは、濃紺のワンピースに白いエプロン姿の少女。その愛らしい顔を見るなり、健三はぎこちない笑顔を浮かべ、彼女の名を呼んだ。

「や、やあ、日野《ひの》さん、いま帰ったよ」

「お帰りなさいませ、旦那様」日野と呼ばれた家政婦は、深々としたお辞儀で健三を迎え入れる。三つ編みにした綺麗な栗色の髪が、彼女の小さな顔の両側で揺れた。

「僕の留守中、なにか変わったことはなかったかい。典子《のりこ》はどうしてる？　そうか、部屋にこもって韓流ドラマか。まあいい――ところで日野さんは、ずっとこの屋敷にいた？」

「はい、もちろん」と、家政婦は小首を傾げて逆に問う。「なぜで、ございますか」

「い、いや、べつに。なんでもない。――あ、そうだ。風呂を沸かしてくれないか」

誤魔化すように命じると、エプロン姿の少女は「はーい」と元気な返事。エプロンの裾を翻しながら、小走りで風呂場へと姿を消した。

少女の後ろ姿を見送った健三は、黙って頭を振った。どうやら考えすぎだったらしい。

先ほど見かけた不思議な少女は、この家のお手伝いさんとは別人だ。なぜなら、上野町公園の交差点から泉田家まで近いといっても数百メートル。少女の脚力で車を追い越せるわけはない。見た目はよく似た二人だが、いわゆる他人の空似というやつだろう。

もっとも――

彼女が魔法使いで、箒に乗って空を飛んだというのなら、話はべつだが。

3

八王子市警の若手捜査員、小山田聡介が自慢の愛車を操って現場に到着したのは、午前九時前のことだった。居並ぶパトカーの列に廃車寸前のカローラを横付けした聡介は、さっそく大きな門をくぐる。表札に掲げられた「槙原」の文字を横目で見ながら、敷地の中へ。広い庭を持つ瀟《しよう》洒《しゃ》な二階建ての屋敷が目の前だ。

玄関先には大型の4ドアセダンがでんと停めてあり、存在感を示している。左ハンドルなので外車だと判る。

建物の周囲には大勢の制服巡査や私服刑事が溢《あふ》れかえり、結構な賑わいである。そんな中、後輩刑事の姿を発見した聡介は、まずは軽めの情報収集。

「どうだ若杉、『椿姫』のご機嫌は麗しいか」

「あ、先輩、遅かったですね」若杉刑事は聡介の耳元で声を潜めた。『姫』ならカンカンですよ。いえ、べつに先輩が遅れたせいじゃありません。実はですね、『姫』が勝手に仲間だと信じていた三十七歳、交通課の女性がこの度めでたく……」

「ふんふんふん、なになになに……なにーい！　結婚だってぇえ！」

「相手は一流商社マン。速度違反をマケてやったのが出会いのきっかけらしいですよ」

「なるほど、交通課にはその手があったか」事実だとすれば、職権乱用も甚だしいが。「それじゃあ、『姫』も心中穏やかではないな。けど、それはある意味、楽しみだ」

ある意味って、どんな意味？　不審そうに聞き返す若杉を後にして、聡介は上司が待つリビングへ。勢いよく扉を開け、さりげない口調で朝の挨拶。「ども、おはようござ――」

「おはやくない！　むしろ遅い！」いきなりハイテンションな罵声《ばせい》が彼の挨拶を遮《さえぎ》った。

聡介の前に立ちはだかるのは、光沢のあるグレーのスーツに身を包んだ、眼鏡の似合う女性刑事。豊かな胸を持ち上げるように腕を組み、ウエストにはくびれを強調する革のベルト。タイトスカートから覗く二本の脚は肩幅に開かれ、力強く床を踏みしめている。

彼女こそは『八王子市警の椿姫』こと椿木綾乃警部である。

「いったい、どこで油売ってたのよ！　犯罪捜査は初動がカギって、警察学校の一年一学期に習わなかったの！　あたしが大至急といったら、モタモタしないで大至急きなさい！　いいわね、小山田君、今度遅れたら、ただじゃおかないわよ！」

どうだ！　午前九時にして、この猛々《たけだけ》しさ荒々しさ。並みの女性ではあり得ないことだ。

よほど三十七歳交通課員の裏切り行為が許せなかったものと見える。無理もない。椿木警部は三十九歳という絶妙な年齢に達した独身のキャリア。しかも結婚願望は密かにアリなのだ。他人の幸せを心から祝福してばかりはいられない、その心中は察するに余りある。

そんな警部の八つ当たりっぽい叱責を、聡介はまるで愛の告白でも聞くような気持ちでうっとりと聞いていた。これはあくまでも彼の個人的見解だが、おそらく怒りに我を忘れ、髪振り乱す美女の姿ほど、男心を魅了するものはない。それが警部の肩書きを持つ美人の捜査官なら、なおさらだと聡介は考える。そうだ、明日はもっと遅れてこようか――

「なに、ニヤニヤしてんの！」警部は聡介の弛《ゆる》んだ顔を眼鏡の奥から睨みつけ、そして、ようやく怒りの矛先を収めた。「まあ、いいわ。さっさと死体を見てちょうだい。殺されたのは槙原浩次、四十五歳。この家にひとりで暮らしていたんだってさ」

警部の言葉がどこか投げやりに聞こえるのは、気のせいだろうか。ともかく聡介は、ようやく事件の被害者と対面した。槙原浩次はリビングの中央にて、肘掛椅子に座った恰好。一見すると、ポロシャツ姿の中年男が椅子の上で居眠りしているだけにも見えるが、よくよく観察すれば、彼の首筋に赤い蛇が巻きついたような索条痕《さくじようこん》が発見できる。

「ふむ、ロープのようなもので首を絞められている。明らかに殺人ですね」

「ええ。顔や首に争った跡も見られるわ。被害者はこのリビングで椅子に座り、くつろいでいた。犯人はそんな彼に力ずくで襲い掛かり、首にロープを巻きつけギューッと――」

そういいながら、椿木警部は首を絞め上げる手つき。そんな彼女の顔にはどこかサディスティックな表情が浮かぶ。「そうよ、間違いないわ。犯人は体力のある男よ」

「それは、どうですかね。確かに、ある程度の体力は必要でしょうけど、女性にだって充分可能な手口ですよ。それより、犯人は被害者の顔見知りの可能性が高いのでは？」

「あら、そうとは限らないわよ」椿木警部は前方を指差していった。「――これを見て」

聡介は、いわれるままに、それを見た。美しくしなやかな、それでいて鋭利な刃物を思わせるような危険な香りを漂わせる、実に魅力的なフォルムを持った、彼女のそれを――

「誰が、あたしの指を見ろっていったんだよ！　指じゃなくて、その先にあるものを見ろっていってんだあ！」

次第に言葉遣いが乱れるのは、苛立《いらだ》ったときの警部の癖だ。聡介は彼女の反応に満足しつつ、しなやかな指が差し示す物体に注目した。それは薄型テレビだった。液晶画面の中では韓流ドラマが絶賛放映中。ただし、音声は完全に消してあった。

「このテレビ、さっきまでは結構なボリュームで音を響かせていたわ。捜査の邪魔になるから、いまは消音設定にしてあるけど。判る、この意味？」

「なるほど。被害者は殺される直前、大音量でテレビを見ていた。犯人は音に紛れて、被害者の背後に忍び寄ることができた。顔見知りでなくても犯行は可能ってことですね」

「そういうこと」と頷いた椿木警部は気分を変えるように、肩にかかる髪を右手で掻きあげた。「まあ、いいわ。とりあえず第一発見者に話を聞いてみましょ。――若杉君、第一発見者を呼んでちょうだい」

扉の向こうで待機していた若杉刑事に、警部は指令を出す。間もなく、若杉に連れられて姿を現したのは、茶色いジャケットを着た大男。見上げるような背丈と分厚い胸板。なにより、その精悍《せいかん》な顔立ちを見た瞬間、聡介は思わずアッと声をあげそうになった。

それはテレビのダイエット番組で再三見かけたお馴染《なじ》みの顔――「泉田館長」だった。

死体のあるリビングでは話がしづらい。刑事たちは事情聴取の場所を隣の洋間に定めた。

「しかし、なんなのよ、あのレスラーみたいな男は」

薄く開いた扉から部屋の中の男を覗き見ながら、椿木警部は呆れ顔で呟く。

「おや、知りませんか、警部。彼、泉田健三ですよ。通称『泉田館長』。テレビで人気のダイエット研究家。『泉田館長のダイエット道場』は、この種のＤＶＤとしてはかなりの売れゆきで――あ、この種のＤＶＤっていうのは『ビリーズブートキャンプ』のパクリ商品って意味ですがね。しかし、まさか泉田館長が死体の発見者だとは、意外だなあ」

「ふーん、そう。判ったわ。テレビで人気ってことは、要するにそこそこお金持ちね。なかなか興味深いじゃないの。念入りに調べる必要がありそうね」

意気込む椿木警部に対して、聡介は「あの、警部、余計なことかもしれませんが」と、慎重に前置きして重大な事実を伝えた。「泉田健三は妻帯者ですよ」

「…………」一瞬の微妙な沈黙があった後、「そそそ、それがなにさ、関係ないじゃん、あたいがそーゆー興味で容疑者を調べるとでも思ってんのなら、えらい勘違いじゃん――」

感情的になってまくし立てる椿木警部。その苛立ちは最高潮に達したらしい。乱れに乱れた言葉遣いで、その心理的動揺は歴然と判る。

だが、警部は眼鏡を指先で押し上げ、普段の冷静さを取り戻すと、

「まあ、いいわ。とにかく事情聴取よ。相手が妻帯者なら遠慮はいらないわ」

独身なら遠慮するのですか？　聡介の素朴な疑問をよそに、椿木警部は室内に突入。ソファに座り、見せつけるように長い脚を組むと、臆することなく大男に相対した。

「泉田健三さんですね。さっそく、死体発見に至る経緯をお聞かせいただけませんか」

いいですとも、と身体に似合わぬ優しい笑みを浮かべながら、泉田は語りはじめた。

「僕がこの家を訪れたのは、今朝の八時半ごろのことでした。届け物があったからです。最近、義兄さんが『エクササイズに興味がある』っていいましてね。『だったら僕の本やＤＶＤの中で、義兄さんに相応《ふさわ》しいものをいくつか見繕《みつくろ》って届けるよ』って、前から約束していたんです。それで今日、出社する前に、愛車のクライスラーでこの家に立ち寄りました」

そういえば玄関先に一台の外車が停めてあった。あれはアメリカ車だったのか。

「時間的に早すぎるとは思ったんですが、もともと義兄さんは朝型の生活だから、いいかなと思ってね。到着してみると、家の中からはテレビの音が漏れ聞こえていました。ああ、義兄さんいるんだなって、そう思った僕は、さっそく玄関から中へ――」

「待って！」警部が泉田健三の話を遮った。「玄関に鍵は掛かっていなかったんですか」

「ええ、開いていました。でも、さほど変じゃありませんよね。中に人がいるんだから。そう思って、僕は中にいるはずの義兄さんを呼んだんですが、いっこうに返事がありません。リビングからはテレビの音が響いているのに。これはおかしい、と思って僕は靴を脱いで中へ……するとリビングの椅子の上で義兄さんが……冷たくなっていました……」

「そうでしたか。それで、あなたが一一〇番通報を？」

「いえ、それが通報しようと思ったんですが、運悪く僕の携帯がバッテリー切れになっていることに気がつきましてね。この家には固定電話はないし、死んだ義兄さんの携帯を使うのもまずいような気がして――」

「それじゃ、いったいどうしたんですか」

「ここにくる途中に交番があったことを思い出しました。そこまで車を飛ばして、お巡りさんに直接、緊急事態を報せたんですよ。それからすぐ、お巡りさんを助手席に乗せて、この家に舞い戻ったってわけです。後は、お巡りさんが全部やってくれましたよ」

「……へえ」なんだか妙な話ね、といいたげに椿木警部が眉根を寄せる。

「う、疑ってるんですか。嘘じゃありませんよ。本当に偶然、携帯が使えなかったんだから、そうするしかないじゃありませんか。なにか問題でもありますか」

「いや、べつに」警部は素っ気なくいうと、べつの質問。「死体の様子を見て、なにか気づいたことや、不審に思ったことなどは？」

「いいえ、特には。ただただ、驚くばかりで……」

「無理もありません。ところで、槙原浩次氏を恨んでいた人物などに心当たりは？」

「とんでもない。義兄さんは他人に恨みを買うようなタイプではありません」

「槙原浩次氏は普段、どこから収入を得ていたのですか。勤め人ではなかったようですが」

「親から受け継いだ不動産が彼の収入源です。要するに不動産経営ですね」

「なるほど。では、仕事柄、金銭上のトラブルなどは頻繁にあったのでは？」

「さあ、多少はあったのかもしれませんが、殺されるほど恨まれるなんて……。それより、物盗りの犯行などは考えられませんか。居直り強盗とか」

「部屋を荒らされた形跡はないようです。それともなにか無くなった物でも？」

「いえ、僕の見る限りでは、べつに奪われたものはないようですが」

「そうですか――ところで話は変わりますが、後で指紋を採取させていただけますか」

「指紋？」泉田の表情が曇る。「なぜ僕が指紋を取られなくちゃならないんですか」

「いえ、けっして容疑者扱いしているのではありません。ただ、現場に残された数種類の指紋の中には、第一発見者であるあなたの指紋も混ざっているはず。それを選別するためには、どうしても必要な手続きなのです。どうか、ご協力を」

警部の説明を受けた泉田は、どうやら納得したらしく、「仕方ありませんね」と頷いた。

「どう、小山田君、あなたからなにか聞きたいことはある？」

「え!?」いきなり話を振られて、聡介は焦った。椿木警部と泉田健三との会話が味も素っ気もない単なる情報の羅列《られつ》に思えた聡介は、二人の会話にまったく興味が湧かないまま、ただ警部の揺れ動く脚だけをぼんやりと眺めていたのである。「聞きたいことは？」などと急にいわれても、思い浮かぶ質問といえば「足のサイズは？」ぐらいしかない。

そんな質問しても長い脚で蹴っ飛ばされるだけ、いや、むしろそれならそれもいいかと思う聡介であるが、現実はそうもいかない。そこで彼は、咄嗟に目に付いた小さな疑問を口にした。

「袖のボタン……」

「え⁉」健三はギクリとしたように背筋を伸ばした。「な、なに……」

「いや、あなたの茶色いジャケット、袖のボタンが一個取れてますよ。ほら、左の袖」

「え⁉ ああ、本当だ。はは、全然、気づきませんでしたよ。どこで落としたのかな」

健三はぎこちない笑みを浮かべると、「――で、それがなにか？」と真顔で聞き返す。

聡介は「いや、べつに」と肩をすくめるしかない。もともと、その場凌《しの》ぎの質問だ。意味なんかない。結果的に、微妙な沈黙が二人の間に舞い降りた。

「つまんない質問はやめてね、小山田君」沈黙を破るように、警部が再び質問する。「ところで、亡くなった槙原浩次氏の遺産は、誰のものになるんでしょうね」

すると、泉田健三はムッとしたような表情を浮かべた。

「遺産は、義兄さんの唯一の肉親である妹が相続するはずです。義兄さんの妹というのは、要するに僕の妻、泉田典子のことですが」

「あら、奥さんが唯一の相続人？ 他にはいらっしゃらないんですか」椿木警部は興味を引かれたように目を輝かせる。「じゃあ、金額は相当なものになるのでしょうね」

「待ってください。まさか妻を疑うつもりですか。馬鹿な。妻は遺産目当てに実の兄を殺すような人間じゃありませんよ。ごくごく普通の専業主婦なんですからね」

健三は太い腕を振り回すようにしながら、妻典子の無実を力説する。だが、普通の専業主婦が殺人を犯さないという保証はない。当然、典子は有力な容疑者に数えられるだろう。もちろん、その妻の配偶者である健三にしても、同じことがいえる。

話が一段落した頃合を見て、椿木警部は組んでいた脚を戻し、すっくと立ち上がった。

「とりあえずは以上です。ただし近いうちに、泉田さんのお宅にお邪魔させていただく必要がありそうですね。ちなみに今日の午後、奥様はご在宅ですか」

警部の問いに、健三は得意の笑顔で答えた。「――ええ、いつでも歓迎しますよ」

4

その日の午後。『ヘルシー・ラボ』での通常業務を急遽《きゅうきょ》取りやめた泉田健三は、自宅のカーポートにいた。黒い高級ワゴン車の中で、彼はポロシャツ姿。後部スペースの座席や床などを四つん這いになりながら念入りに見て回る。捜しているのは、小さなボタン一個だ。どんな隙間に入り込んでいるか判らない。そう思って、執念深く捜索を続けた健三だったが、やがてあきらめたように大きな身体を運転席に沈めた。

「やはり、車の中にはないみたいだな……」

健三が昨日着ていた茶色のジャケット。その袖のボタンが無くなっていた。

そのことに気づいたのは、事情聴取の際、若い刑事から指摘されたから――ではない。

実は、気がついたのは今日の早朝のことだ。平静を装い、普段どおり出勤しようとした健三は、お気に入りの茶色いジャケットを着込み、その姿を鏡に映した。

その瞬間、袖の異変に気づいた彼は、思わず卒倒しそうになったのだった。

もともと取れかかっていたボタンだった。そのうち付け直そうと思いながら、放っておいたのがいけなかった。いつどこで落としたものか、健三自身にも判らない。ただし、昨日の朝の時点では、確かにそのボタンは袖にあった。それだけは間違いない。

では、昨日の昼間に『ヘルシー・ラボ』で落としたのか。それなら問題はない。

だが、もし殺人の真っ只中で落としたのだとしたら？　いや、犯行時はタンクトップにジャンパー姿だ。あの場面ではそもそもジャケットを着ていなかった。

では、その後の死体運搬の際はどうだ。あのときは、まさしく茶色のジャケットを着たまま作業したのだ。ボタンを落とす可能性は充分にある。

なぜ、脱がなかったのだろう、と健三は自分の迂闊《うかつ》さを呪った。少し肌寒かったからか。服を脱ぐ時間が惜しかったからか。いや、いまとなれば理由など、どうでもいい。

「車の中で落としたのでないとすれば……やはり、槙原の屋敷の中か……」

警察が発見すれば、それは重要な証拠になる。健三は、その取れかけたボタンに何度か手を触れた記憶がある。ボタンからは、彼の鮮明な指紋が発見されるはずだ。

槙原浩次の死体の傍に、泉田健三の指紋の付いたボタン。

この不利な状況を言い逃れられるような、上手いやり方が果たしてあるだろうか。

そう考えたとき、健三の頭に最初に浮かんだのは単純な嘘だった。例えば、「そのボタンは数日前に義兄の家を訪れた際に落としたものですよ」と笑顔で答えるようなやり方だ。

一見すると、これはなかなか上手い言い訳に思えた。だが――

この嘘は案外、簡単にバレてしまう危険性を秘めている。なぜなら健三は昨日の朝、問題の茶色いジャケットを着て、『ヘルシー・ラボ』に出社しているのだ。そのとき、彼の袖口のボタンが取れかかっていることに気づき、記憶に留めている職員が、ひとりや二人いたとしても不思議ではない。もしそうだとすれば、「ボタンは数日前に落としたものです」などという嘘は、かえって墓穴を掘ることになりかねない。

結局、このような安易な嘘を諦めた健三は、別のやり方を考え、今朝それをすでに実行した。それは敢えて死体の第一発見者になる、という古典的な手法である。

第一発見者ならば、死体の傍にうっかりボタンを落としても問題はない。警察はそのボタンが犯行時の落とし物か、死体発見時の落とし物かを見分けることができないからだ。

「いちおう、上手に演じられたはずだ……携帯の一件には焦ったが……」

第一発見者を演じるべく、健三は急遽クライスラーを飛ばして槙原邸を訪れた。昨日と同じ茶色いジャケットを着ていったことは、いうまでもない。車を玄関先に停めた健三は、いったん屋敷に入り、死体の周囲にボタンを捜した。だが捜しきれるものではない。

結局、第一発見者を装うしかない。そう決意を固めた健三は、携帯を取り出した。ところが、いざ一一〇番通報と思ったら携帯が繋がらない。

なんと、バッテリーが切れていたのだ。もちろん、充電している暇はない。

おかげで、健三は自ら交番まで車を走らせ、しかも制服巡査の前で『たったいま、思いがけず義兄の死体を発見し、大慌てで交番に駆け込む男』という難しい役を演じる羽目に陥った。だが、数々のテレビ出演をこなしてきた経験が、ここで活きた。我ながら迫真の演技だったと、健三は思う。

計算違いは多少あった。だが、いまのところミスはそれなりにカバーできているはずだ。

「大丈夫だ……弱気になる必要はない……」

それに、警察も本気で自分のことを疑っているわけではないだろう、と健三は考える。

あの椿木とかいう警部は自分や妻の典子に興味を抱いたようだが、それも通常の捜査の範囲内。第一発見者や遺産相続人を疑うのは、いわば捜査の常道だ。特別な意味はない。

一方、あの若い男の刑事――名前はなんといったか忘れたが、仮にA刑事としておこうか――A刑事に至っては、事情聴取の最中に隣の女警部の脚ばかり見ていたようだ。あのレベルの刑事が捜査に当たってくれるのなら有難い。百人の味方を得た思いだ。

「よし、あとは刑事たちの前で、昨夜のアリバイを語るだけだ……」

なるべく淡々と、いや、むしろおずおずといった感じが望ましいだろうか。間違っても、得意げに語ってはいけない。完璧すぎるアリバイは、逆に捜査員たちの疑惑を招くことになりかねないのだから――

そんな細かいことを考えつつ、健三はワゴン車を出た。

だが、屋敷に向かって歩き出した瞬間、彼の目の前にいきなり少女の姿。

健三は思わず「ひッ」と引き攣《つ》った叫び声をあげた。「ひッ、日野さん！」

濃紺のワンピースに純白のエプロン。両手で大事そうに竹箒を握る三つ編みの少女。

幼げな顔立ちの家政婦は、健三の異常な反応に小首を傾げながら、用件を口にした。

「お客様がいらっしゃいました。綺麗だけど若くない女性と若いけど馬鹿っぽい男――」

「え⁉　ああ、日野さん、それはお客様じゃないよ。警察だ」にしても、この娘、えらく辛辣《しんらつ》な物言いだな。特に男性刑事のほうに対して容赦ないものを感じる。だがまあ、いいか。いまは家政婦の仕事振りを問題にしている場合じゃない。「判った。すぐいく」

健三は作り笑顔で答え、さっそく屋敷へと向かった。

5

小山田聡介と椿木警部は泉田邸の応接室に通され、そこで容疑者の登場を待った。椿木警部はソファの上。聡介は窓際に佇み、羨望《せんぼう》の眼差しで庭の風景を眺めていた。

「広い庭ですねえ。それに屋敷もでかい。カーポートには黒い国産ワゴン車と銀色のアメリカ製4ドアセダン。まさしく有名人の邸宅じゃありませんか。さすが『泉田館長』だなあ」

「そうね。聞いた話じゃ、日野さんっていう家政婦までいるんだってよ。凄いわね」

ホント凄いですねえ――と感心しきりの聡介の目の前、ガラス窓を隔てた三メートル先を、小さな家政婦が大きな箒を手にしながら、ててて……と小走りに駆け抜けていった。

「しかし、ずいぶん待たせるわね。逃げる気かしら――ん⁉」椿木警部は眉を顰《ひそ》め、窓辺の部下を見やった。「小山田君、なにやってんの？　ショーウィンドウのトランペットを欲しがる貧しい少年みたいに、ガラスに額をくっつけて。なにか面白いものでも見える？」

「い、いえ……」聡介はガラスから額を離し目を擦《こす》る。いまのが日野さん⁉　嘘だろ⁉

するとそこへ、お盆にお茶を載せた中年女性が姿を現した。泉田健三の妻、典子である。

「いま、お手伝いさんが主人を呼びにいっておりますので、しばしお待ちを」

と、いいながら典子は刑事たちの前に丁寧にお茶を並べた。

「いいえ、わたしたちはむしろ奥様のお話を伺いたくてきたのです」警部は泉田典子に椅子を勧めると、「まず、お兄様の槙原浩次氏について、いくつか質問を……」

強引に典子の事情聴取を開始する椿木警部。一方、聡介は横目で窓の外を睨みながら、

「あ、すみません、僕、ちょっとトイレ！」と、いきなり席を立つ。

唖然とする警部に対して、「事情聴取は僕に構わず進めてください！」と、一方的に言い残して、聡介はひとり応接室を飛び出した。

玄関から出て、庭へと回る。やはり、いた。応接室の窓の外、ガラス越しに中の様子を覗き見ようと精一杯背伸びする少女の背中を発見。濃紺のワンピース、純白のエプロン、栗色の三つ編み、竹箒。これだけのアイテムを身につけた少女が、多摩地区に何人もいるはずがない。顔を見なくても、その正体は歴然だ。

聡介は足音を忍ばせながら、少女の背後ににじり寄る。室内の様子に気を取られている彼女の背中は、驚くほど無防備だ。いや、少なくとも聡介の目には無防備に映った。

だが、その誤った判断が思わぬ悲劇をもたらしたのは、数秒後のことだ。

「――おい、マリィ」聡介は気安い調子で、彼女の肩をポンと叩く。

「きゃ！」小さな悲鳴とともに彼女の背中がビクリと震え、三つ編みが青く輝いた。

彼女の三つ編みが青く輝くとき、不思議な現象が起こることを、聡介は知っている。

「む！」と警戒した次の瞬間、あり得ない力の作用により、聡介の身体は軽々と五メートルほど後方に吹っ飛ばされ、植木の向こう側に叩き落とされた。「――ふんぎゃ！」

蹴られたドラ猫のような声を発し、気がつけば聡介は地面の上。日ごろ身体を鍛えている警察官だから、なんとか生きていられるが、普通の人間なら充分あの世いきである。

「畜生、なぜだ、マリィ……俺がなにをした……なんの恨みがある……」

納得いかない仕打ちに憤《いきどお》る聡介。そんな彼の傍らにしゃがみこみ、苦痛に歪む顔をしげしげと覗きこみながら、少女は溜め息混じりにいった。

「あんたねえ、忠告しておくけど、あたしの身体に迂闊に触らないほうがいいわよ。いつどんな魔法であんたを酷い目に遭わせるか、あたしにも判らないんだから」

恐ろしいことを平然という彼女の名はマリィ。名字は知らない。というか、たぶん無い。

以前、他の事件で偶然出会ったが、詳しい素性は知らない。聡介が辛うじて知っている情報といえば、彼女が魔法使いであるという事実と、後は意外にナイスなスリーサイズぐらいである。

身体中の痛みと戦いながら、聡介はようやく上体を起こした。どうやら奇跡的にどこの骨も折れていないらしい。ホッとひと安心の聡介は、あらためてマリィに尋ねた。

「おまえ、なんで泉田家で働いてるんだ？　どういう巡り合わせだよ」

「全部、あんたのせいでしょ」マリィは憮然として腕を組む。「この前の事件で、あんたが南家の旦那様を逮捕しちゃったから、あたしは屋敷をお払い箱になったのよ。それで、やっと新しい働き口を見つけたと思ったら、またあんたが現れて……まるで疫病神《やくびょうがみ》ね！」

「うーん、魔女に疫病神って呼ばれてもなあ」と聡介は顎《あご》を撫でる。「まあ、仕方ないんだよ。おまえも、聞いてるだろ。泉田健三の義理の兄が殺されたって話」

「知ってる。でも、今度逮捕するなら奥様のほうにしてね。それなら、あたしも……」

「失業しないで済むってか。馬鹿いえ」魔法使いの働き口を気にしながら、犯罪捜査ができるものか。「まあいい。ところでマリィ、この家で家政婦やってるんなら、いろいろ知ってるよな。ここで再会したのも、なにかの縁だ。ちょっと情報提供してくれないか」

なにしろ市原悦子の昔から、家政婦といえば極秘情報の発信源と、相場が決まっている。

聡介はさっそく背広の胸から手帳を取り出しページを繰った。

「検視の結果判ったんだが、殺された槙原浩次の死亡推定時刻は、昨夜の八時を中心とする前後一時間程度。要するに午後七時から九時までの間に殺害されたらしい。その時間帯、典子夫人はどこでなにしてたか、判るか？」

「その時間なら、彼女、自分の部屋で韓流ドラマを見てたはずよ」

「ひとりでずっと？　そうか。でも、それじゃアリバイにはならないな。こっそり部屋を抜け出して車を飛ばせば、槙原邸までは充分に往復できる。じゃあ、健三のほうは？」

「きっと仕事の最中ね。『ヘルシー・ラボ』で受講生を前にして、あり得ないほどの無駄な動きを、馬鹿みたいに繰り返していたはずよ。で、同じころ、奥様は韓流ドラマ……」

「そうか。そうなるな」どうでもいいけど、この娘、キュートなルックスのわりに、いうことがキュートじゃないな。「健三が帰宅したのは、何時ごろだった？　そのとき、なにか変わったこととかなかったか？」

「帰宅は午後十時半ごろね。変わったことといえば――」そのとき突然、マリィの声が裏返った。「あったあった！　あの男、昨日の夜、あたしを車で轢《ひ》きかけたの。信じられる？」

「…………」車で轢きかけた、だと。信じられん。「おい、その話、詳しく聞かせろ」

聡介の求めに応じて、マリィは昨夜の出来事を語った。場所は上野町公園のすぐ傍の交差点。マリィは月明かりに誘われ、いっとき屋敷を抜け出し、箒に乗って空中散歩を楽しんでいた。そんな彼女が、人けのない交差点に舞い降りた直後、前方からやってきたのは見覚えのある黒いワゴン車。奇妙なことに、そのワゴン車は赤信号にもかかわらず、まっすぐ交差点に進入し、横断歩道のマリィに急接近。絶体絶命の危機を察したマリィは手にした箒をひと振り。あやうく難を逃れたマリィは、また箒に乗って泉田邸に舞い戻り、ワゴン車で帰宅した泉田健三を、何食わぬ顔で出迎えたのだという。

「ううむ、なんて話だ……史上最強の箒だな……けど、待てよ！」

聡介はホラ話にも似たマリィの話の中に、見過ごせない点があることに気づいた。

「上野町公園の交差点というのは変だな。『ヘルシー・ラボ』から泉田邸まで、まっすぐ帰宅するなら、その交差点は通らない。健三は昨夜どこかに寄り道を……いったい、どこに？」

「槙原の家じゃないの？　彼は槙原を殺して、自宅に戻る途中だった」

「ふむ、確かにそれなら道筋は合う。だが違うな。槙原殺しは午後七時から九時の間。マリィが健三の車に轢かれそうになったのは、午後十時半ごろ。時間帯が合わない」

「でも、彼の行動に疑問があることは事実よ。あの人、きっとなにか隠してるわ。間違いない。

これ、魔法使いの勘よ。知ってる？　魔法使いの勘はよく当たるって」

「いや、初耳だ」ていうか、魔法使いなら、もう少しマシな能力を発揮できそうなものだが。

「まあ、確かにマリィのいうとおり、健三は怪しい。だけど――ああ、畜生！」

困難な現実に思い至った聡介は、咄嗟に頭を抱えた。「やっぱり駄目だ、マリィ。聞いといていうのも、なんだが、おまえの証言は役に立たないよ」

「役に立たないですって⁉　どういう意味よ、このあたしの証言のどこが――はッ！」

瞬間、マリィの表情に激しいショックの色が浮かんだ。「ま、まさか、これは差別……これが噂の魔女差別なの……ひ、酷い！　聡介の裏切り者ぉ！」

「いや、待て、差別なんかしてねえって。こら、嘘泣きやめろよ」

そもそも『魔女差別』という四文字熟語も初めて聞いた。「いいか、よく聞け、マリィ。おまえの話が事実だとしてもだ、それを俺以外の誰かに話せるか。例えば椿木警部の前で同じ証言ができるか。午後十時半に泉田邸で健三を出迎えたおまえが、そのほんの数分前に上野町公園の交差点で彼の運転する車を見た、なんていってみろ。どう思われる？」

「あ、そっか。箒で空を飛んだことがバレちゃうね」と、魔法使いは舌をペロリ。

「いや、それはバレない。椿木警部は魔法使いも空飛ぶ箒も信じない現実主義者だからな。おそらくは、『嘘つき女がテキトーなこといってるんじゃない』って、お説教されてそれでお仕舞いだ。証拠にもなんにもなりゃしない」

「じゃあ、どうするのよ。泉田健三は殺人犯かもしれないんでしょ。ほっとくの？」

「そう急《せ》かすなよ。犯罪捜査ってのは、一朝一夕にはいかないものだ。つまりこの世は、魔法の杖をひと振りして、すべてが解決するような単純な世界じゃないってことさ」

聡介はマリィの世界をやんわり露骨に馬鹿にすると、不満げな表情を浮かべる彼女を残して、ひとり屋敷に戻った。

さて、長すぎるトイレの言い訳は、どうしようか――


聡介が応接室に戻ってみると、そこにいるのは椿木警部ひとりだった。

「あなたが長すぎる用足しをしている間に、典子の事情聴取は終わっちゃったわよ」

「すみません。なにせ、他人の家のトイレほど居心地のいい場所はなくて……」

あら、あなた変わってるのね――と、意外にも警部は聡介の言い訳を真に受けて、それから終了したばかりの事情聴取の成果を語った。

「典子は兄の死に衝撃を受けているようだったわ。けど、それは演技ね。内心は遺産が転がり込んできてラッキーって思っているみたい。心証的には、黒ね」

「で、アリバイはどうだったんですか。昨夜の午後七時から九時までの間――」

「典子は自分の部屋にいて韓流ドラマのＤＶＤを見ていた。そういってるわ。だけど、テレビの前の彼女を間近で見ていたのは、チャン・グンソク様だけなんだって」

「そうですか……」チャン・グンソクはアリバイの証人にはなってくれないだろう。

だが、どっちみち典子の話に興味はない。疑わしいのは健三のほうだ。

「健三のアリバイ調べはまだなんですね。じゃあ、さっそく聞いてみましょう」

というわけで、あらためて応接室に泉田健三が呼び入れられた。今朝に続いて二度目の事情聴取である。だが健三は嫌な顔ひとつ見せず、愛想よく刑事たちの前に座った。

「しかし大変な職業ですね、刑事さんも。事件とは無関係な大勢の人物から、いちいち話を聞いて回るというのは、実に困難な作業だ。わたしにはとても勤まらない。ははは」

要するに、自分が事件とは無関係な大勢のひとりであることを強調したいらしい。

「ところで今回はどういうご用件ですか。大半の質問には、今朝答えたはずですが」

「ええ、実は検視の結果、被害者の死亡推定時刻が昨夜の七時から九時の間と判明いたしました。それで、その時間、あなたがどこでなにをしていたのかを……」

と、そのとき、警部の質問を遮るように応接室の扉がギィと開いた。

現れたのは、お盆に人数分の珈琲《コーヒー》カップを載せた家政婦――マリィである。マリィは上品な仕草で三人の前にカップを並べる。しかし、彼女が椿木警部の前にカップを置いた瞬間、警部の横顔に意外そうな表情が浮かんだ。

「あら、あなたの顔、どこかで見たことが……」

警部にしげしげと見詰められたマリィは、はにかむような笑みを浮かべ、可愛らしく小首を傾げる。

「えへ、そーですかー、そんなことないと思いますよー」

そういいつつ、マリィは手にしたスプーンでいきなり警部の鼻を叩いた。「――えい！」

「は……はれ!?」たちまち警部は弛緩した表情になって、ぶるんと首を振る。「い、いえ、なんでもないわ。あなたの顔をどこかで見たような気がしたけれど、あなたの顔を見たのは、いまこの瞬間が初めてみたいだから、あなたに聞きたいことはなにもないわ」

おそらく警部自身、自分がなにを口走っているか判っていないに違いない。もちろん、すべては魔法のなせる業《わざ》である。だが事情を知らない健三は、かなり慌てた様子だった。無理もない。自分の雇った家政婦が、警察官の鼻をスプーンで叩いたのだから。

「こ、こら、なにをするんだ、日野さん！　刑事さんに失礼な真似を……」

大いに焦る健三。だがマリィは悠然と健三の珈琲に手を伸ばし、カップの縁を指先でチョンと弾く。すると意外にも澄んだ音色が響き渡り、刑事と容疑者が相対する応接室に、なぜかほんわかとした空気が漂う。そんな中、マリィは空になったお盆を両手で抱えて、

「どーも、失礼いたしましたー」

ペコリと頭を下げ、エプロンの裾を翻すと、ひとり応接室を出ていった。

微妙な沈黙の後、「なんですかな？」「なんでしょうね？」「なんだったんだ？」

互いに顔を見合わせる刑事と容疑者。あたりに漂うボンヤリした空気。三人は目の前の薫り高い珈琲に、無言で手を伸ばす。だが三人が同時に珈琲を口にした、次の瞬間――

「も、申し訳ない！」健三はテーブルに両手を付き、頭を深々と下げながら、いきなり謝罪のポーズ。「た、大変申し訳な……いや、違う……実はわたしがやりまし……違うんだ……わたしが殺し……殺して……わたしは義兄の槙原浩次を殺して……」

「え、なんですって⁉」いきなりの告白に警部は腰を浮かせる。「健三さん、あなたが槙原浩次氏を殺したんですか！　それとも違うんですか！　どっちなんです！」

興奮した警部は、両手を伸ばして容疑者の肩を摑み、ブンブンと前後に揺する。

すると頭をガクガクさせるうち、「はッ」健三の目に本来の輝きが戻った。「あ、あれ、どうし

たんだろ。変だな。まるで魔法から覚めたような気分だ……」

いや、気分ではなくて、実際、魔法から覚めたのだ、泉田健三！

すべてを悟った聡介は、いまや真犯人であることが確定的となった容疑者に、冷たい視線を送る。だが、そうとは知らない健三は、誤魔化すような乾いた笑みを浮かべた。

「は、はは、僕、いまなにか変なことをいいました？　え、罪の告白を？　馬鹿な。そんな告白、するわけないでしょう。実際、殺していないんだから。それに、そう！」

健三は分厚い胸板を誇示するように上体を反らし、得意げな顔で主張した。

「僕にはアリバイがあります。完璧なアリバイがね。犯行のあった昨夜、僕は『ヘルシー・ラボ』の五階の教室にいて、受講生たちにエクササイズを指導していました。ええ、間違いありませんとも。なんたって、三十人の受講生全員が僕の証人ですからね！」

いつしか健三は「泉田館長」の顔になって、自信満々のスマイルを披露している。

椿木警部は釈然としない表情で沈黙する。

聡介は横目でガラス窓の向こう側を確認。

そこには、「ちぇ残念！」とばかりにパチンと指を鳴らす少女の姿があった。

6

その日の夜。小山田聡介と椿木警部は八王子駅からほど近い、みさき通りにあるエクササイズ・スタジオ『ヘルシー・ラボ』を訪れた。目的はいうまでもなくダイエット――ではなくアリバイの裏取り捜査である。だが、彼らの地道な聞き込みは、結局、泉田健三の主張するアリバイが鉄壁であることを立証しただけだった。

捜査を終え、建物の玄関に現れた椿木警部は、残念そうに口を開く。

「うーん、どうやら泉田健三はシロと考えるしかなさそうね。彼、あまりにも挙動不審だから、なにか裏があるんじゃないかと疑ったけれど、見当違いだったみたい」

「そ、そうです、かね……」真相を知る聡介としては、素直に頷くことが難しい。

「やっぱり、疑うべきは妻の典子のほうね。明日はそっちを重点的に調べてみましょ」

「い、いやあ、それは……」それこそ見当違いですよ、とは口が裂けてもいえない。

「なによ、小山田君、あたしの掲げる捜査方針に文句でも？」椿木警部は権力者特有の容赦ない視線で聡介を黙らせた。「さてと、今日はこんなところかしらね」

結局、この日の捜査はここで終了。明日の新展開に期待を残しつつ、聡介は麗しの警部と玄関前で別れた。しばらく歩いた後に後ろを振り返ると、別れたばかりの警部が『ヘルシー・ラボ』の玄関に再び入っていくところだった。見てはならない場面を目撃したような気がして、聡介は思わず暗がりに隠れる。

どうした、椿木警部。いまさら『ヘルシー・ラボ』に戻って、どうする？

「ははーん、さては、ダイエットね」聡介の疑問に、なぜか真上から答える声。「きっと他人の励む姿を見て、わたしも頑張らなくちゃって、そう思ったんだわ」

頭上にいた声の主は、箒に乗ってゆっくり地上に舞い降りた。もちろんマリィである。いつものように彼女は濃紺のワンピース姿。だが勤務時間外なのか、エプロンはしていない。

「ば、馬鹿、いくら夜だからって、人目ってもんを考えろ。こら、箒から降りろ！　ほら、早く早く！　いーから、俺のいうことを、聞け！」

ちなみに、魔法使いが箒に乗る場合、柄の部分に跨《また》がる乗り方と、横座りする乗り方と、二通りの方法が考えられるが――いや、一般に知られていないだけで、魔女の世界には百通りの乗り方があるのかもしれないが――マリィは少女とはいえ子供ではないので、上品な横座りで現れた。軽く腰を滑らせるようにして、彼女は楽々と地上に降り立つ。と同時に、箒は彼女の手の中で普通の掃除道具に戻った。

「…………」奇跡を目撃してもさほど驚かなくなったのは、成長の証《あかし》だろうかと、聡介は微妙な気分である。「ところでマリィ、いまさら聞くのもなんだが」

そう前置きして、聡介は昼間の珍事に言及した。

「珈琲を飲んだ健三が、いきなり罪の告白をしそうになった。あれ、おまえの仕業だよな」

「そうよ。『殺人犯は謝罪せずにはいられなくなる』っていう魔法をかけたの。せっかく上手くいきかけたのに、あの警部さんが余計な真似するから、魔法が解けちゃった。あーあ」

「わりと簡単に解ける魔法なんだな。レベルの低い催眠術みたいなもんか」

「馬鹿にしないでくれる。人間の心理を操作する魔法は難しいの。あれだけやれれば、むしろ上等よ。物体をコントロールするほうが遥かに簡単なんだからね」

そういってマリィは軽く指を弾く。彼女の三つ編みが闇の中で妖しく輝くと、目の前の道路を爆音とともに走行中だったシャコタンの改造車が、急に法定速度で走りはじめた。

ハコ乗りのヤンキーたちが首を捻るのをよそに、二人は素知らぬ顔で歩きはじめる。

「そうか。じゃあ、魔法を使ってアリバイトリックの真相を健三の口から語らせるってのは、無理っぽいな。まあ、刑事が魔法をアテにしてたら世話ないが」

「アリバイって現場不在証明のことね。知ってるわよ、勉強したもん。で、健三はどんなアリバイを主張してるの？」

「昨夜の午後七時から九時の間、健三はほぼ間を空けず、受講生の前に出ずっぱりでエクササイズの指導にあたっていた。三十人の受講生が証人だ。だから、同じ時間帯に槙原浩次を殺すことはできない。完璧なアリバイだろ。いま、それを確認してきたところだ」

「なるほどね。だけど、『ほぼ間を空けず』っていうのは、どういう意味？」

「エクササイズ教室の前半と後半の間に、十分間の休憩があった。その十分間だけは、健三は自分の執務室に引っ込んでいたらしい。だから、誰からも姿を見られていない」

「じゃあ、その十分間に殺しにいけばいいんじゃないの？」

「…………」やれやれ、犯罪に疎《うと》い魔法使いは、これだから困る。「あのな、『ヘルシー・ラボ』から槙原浩次の家まで、暴走族がシャコタンの改造車をかっ飛ばしても片道十分。往復で二十分はかかる計算だ。たった十分間で殺して戻れる距離じゃないんだよ」

「あら、そんなことないわ。簡単にできるわよ」

「ん⁉」マリィの言葉に聡介は思わず足を止めて聞く。「できる？　どうやって？」

「これよ、これ」といってマリィは手に持った彼女の相棒を聡介に示した。「箒に乗って空を飛ぶの。車で十分の道のりなら、箒で飛べば片道三分。往復六分。殺人にかかる時間を合わせても、十分あれば簡単にできるでしょ——ね！」

ね！ と可愛くいわれた聡介は、目から鱗《うろこ》とばかりに笑顔でポンと手を打った。

「なるほど、箒か。そうそう、その手があったな。つまり、犯人の泉田健三は箒に乗って八王子の空を飛び、わずか十分間で完全犯罪を成し遂げたって、馬鹿あぁぁ——ッ」

八王子の繁華街のド真ん中。聡介は人目も憚《はばか》らず、魔法少女を罵倒《ばとう》した。

「犯人は魔法なんか使えないんだよッ！ もっと現実的に考えろぉ——ッ！」

その瞬間、マリィの三つ編みが青く輝いた……

悲劇の余韻も覚めやらぬころ。聡介の愛車カローラの車中には、気まずい雰囲気が漂っていた。

「……確かに長いノリツッコミの挙句、公衆の面前でうら若きレディを罵倒するという行為は、紳士の振る舞いではなかったようだ。その点は謝る。ごめん」

運転席の聡介は隣に座る、うら若きレディにまずは謝罪。そして、溢れる怒りを訴えた。

「しかし、だからって、俺を公衆の面前でキャバクラの看板の下敷きにするなんて、酷いじゃないか。現職刑事がいい笑いものだ！」

「判った。じゃあ、次からは喫茶店の看板とかにしとく」

馬鹿、そういう問題じゃないんだよ！ 思わず叫びそうになるところを、聡介はぐっと堪えた。運転中にマリィを怒らせたら、車ごと裏返しにされるかもだ。

恐怖を感じて黙り込む聡介に対して、マリィの容赦ない物言いが続く。

「だいたい、あたしみたいな可愛い女子が、こんな廃車寸前のオンボロ車の助手席に乗ってあげているんだから文句ないでしょ。普通は感謝すべきところよ」

確かに、箒に乗ってさっさと帰ろうとするマリィを、車の助手席に誘ったのは聡介だった。二人っきりの密室空間で、彼女に謝罪と怒りの気持ちを伝えたいのが半分。後の半分は、愛車の助手席に美少女を乗せて走りたいという、男子の素朴な欲求によるものだ。

二人を乗せたカローラは、マリィの住む泉田邸へ向けて、南大通りを走行中である。

「オンボロっていうなよ。これでも充分、走れるんだから」聡介は愛車のハンドルを愛しむように撫でた。「まあ、俺もあるものさえあれば、『泉田館長』みたいに外車に乗って出勤とかしたいけど——ん⁉」

「それは無理ね。しがない公務員に、それは無理」例によって辛辣に断言するマリィだったが、隣の聡介の様子を見て顔色を変えた。「ん⁉　どうしたの。急に黙り込んで。ひょっとして、怒った？　ば、馬鹿ね、冗談だって。だだ、大丈夫よ、公務員だって定年まで頑張れば中古のフォルクスワーゲンぐらいは、なな、なんとか買えないことも——」

「なに、気ぃ使ってんだ！　フォルクスワーゲンぐらい、いますぐ買える！」ローンでな、と心の中で悲しく呟いてから、聡介は本題に移る。「それより、いま大事なことに気がついた。ていうか、なんでいままで気づかなかったんだろ。おまえ、昨日の夜、健三のワゴン車に轢かれそうになったっていったよな。健三は普段からワゴン車で出勤してるのか」

「ううん、違うわ。普段はクライスラーよ。以前は国産のセダンで通勤していたけれど、つい一ヶ月前に念願の外車に乗り換えたんだって。だから毎日の出勤に使うのはクライスラーよ」

「そう、そのはずだ。今朝だって健三はクライスラーに乗って、槙原邸を訪れている。じゃあ、なんで健三は昨日に限って、わざわざワゴン車を運転していたんだ？」

「そっか。いわれてみれば、確かに変ね」マリィも助手席で首を傾げる。「健三がワゴン車を使うのは、友達と大人数で出掛けるときか、仕事で大きな荷物を運ぶときぐらいのはずだけど」

「それだ！」聡介はマリィを指差して叫ぶ。「彼は昨夜、大きな荷物を運んだんだ。運んだ先は、たぶん槙原邸。そして、運んだ荷物の正体は――」

「判った！　死体ね。槙原浩次の死体」

「たぶんそうだ。だが、待てよ。それだけじゃないな。死体だけなら、クライスラーの後部座席やトランクでも運べる。なにか他にも運ぶものが……そうか、椅子！」

聡介の叫び声に、マリィが小さく身体をすくめる。「椅子が、どうしたの？」

「だんだん判ってきたぞ。奴は椅子ごと死体を……ってことは、ガレージから勝手口を通ってリビングへ……おお、これは調べてみる価値がありそうだ！」

聡介は興奮気味にハンドルを叩く。「おい、マリィ、ここで降りろ。箒に乗って帰れ！」

「えー、嫌よ。家まで送ってくれる約束でしょ」

ちッ、しょうがねえな！　聡介は勢いよくエンジンを吹かすと、猛スピードで愛車を泉田邸に向けて走らせる。やがて目的地に到着したカローラは、後輪を滑らせながら門前に停車。邪魔な荷物を放り捨てるように、助手席からマリィと箒を押し出すと、聡介はてっとりばやく運転席で別れの挨拶。「――じゃあな」

「なに、それ」魔法使いは、なぜか不満顔。

「なんだよ」聡介は少しの間考えて、結局、笑顔で手を振ることにした。「おやすみ」

といっても、俺はこれから仕事だが――心の中で呟いて、聡介はアクセルを踏みこむ。

箒を手にしたマリィを後方に置き去りにして、車は槙原邸に向けて走りはじめた。

7

翌日は『ヘルシー・ラボ』の定休日。健三が「泉田館長」を演じなくていい日だ。

そんな貴重な一日の午前。健三は泉田邸の庭の片隅にある古い倉庫にいた。倉庫の中はカビ臭い空気が充満している。天井の裸電球に照らされた一帯は、ダンボール箱の山。

そんな中、場違いなまでに綺麗な一脚の椅子。犯行の夜、槙原邸のリビングから持ち帰った肘掛椅子である。本来なら、どこか遠くの山奥へでも捨てにいきたいところだが、それを実行する時間的余裕がいまの健三にはない。結果、肘掛椅子はこの倉庫に運び込まれたまま、放置されているのだった。

「まあいい。警察は一般市民の倉庫を勝手に開けたりはしない……」

健三は証拠品の椅子にどっかと腰を下ろした。そして彼は、昨日の午後の奇妙な出来事を思い返す。自分は二人の刑事の前で、いったいなにを口走ったのだろうか？

「罪の告白だと……そんなはずはない……」

だが、珈琲をひと口飲んだ直後の記憶が曖昧《あいまい》なことも確かだ。まさか、あの珈琲に犯人の自供を促す、特殊な種類の毒が混入されていたとでも？　いやいや、そんなはずはない。

だが、待てよ。あの珈琲を淹《い》れたのは、誰だ。あの家政婦だ。そういえば、あの家政婦は犯行の夜にも上野町公園の交差点にいて、ワゴン車の走行の邪魔を——

「いや、あの少女は、家政婦とは別人か……そうだったな……」

健三はぶるぶると首を左右に振った。駄目だ。少し混乱しているらしい。

そういえば、失くしたボタンはどうなったのだろうか。いまのところ、警察の口からはボタンのボの字も出てこない。警察はまだボタンを発見していないのだ。逆に考えるなら、ボタンは槙原の屋敷にはなかったのだろう。きっと他の場所で落としたに違いない。それならそれで、ひと安心。第一発見者のフリをするまでもなかった、ということになる。

計画は順調とはいえないが破綻したわけでもない。要するに、警察に尻尾を摑まれさえしなければ、それでいいのだ。健三は勢いをつけて、椅子から立ち上がった。

「よし。じゃあ、この椅子は見えないように隠しておくか……」

健三は椅子の前にダンボール箱の壁をこしらえて、証拠の品を隠した。

作業を終えた健三は、素早く倉庫を出て何食わぬ顔。そのまま屋敷に戻ろうと口笛を吹きながら建物の角を曲がった、その瞬間、いきなり呼びかける少女の声。「——旦那様！」

健三は驚きのあまり「ひッ」と叫び、確実に数センチ飛び上がった。「ひッ、日野さん！」

昨日もそうだが、なぜこの家政婦はいきなり現れるのか。しかも竹箒を持って。

「な、なにか用かな、日野さん」

「お客様が——いえ、警察の人がお見えになって、応接室でお待ちでございます」

「そ、そうか」健三はぎこちなく頷いた。「判った。昨日の二人組だね」

「いいえ、旦那様」

家政婦は三つ編みを揺らして答えた。「今日きているのは、馬鹿っぽい男の刑事だけです」


訳も判らないまま健三が応接室に向かうと、そこにいるのは確かに椿木警部じゃないほうの――すなわち、仮にA刑事と名付けたほうの――若い男の刑事だけだった。健三の姿を見るなりA刑事はソファから立ち上がり、「小山田です」と名乗った。では、O刑事と呼ぶべきだったか。そんなことを思いながら、健三は若い刑事と相対した。

「で、刑事さん、今日は僕になんの用ですか。事件に新たな展開でも？」

「ええ、まさしく新展開です。これを見てもらえますか」

そういって、小山田刑事は背広の胸ポケットから小さな袋を取り出した。透明なビニール袋だ。その中にある円形の物体を目にした瞬間、健三は思わずアッと声をあげそうになった。袋の中身は、健三が捜し求めていた例の物体。茶色のボタンだった。

「どうやら、見覚えがあるようですね」

「ええ、もちろん。これは僕のボタンらしい。お気に入りの茶色のジャケットの袖から、いつの間にか落ちたやつだ。どこにありました？」

「どこにあったと思いますか」若い刑事は得意げに続けた。「実は、このボタンは、槙原浩次氏の自宅から発見されたものです。鑑識に調べてもらったところ、ボタンの表面から、あなたの指紋が検出されました。これ、どう思われますか、泉田健三さん」

「どう思われますっていわれても……」健三は話を聞くうちに不安になった。

小山田刑事の示した事実は、なんら健三の立場を危うくするものではない。彼の持ち物が現場に落ちていたとしても、決定的な証拠にはならないはずだ。

にもかかわらず、この若い刑事の自信の持ちようはいったいなんだ。まるで、このボタンが健三の有罪を証明するものと、確信するかのようである。健三は言い知れぬ恐怖を感じた。この男、只者ではないのかもしれない！

「そ、そのボタンがなんだというのですか、刑事さん。僕の服のボタンが現場にあったとしても、おかしくはないでしょう。僕は過去に何度も義兄の家を訪れているんだから……」

「では、このボタンは事件の日よりも前に落としたものだといわれるんですね」

「判りません。ただ、その可能性もあるのではないか、といっているのです」

「なるほど。ですが、その可能性はありません」小山田刑事はきっぱりと首を振った。「実は僕、ここにくる前に、『ヘルシー・ラボ』の従業員数名に話を聞いてきたんです。すると女性従業員のひとりがハッキリ記憶していました。事件の夜、会社を出ようとするあなたのジャケットの袖口で、このボタンが取れかかってブラブラしていたことを。すなわち、あなたのジャケットからボタンが落ちたのは、事件の夜か、それ以降ということになります」

やはり、そうきたか。だが、刑事の言葉は想定の範囲内だ。

「そうですか。じゃあ、そのボタンはたぶん、昨日の朝、僕が死体を発見した際に、ジャケットの袖から落ちたんですよ。もともと何日も前から取れかけていたボタンが、たまたま死体の傍でついに落下した。それだけのことじゃありませんか、刑事さん」

健三は不安を払いのけるようにまくし立てる。だが、小山田刑事は悠然とこう答えた。

「おや、わたしはこのボタンが死体の傍で発見されたとは、ひと言もいっていませんよ」

「な、なにぃ！」ひょっとして、カマを掛けられたのか。健三の背中に、じわりと汗が滲《にじ》んだ。焦りと恐怖で声が震える。「じゃ、じゃあ、いったいどこで――」

「それが意外な場所なんですよねえ」小山田刑事は余裕の笑み。そして隠し持っていた切り札を相手の目の前に叩きつけるように、ズバリと言い放った。「実は、そのボタン、槙原邸のガレージから発見されたんですよ。どーですか、泉田健三さん！」

「――は!?」瞬間、健三は小山田刑事の発言の意味するところが、理解できなかった。

刑事が勝ち誇るあまり満面の笑みを浮かべるに至っては、なおさら意味が判らない。

「あの、すみません。『どーですか』って、どーいうことでしょうか」

「え!? 判りませんか。あれ、変だな」若い刑事はアテが外れたように頭を掻く。「いいですか、泉田さん。あなたは昨日の朝、車で槙原邸に現れ、玄関から屋敷に入り、リビングで槙原氏の死体を発見。その後、あなたは車で近くの交番に駆けつけた。そして巡査とともに車で現場に舞い戻った――ほらね」

「ほらね、っていわれても……」

「判りませんか。明らかな矛盾があるじゃないですか。第一発見者であるあなたは、死体のあるリビングや、玄関や庭先には登場している。だけど、ガレージには一歩も足を踏み入れていない。そうですよね。つまり、あなたが昨日の朝、ガレージでこのボタンを落とすはずがないんですよ。じゃあ、いったい、あなたはいつこのボタンをガレージに落としたのか。それは一昨日、殺人のあった夜だ。違いますか」

「…………」なるほど、違わない。小山田刑事の推理は、結果的には正しい。だが、なんと間抜けな男だろうか。彼は自分の語る推理の中で、健三に言い逃れるヒントを示してくれている。『ガレージには一歩も足を踏み入れていない』。それが彼の決め手であるなら、『足を踏み入れた』ことにしてやれば、それで充分に言い訳が立つではないか。

この男、只者ではないのかもしれないと思ったが、そーでもなかったのかもしれない！

自信を取り戻した健三は、陽気な笑みを浮かべて、大袈裟に両手を広げた。

「ああ、そうか。やっと判りましたよ。刑事さんが、なにを勘違いされているのか」

「勘違い――というと!?」

「刑事さんは昨日の朝、僕が車を玄関先に停めた。そして玄関からリビングに入った。だから、ガレージには足を踏み入れていない。そう決め付けているんですね」

「え!?　だって、そうなんでしょ」

「おや、わたしは車を玄関先に停めたとは、ひと言もいっていませんよ」

今度は健三が相手を見下ろす番だった。小山田刑事は慌てた様子で反論する。

「だ、だって、昨日の朝、あなたの車は槙原邸の玄関先に停めてあったじゃありませんか。僕はその様子をハッキリ覚えていますよ」

「刑事さんが見たのは、交番から戻ったときに車を停めた場所ですよ。あのときは、一刻を争う状況でしたから、確かに玄関先に停めました。けど、最初に槙原邸にきたときは状況が違います。僕は屋敷の中で義兄さんが死んでいるなんて、知らなかったんですから」

「え⁉　ということは、つまり……あなたは、ガレージに車を？」

「ええ、義兄さんのベンツの隣に、バックで停めました。あのスペースはいつも一台分、余裕がありますからね。それから玄関に回って、呼び鈴を鳴らしたんです」

「な、なるほど。ということは、このボタンを落としたのは……」

「たぶん、ガレージで車を降りたときかもしれない。まあ、どちらでも大差はない。いや、交番に駆けつけようとして、慌てて乗り込んだときじゃないですか。要するに、そのボタンを落としたのは昨日の朝。犯行のあった夜に落としたわけじゃありません。だいたい、落とせるわけがない。僕はその夜には、『ヘルシー・ラボ』で受講生三十人の指導にあたっていた。槙原邸には、それこそ一歩も足を踏み入れていないんですからね」

「そ、そうですか……なるほど……」

いまや立場は完全に逆転した。自信満々に笑みを浮かべ、勝利者の貫禄を示す健三。一方の小山田刑事は手に入れかけた勝利を摑み損ねて、口惜しそうに唇をかむ。

勝者と敗者の明暗くっきりと分かれる中――

ガチャリと扉の開く音が響き、お盆を持った少女がおずおずと顔を覗かせた。

「あ、あの、旦那様、珈琲をお持ちいたしました……」

健三は掌を少女に向けて、キッパリといった。「い・ら・な・い」

8

二人の対決が終了した直後、泉田邸の玄関にて。

聡介は健三に向かってお辞儀をしながら、「今日のところはこれで失礼いたします。ですが、またお邪魔するかもしれません。そのときはよろしく」と、丁寧な別れの挨拶。翻訳すると、『今日のところはこれで勘弁してやらあ。けど、これで済むと思うなよ。覚悟しときな』の意味である。聡介としては、精一杯の虚勢を張ったつもりなのだ。

だが、玄関を出るなり、聡介の肩はガクリと落ち、足どりは鉛《なまり》のように重くなった。

昨夜、健三のトリックに見当をつけた聡介は、マリィを泉田邸に送った後、そのまま槙原邸へと向かった。健三が死体を椅子ごと運搬したと思われるルートを重点的に調べてみようと考えたからである。ガレージ、勝手口、廊下、そしてリビング——そういった場所で、なんらかの証拠の品でも見つかれば事件解決に繋がると考えたのだ。

そして、それは実際あった。ガレージに停められた被害者の愛車ベンツ。その車輪に隠れるように、茶色いボタンを発見。快哉を叫んだ聡介は、勇躍、泉田健三との直接対決に挑んだのであるが——結果は散々だった。

「畜生、無様な負けゲームかよ……」

唯一の救いは、椿木警部が同席していなかったことだ。彼女の前で、あのような失態を演じたなら、どんな罵声を浴びせられたことか。いや、美人警部の魅惑のふくらはぎから繰り出される必殺ローキックをもらい損なったと思えば、むしろ残念というべきか。

「やっぱ、俺って、変態なのかな……」

呟きながら、聡介は建物の角を曲がる。するとそこには、待ち伏せするかのような少女の姿。建物の壁に背中を預けながら脚をクロスして佇む姿は、手にした箒さえなければ、まるでモデルのようである。

マリィは横目で聡介の冴えない表情を窺いながら、

「どうだった――って、聞くまでもないみたいね。その顔じゃ」

「だったら、聞くな」自分がどんな顔をしているのかぐらい、聡介にも想像がつく。

逆転タイムリーを喰らった投手のような顔に違いない。だが、サヨナラ負けではないはずだ。再逆転の可能性はまだ残されている。

聡介はマリィにならって同じ壁にもたれながら、声を潜めて語った。

「犯人が泉田健三であることは、もはや事実といっていい。マリィの淹れた魔法の珈琲がそれを示しているし、アリバイトリックもほぼ判っている。だが、現場の遺留品みたいなものじゃ、決定的な証拠にはならない。考えてみれば、奴はそのためにわざわざ第一発見者の役を買って出たんだな。悪知恵の働く奴だ」

「じゃあ、なにが決め手になるの？　あの人、いまではあたしのこともかなり警戒しているみたい。珈琲、飲んでくれなかったし……」

「そういうんじゃ駄目だって。もっと、奴の盲点になっているような証拠、奴が見過ごしているような手掛かりが必要だ。なにかあるはずなんだが……」

探し物でもするかのように聡介は視線をさまよわせる。すると、彼の目に留まったのは、庭の片隅にあるカーポート。そこには健三の愛車二台が鼻面を揃えるように、駐車中である。一台は国産の黒い高級ワゴン車。もう一台は銀色のクライスラー。4ドアのセダンだ。車高があるのは当然ワゴン車のほうだが、車幅は二台ともほぼ同じ程度に映る。

聡介は二台の車を眺めながら、漠然と考えた。犯行のあった夜、健三はワゴン車に死体を乗せて槙原邸を訪れた。本人は絶対認めないだろうが、これはたぶん間違いない。

そして、その翌朝、健三は同じく槙原邸を今度はクライスラーで訪れている。健三はクライスラーをガレージに停めたといったが、それは彼が聡介の追及を逃れるために吐《つ》いた嘘に違いない。

実際には、健三がガレージに車を停めたのは、昨日の朝ではない。一昨日の夜なのだ。

「ん、待てよ……」

なにかしらの閃きを得て、聡介はしばし沈思黙考。やがて晴れやかな顔を上げた聡介は、隣の魔法少女に向かって、囁《ささや》くようにこういった。

「おい、マリィ、おまえの力を貸してくれ。ちょっと試したいことがあるんだ――」

9

八王子の夜を一台のアメリカ車が疾走する。運転席にて軽快なハンドル捌きを見せるのは、泉田健三である。すこぶる上機嫌な彼は、休日の午後を駅前銀座通りのパチンコ店で過ごし、戦利品とともに自宅へと帰還する最中だった。彼の機嫌がよいのは、パチンコの好成績もさることながら、今日の午前に八王子署の若い刑事——名前は確かO刑事だったか——を完膚《かんぷ》なきまでに叩きのめしたことが大きかった。

「なにより、例のボタンの問題が片づいたのはよかった……」

昨日の朝、ジャケットのボタンの紛失に気づいて以来、そのことが気がかりで仕方がなかったのだ。だが、それも大事には至らなかった。やはり、第一発見者を装ったことが正解だったのだ。これでもう、警察に尻尾を摑まれる心配はない——

そう思った矢先、健三は進行方向に見覚えのある人影を発見し、思わず舌打ち。そして、ようやくO刑事の正式名称を思い出した。小山田刑事だ。なぜ、こんなところに？

運転席で眉を顰める健三に対して、小山田刑事はまるでタクシーでも停めようとするかのように、軽やかに片手を上げた。もちろん、健三に停まってやる義理はない。

素知らぬフリで通り過ぎよう。そう思ってアクセルを踏み込む健三だったが、

「あれ!?　なんだ、どうした……」

車は速度を上げるどころか、逆に急減速。やがて車は計ったように小山田刑事の真横にピタリと停車した。刑事は開いた窓から運転席を覗き込み、頭を下げる。

「やあ、すみませんね。わざわざ停まっていただいて」

「い、いや、停まるつもりはなかったんだが……変だな、故障かな」

「悪いけど、ちょっと乗せていただけませんか。いえ、後ろで結構ですから」

そういって、刑事は後部ドアを開けると、すんなりと車の後部座席に収まった。

「ちょ、ちょっと、刑事さん、あんた鍵は！　ドアの鍵はどうやって！」

「鍵⁉　開いていましたよ」小山田刑事は、平然といってのける。「それより泉田さん、ちょっと僕と一緒にきてほしい場所があるんですがね。他ならぬ、槙原邸なんですが」

「なんですって。いまから、殺人現場に？」

「そうです。もっとも、あそこが殺人現場と呼べるかどうかは微妙ですが……」

呟くような刑事の言葉に、健三の心臓はドキリと高鳴る。「な、なにがいいたいのかな」

「実は、槙原邸であなたにお見せしたいものがあるんですよ。まあ、嫌なら無理にとはいいませんが、でも、きっと一緒にきてくれますよね、泉田さん」

「嫌だ。断る。降りてくれ」

健三が拒絶の意思を示したと同時に、刑事は軽く手を振る仕草。たちまち車は走行を開始し、健三は慌ててハンドルにしがみつく。どうなってるんだ、この車！

「どーも、ありがとうございます」小山田刑事は後部座席から身を乗り出し、上っ面だけの感謝の言葉。そして前方を指差しながら、「――あ、そこの交差点を左、その先を右です」

「わ、判った、槙原の家だな！　よし、いこう、いってやろうじゃないか！」

健三は、思わずヤケクソ気味に叫ぶ。こうして健三の運転するクライスラーは、槙原浩次の自宅へ向けて夜の街を走り出した。もっとも、本当のところ誰がこの車を運転しているのか、それはハンドルを握る健三自身にもよく判らないのだった。


それから約十分後。刑事と殺人犯を乗せたアメリカ車は、無事に槙原浩次の自宅に到着した。門を入ると、玄関の前に腕組みして立つ美女の姿。グレーのスーツに洒落た眼鏡。待ち疲れたとばかりに、ハイヒールの爪先でせわしなく地面を叩いている。もし、これが恋人との待ち合わせなら、遅れてきた彼氏は恐れをなして登場を差し控えるに違いない。

健三は停めた車の運転席から前方を指差し、後部座席の刑事に尋ねた。

「あれは椿木警部ですね、あなたの上司の。なんか、凄く怒ってるみたいだけど」

「いや、怒ってるぐらいが、彼女はちょうどいいんですよ」妙に嬉しそうな小山田刑事は開いた窓から、上司に呼びかける。「警部！　遅くなり――」

「遅い！」女警部は玄関先を離れ、ツカツカと歩み寄ってきた。「どうしたっていうの、小山田君？　急に呼び出したりして。しかも泉田さんと一緒だなんて、聞いてないわよ」

「すみません。偶然、一緒になっちゃって。ははは」

なにが偶然なものか。待ち伏せした挙句、強引に連れてきたくせに！

イライラしつつ、健三はこの若い刑事がなにを目論《もくろ》んでいるのか考え続けていた。

彼は、『見せたいものがある』といっていた。それはなんだ。槙原邸に出向かなければ、見せられないものなのか。たぶん、そうだろう。でなければ、ここまで連れてくる意味がない。だが、この屋敷になにがある。動かぬ証拠でも？　いや、まさか。壁や床に手形でも残してきたというのならべつだが、そんなヘマはやっていない……

「泉田さん……泉田さーん……」

後部座席からの声に、健三はふと我に返った。「え!?　ああ、なんですか、刑事さん」

「この車、とりあえずガレージにいれませんか。ここじゃ邪魔になりますから」

「え、ああ、なるほど。いいですよ」健三は平静を装って、刑事の提案に乗った。

だが、彼の頭の中では危険を報せる警告音が鳴りはじめていた。

ガレージに車を入れる。当然のことだ。だがガレージといえば、例のボタンが発見された場所でもある。そのことに、なにか意味があるのか。いや、判らない……気をつけろ！

警戒心と恐怖心の両方を抱きながら、健三は愛車をガレージ前へと回した。

ガレージの様子は犯行の夜と同じだった。左側に一台のベンツ。その隣に車一台分のスペースがある。あらためて見るその空間は、思いのほか狭いように思われた。健三の心音が僅かながら高まる。状況は犯行の夜とほぼ同じ。だが、唯一違う点がある。車だ。

あの夜は国産のワゴン車だった。いまはクライスラーだ。車幅はほぼ同じのはず。だが――

その瞬間、健三は思わずシマッタと声をあげそうになった。

クライスラーはアメリカ車。ハンドルが左に付いている！

危機を察した健三は、運転席で固まった。そんな彼に後部座席の刑事が注文をつける。

「確か、昨日の朝はこの車をバックでガレージに入れられたそうですね。では、もう一度、同じようにやってみていただけますか」

「………」健三は緊張のあまり言葉が出なかった。

このクライスラーはつい一ヶ月前に購入した念願の外車。通常の運転に支障はないが、長年乗り慣れた右ハンドルの国産車とは、やはり勝手が違う。健三はこの車でこれほど狭い空間にバックで車庫入れを試みたことは、過去に一度もなかったのだ。

だが、できませんとは、口が裂けてもいえない。健三は昨日の朝、このクライスラーで槙原邸を訪れ、このガレージにバックで駐車したことになっている。それは健三が刑事の追及をかわすために吐いた真っ赤な嘘だが、いまさら嘘でしたとはいえない。

「え、ええ。いいですとも……」健三は引き攣った笑みを浮かべて頷いた。

恐れることはない。あの夜、死体を運ぶという極限の緊張感の中で、彼の国産ワゴン車は一発で車庫入れに成功したのだ。左ハンドルとはいえ、この車で同じことができないはずがない。必ずできる。自分を信じろ。

「じゃあ、いきますよ……」

健三はゆっくりとアクセルを踏み込み、まずは車を駐車スペースに対して直角の位置に止めた。そこから徐々にハンドルを切りながら、ゆっくりバック。さらにバック――

健三は運転席の中で右に左に体勢を変えながら、バックミラーにサイドミラー、両方使って後方確認。せわしない動きを繰り返す間、若い刑事はどっかと後部座席に腰を下ろして、楽しげに成り行きを見守っている。彼は健三の失敗を悠然と待っているのだ。

――ふん、そちらの思惑どおりになってたまるか！

だが、健三の思いとは裏腹に、車は駐車スペースに対して、かなり斜めの体勢。健三はいったんブレーキを踏むと、誰にともなく言い訳するように呟いた。

「ここで、いったん、切り返して、と」

健三はハンドルを切りながら車を前進させる。だが、あまり切り返しを何度もやっていては、不審を買うばかりだ。次は、一発で決めなくては。健三はあらためて集中を高めると、アメリカ車の大きな車体をガレージへ向けバックさせていった。

ゆっくりと……慎重に……そうだ……いいぞ……あと少しだ……

全身に汗が噴き出すほどの緊張感の中、健三の集中力は最後の最後まで途切れなかった。

彼の愛車は、見事その巨体を狭い駐車スペースにすっぽりと収めた。

「――よし！」健三は叫び出したいほどの興奮を隠しながら、勢いよくサイドブレーキを引いた。「ど、どうだ、おい！　いや、どうですか、刑事さん！」

後部座席を振り向きながら、健三は思わず勝ち誇る。一方、小山田刑事は驚くでもなく落胆するでもなく、ただ淡々とした表情。黙って後部ドアを開けると、滑《なめ》らかな身のこなしで車の外に降り立った。

「泉田さんもどうぞ。見せたいものは、すぐそこにあります」

すぐそことは、どこのことだ？　訝《いぶか》しい思いを抱きながら健三はシートベルトを外す。

だが、運転席のドアを開けて、一歩足を外に踏み出そうとした瞬間――

「ううッ！」

健三は思わず呻き声をあげた。開いたドアの角度。それによって生じる空間。そして、健三の誇る筋骨隆々たる肉体。三つの要素から瞬時に導かれる結論に、彼は愕然《がくぜん》となった。

――シマッタ！　俺はこの車から降りられない！

10

小山田聡介は車の後部ドアの外に立ち、焦る泉田健三の様子を見下ろしていた。

「おや、どうしました、泉田さん？　ははん、どうやら運転席のドアから出られないようですね。なに、時々あることです。では、助手席側のドアから出てみては？」

そういって聡介は、離れた場所にいる椿木警部に声を掛けた。

「どうですか、助手席側には余裕がありそうですか、警部？」

聞かれて椿木警部は即答した。「余裕、あるわよ」そして彼女はクライスラーとベンツとの間隔を、指で示した。「三センチぐらいね」

聡介は満足げに頷き、あらためて開いた窓から車中の健三に声を掛けた。

「どうですか、泉田さん、この車をベンツの隣にピッタリ寄せて、それによって、この運転席のドアがあともう三センチほど余計に開いたとしたなら――あなたのその大きな身体は、この車を出られそうですか？」

「……クッ……そんな……馬鹿な……くそ！」

健三は呻き声をあげながら、なんとかその巨体を僅かな隙間から外に押し出そうと苦心する。

だが、鍛え上げられた分厚い胸板が邪魔をして、とても出られそうな気配はない。

「無理みたいですね。じゃあ、仕方がない、後ろのハッチから――ああ、でも、それも駄目だ。この車は4ドアセダン。ワゴン車みたいなハッチはないんでしたね」

「……う……ぐ」

「あれ⁉ とすると変ですね、泉田さん」腰をかがめた聡介は運転席の健三に顔を寄せ、ズバリと尋ねた。「あなた昨日の朝、このガレージにクライスラーを停めた後、どうやって車から出たんですか？」

「………………」健三はとうとう沈黙した。

というよりも、自らの思わぬ失策を前にして言葉がないのだろう。彼はすでに無駄な努力を放棄し、運転席で微動だにしない。その姿を見て、聡介は自らの逆転を確信した。

「泉田さん、あなたは『ヘルシー・ラボ』のエクササイズ教室の、十分間の休憩を利用して槙原浩次さんを殺害した。殺害現場はこの槙原邸ではなくて、『ヘルシー・ラボ』の近所でしょう。細かいことは正直、僕もよく判りません。ただ、ひとつ確実なのは、あなたが槙原さんを殺害した直後、彼の死体を肘掛椅子に座らせたことです。そして、あなたは彼の死体を椅子ごと、この屋敷に運び込んだ。黒いワゴン車でね」

無言を貫く健三に代わって、椿木警部が口を開いた。

「死体を移動させることで、犯行現場をこの屋敷のリビングだと勘違いさせる。それによって自分のアリバイを作ろうとした。そういうトリックだったわけね」

「そうです。単純だけど、なかなか力のいるトリックです。一般の人では、実行は難しいでしょう。けど、彼には可能だった。なにしろ彼は『泉田館長』ですからね」

そういって、聡介はあらためて車中の「泉田館長」に語りかけた。

「泉田さん、あなたは犯行の夜、黒いワゴン車に死体を乗せて、この槙原邸を訪れた。そして、このガレージに車を停めた。バックで停めれば、後部ハッチの真正面が勝手口だ。重い荷物を運び込むには非常に都合がいい。当然、あなたはそうしたはずだ。しかし、ここに大きな落とし穴があった。判りますか、泉田さん？」

「落とし穴、だと……」健三が搾《しぼ》り出すように聞く。

「そうです。あなたは後部ハッチを開けて、そこから椅子に座った死体を運び出した。そして、それを運び終えた後は、また後部ハッチから車内に戻り運転席に着いた。つまり、あなたは一連の作業の中で、左右のドアを一度も開ける必要がなかった。それが、落とし穴です。一度でもドアを開けていれば、そこに自分の身体が出入りするだけの空間があるかどうか、身をもって知ったはず。しかし、死体運搬作業があまりにスムーズだったため、あなたはそれを知る機会を失ってしまった。だから、あなたは今日になって、僕の前でうっかりあんな辻褄の合わない証言をしてしまったんですね」

「彼は、小山田君になんていったの？」と事情を知らない椿木警部が聞く。

「昨日の朝、彼がこの屋敷で死体を発見した場面についての証言です。彼はガレージにクライスラーを停めて、それから玄関に回った——と、そう僕の前で証言しました。ですが、それは真っ赤な嘘。彼は昨日の朝、このガレージにクライスラーを停めていません。停めたが最後、彼はその車内から出られないんですからね。死体を発見できるわけがない」

そして、聡介は再び運転席の窓に顔を近づけた。「泉田さん、そろそろ真実を話してくれませんか。あなたは無実の第一発見者を演じているが、それは嘘ですよね。紛失したボタンが現場で発見された場合の言い訳のために、第一発見者を装っただけ。そうですよね」

「違う違う！　俺じゃない！　俺は殺していない！　ただの第一発見者なんだ！」

なにかが崩れ落ちたように、健三は突然、興奮を露にした。ハンドルを掌で叩きながら、運転席で大きな身体を揺さぶる。そんな彼の口からは、猛然と言葉が溢れ出した。

「確かに俺があんたにした証言は辻褄が合わない。だが、それがどうした。俺とあんたが密室の中で二人っきりで話しただけじゃないか。そんな話が嘘だとして、それに何の意味がある。もともと、あんな証言に意味なんかない。所詮は、内輪の話じゃないか――う！」

そのとき、健三の目の前に差し出された小さな袋。透明なビニール袋の中身は、例の茶色いボタンである。健三は、瞬時に黙り込む。それを待って、聡介はゆっくり口を開いた。

「確かに、あれは内輪の話。では、ここであらためて聞かせてください。僕と椿木警部、二人の前でね。いいですか――」

聡介はひと言ひと言、区切るようにしながら、健三に今朝と同じ質問をした。

「泉田さん、あなたがこのボタンを、このガレージで落としたのは、いつのことですか？」

「……う……それは……」たちまち、口ごもる健三。

椿木警部も車の正面に立ちはだかって声を張る。「答えなさい、泉田健三さん！」

「そ、それは……それはだな……ええい、くそ、こうなったら！」

もはやこれまでと観念したのか、それとも最後の抵抗のつもりだろうか。健三は薄く開いたままになっていた運転席のドアをいきなり手前に引いた。バタン！　というドアの閉じる音と同時に、運転席から「畜生めぇ――ッ」と憤怒《ふんぬ》の叫び。それをアメリカ車の強烈なエンジン音が掻き消していく。たちまちガレージに満ちる排気ガスの臭い。

危険を察して、椿木警部が飛び退《の》くように車の前を離れる。聡介も壁際で難を逃れようとしたのだが、なにせスペースがない。車は聡介の爪先を軽～く踏みつけてガレージを飛び出した。車の爆音に負けないほどの聡介の悲鳴が、ガレージに響き渡る。

暴走を開始したクライスラーは槙原邸の庭先で、迷い猫のようにぐるぐる旋回。威嚇するように尻を振り、盛大な土埃を撒き散らす。運転席の健三は、滅茶苦茶なハンドル捌きだ。

椿木警部が口許に手をやりながら、聡介に命令する。

「小山田君、逃がしちゃ駄目！　絶対、捕まえなさい！」

「はい！」と立場上、勇ましく答える聡介だが、彼にも暴走車を制御する手段はない。しばしの間、暴走車は散々に庭を荒らし、刑事たちは散々に蹴散らされた。やがて、ようやく行き先を決定したとばかりに、車はその鼻面をピタリと屋敷の門へ向けた。

「まずいわ！　門から出られたら、大変なことに！」

警部の言葉に、聡介はふいに嫌な予感。と思った矢先、彼の懸念は的中した。

「小山田君！　門を守るのよ！　身体ごと盾になりなさい！」女警部の非情な命令。

無茶ですってば！　目で訴える聡介に、椿木警部も目で答えた。やりなさい！

こうなったらヤケだ。聡介は駆け出し、門の真ん中に仁王像のごとく立ちはだかる。

聡介の正面、構わずエンジンを響かせるクライスラー。恐れず立ちはだかる聡介。迫りくるヘッドライト。立ちはだかる聡介。鳴り響くクラクション。

うひょう！　とみっともない叫び声を発して聡介は飛び退いた。

当然だ。体格的に見て、アメリカ車と喧嘩して勝てる日本人はいない。

「公道に出たわ！　小山田君、追って！」

これも、結構無茶な指令だ。人間が車を追いかけたところで意味はない。だが、逃げた方角だけでも見届けようと思い直し、聡介は門を飛び出す。

槙原邸に続く道路は片側一車線。逃走車のテールランプは、すでに遥か前方だ。それ以外に走行中の車はない。夜もふけた時間なので、道路に人の姿は——あった！

街灯の明かりをスポットライトのように浴びながら、ひとりの少女が道路の真ん中に立っている。

濃紺のワンピース。三つ編みにした栗色の髪。手には大きな竹箒。見慣れたマリィの姿だが、そんな彼女の頭上には、今夜は特別、魔女の象徴である三角帽が斜めに乗っかっている。

「危ない！　逃げろ！」聡介は叫んだ。

誰が危なくて、誰に逃げろ、といったのか、叫んだ本人にもよく判らない。

いずれにせよ、聡介の警告は魔法少女の耳には届かない。暴走車を運転する殺人犯には、なおさらだ。両者の間隔は見る見る狭まる。車は速度を落とさない。少女もまた微動だにしない。高まるエンジン音。車はさらに速度を上げた。このまま撥ね飛ばす気か。少女は睨むように前を見据える。やがて車と少女の距離が、極限まで近づいた瞬間——

マリィの三つ編みが、ひと際青く、妖しく、輝いた。

そして少女は目の前のゴミを弾き飛ばそうとするように、手にした箒を一閃《いっせん》！

暴走車は竜巻に巻き込まれたかのように、ふわりと一瞬宙に舞った。その直後、車は裏返しになってドスンと地面に着地。派手な不協和音と火花を発しながら長い距離を滑走した挙句、それは道端の空き地に突っ込んでようやく停止した。

「あわわ、アイツ、なんてことを……」

「ザマ見ろだわ。スピード出しすぎるから、ああなるのよ」遅れて門を飛び出してきた椿木警部が、見当違いの感想を漏らす。「ほら、いくわよ、小山田君！」

二人の刑事は揃って空き地に駆けつけた。逆さまになった車からほうほうの態《てい》で脱出した健三の姿が、そこにあった。彼は大きな身体を恐怖に震わせながら、警部に訴えた。

「ま、魔女だ……魔女が……箒で……車を……」

「はあ、魔女⁉」椿木警部はいちおう周囲を見渡して、蔑《さげす》むように健三を見た。「誰もいないじゃない。だいたい、魔女だの魔法の箒だの、あるわけないでしょ。嘘つき男がテキトーなこというんじゃないの！　それより、両手を揃えて出しなさい！」

椿木警部は想像どおりの、現実主義者らしい物言いで、泉田健三に手錠を打つ。警部はマリィを見なかったらしい。それはお互いにとって幸せなことだと、聡介は思う。それから彼はひとりそっと夜空を見上げて、そこにいる彼女に向けて呟くようにいった。

「やりすぎだ、馬鹿マリィ」

だが、聡介の非難めいた言葉は、彼の頭の遥か上を漂う彼女の耳には届かなかったようだ。三角帽の魔法使いは箒の柄に腰を掛けて、どんなもんよ、とばかりに得意げな表情。

そんなマリィは箒の上から聡介に向かい、なにか短いひと言。そして小さく手を振ると、またいつかのように遠くの夜空へと飛び去っていった。

少女は「おやすみなさい」といったようだった。

魔法使いと二つの署名

1

薄暗い部屋に言葉はなかった。音楽も笑い声もない。あるのは、男が一定の間隔で繰り返す規則正しい呼吸音。そして、紙とペンとが擦《こす》れあう乾いた音だけだった。

男はひとりで机に向かっていた。彼の正面には一冊のノートと一枚の年賀葉書。電気スタンドの頼りない明かりだけが、彼の手許を照らしている。右手に握られた万年筆は、開かれたページの上で休むことなく運動を続けている。そのペン先はサラサラと流れるような滑《なめ》らかな音を奏でたかと思うと、カッカカッと引っ搔《か》くような音で軽快にリズムを刻む。ノートのページはたちまち黒いインクの文字で埋められていく。

やがてページいっぱいに文字を敷き詰めたところで、男は疲れの混じる息を吐いた。

「まあまあだ……しかし、まだ完全じゃない……」

男は指先でページを一枚捲《めく》る。男は目の前に現れた真っ白なページを睨《にら》み付けると、再び気合を入れなおして万年筆を手にした。

薄暗い室内に、再び紙とペンの摩擦音が響きはじめる。

男の手の動きには迷いがない。機械のような正確さで、文字を書き連ねていく。

白かったページは見る間に黒い文字に占領されていく――

矢川照彦、矢川照彦、矢川照彦、矢川照彦、矢川照彦、矢川照彦、矢川照彦、矢川照彦、矢川照彦、矢川照彦、矢川照彦、矢川照彦、矢川照彦、矢川照彦……

2

松浦宏一《まつうらこういち》がその生涯において初めてやった物まねは、『宿題を忘れた吉田君を叱る担任の藤本先生』だった。思えば、これが彼の人生における最大の転機だったのかもしれない。

当時、宏一は中学二年生。普段、教室で目立たない存在だった彼が、いったいどんな経緯で物まねを披露するに至ったのか、いまとなっては彼自身なんの記憶もない。なにかの罰ゲームだったのかもしれない。だが、それが同級生の間で大いにウケたことだけは、鮮明に彼の記憶に残っている。快感だった。特に密かに思いを寄せる瞳ちゃんが、お腹を抱えて笑ってくれたのが彼には嬉しかった。

そうして調子に乗った宏一が、後日、得意げに披露した第二弾が、『カンニングをする吉田君を叱る社会の寺島先生』だった。だが、これは絶望的にウケなかった。静まり返った同級生の冷たい視線で凍え死ぬかと思ったほどだ。しかし、それにも増して本当に宏一の心に突き刺さったのは、瞳ちゃんがうっすら浮かべた愛想笑いだった。好きな女の子の愛想笑いほど、プライドの高い男子を傷つけるものはない。

そこで宏一は初めて真面目に考えた。――なぜウケなかったのだろう？

彼は熟考の末、答えにたどり着いた。――あまり似てなかったからだ！

似てないからウケないのだ。似ていればウケるのだ。

この単純な真理に気づいた彼は、そのとき以来、本気で似ている物まねの研究に取り組みはじめた。結果、中学を卒業するころには、宏一は過半数の教師を敵に回していた。生徒が教師の物まねをする場合、どうしてもそれは《顔でする悪口》になるからだ。

だが、いずれにしてもこの中学時代に、宏一は物まねの極意を摑んだのだ。

その極意とは《観察と反復》。対象物を穴が開くほどに観察し、それを自らの肉体で飽きるまで繰り返す。当たり前のことだが、他者を上手に真似るには、それ以外の近道はない。宏一のその考えは、いつしか彼の信念となり、その後三十年間に渡って彼の進む道を常に照らし続けてきた。中学時代、教室の片隅で友人相手に物まねを披露していた松浦宏一は、現在プロの芸人としてテレビや舞台で物まねを披露する日々である。

そんな松浦宏一が、八王子は京王八王子駅にほど近い明神町にある一軒の屋敷を訪れたのは、六月上旬のとある週末。ぶ厚い雲が月を覆い隠した、暗い夜のことだった。

門柱に掛かる表札には「矢川《やがわ》」の文字。宏一は左右を見渡し、あたりに人の姿がないのを確認してから、屋敷の敷地に足を踏み入れた。広々とした日本式の庭を横切り、立派な玄関にたどり着く。呼び鈴を鳴らすと、姿を現したのは矢川照彦《てるひこ》本人だ。事前の約束もなくいきなり玄関先に現れた宏一の姿に、矢川は不審に思ったようだった。

「どうしたんだ、松浦。なにか急な用事でもあるのか」

用がないなら帰ってくれ、とでもいいたげな弾まない口調。だが、玄関払いは御免だ。そこで宏一は手にした鞄の中から秘密兵器を取り出して矢川の前に示した。

「いやなに、いいウイスキーが手に入ったんでね。一緒に飲――」

「入れよ。さあ入れ。ちょうど、ひとりで退屈していたところなんだ」

矢川は態度を急変させ、宏一を屋敷に招きいれた。予想どおりの展開だ。昔から矢川という男は、金と女と美味《うま》い酒に目がない。なんで、こんな下衆《げす》な男が自分より上のポジションにいるのだろうかと、宏一はあらためて不思議に思う。

矢川照彦は宏一が所属する芸能事務所『スターライト・プロモーション』の社長である。

年齢は宏一と同じく四十代半ば。宏一が駆け出しのころは、矢川が彼のマネージャーを務めていたこともある。マネージャーとしては気が利かない男だったが、そんな彼も先代社長の覚えは良かったらしく、やがて出世コースに乗り、四十歳で取締役、二年前に先代が急死してからは、見事社長の椅子に納まっている。

社長の座を手にするために彼自ら先代を亡き者にしたのでは――そんな邪推をする者もいたが、実際にはそういう事実はなかったようだ。ちなみに先代の死因は、女性との行為中の腹上死だった。腹上死を死因と呼ぶかどうか宏一は知らないが、それはともかく――

松浦宏一と矢川照彦はリビングのソファに座り、宏一の持参したウイスキーで乾杯した。高級ウイスキーのオンザロックを、矢川はまるで冷たい麦茶のようにゴクリと飲む。

「――ふぅ、確かに美味いな。どこで手に入れたんだ、松浦？」

「なに、この前、営業で某企業に呼ばれてね。創立記念パーティーの余興を任されたんだが、その会社の重役に俺のファンだという人がいてね。その人からプレゼントされた。でも、おまえも知ってるとおり、俺はあまり酒が強くない――」

宏一は自分のグラスを顔の前に示した。中身は薄めに作られたハイボール。酒に強くないというのは嘘ではないが、それ以上に今日は酔ってはならない理由がある。

宏一は無駄な時間と飲酒を省くため、いきなり本題を切り出した。

「ところで、例の事業多角化の件だが、もう一度考え直す気はないのか」

瞬間、グラスを傾ける矢川の顔がムッとなった。彼にとっては面白くない話らしい。

「なんだ、結局その話か」矢川はテーブルにグラスを置くと、宏一を睨みつける。

「何度も説明したはずだ。不動産事業への進出は会社の既定路線だ」

「だが、なんのためのマンション経営なんだ。『スターライト・プロモーション』は芸能事務所だろ。不動産事業なんて、タレントのプロモーションとは全然関係ないじゃないか」

「馬鹿、関係ないから多角化なんだよ。だいたい、芸能関係の仕事なんて浮き沈みが激しすぎる。それだけに頼るのは危険だ。幸い、いまは会社の業績もいい。だからこそ、いまのうちに新しく柱となる事業を育てるんじゃないか。それのどこがいけないんだ」

「なるほど。もっともらしく聞こえるが――それは、あの女の入れ知恵か？」

「な、なんだと」矢川の表情が険しさを増す。「あの女とは、どの女のことだ？」

「たくさんいるから判らないとでも？　じゃあ、教えてやる。三原慶子《みはらけいこ》――貸しビル業を営む女だ。おまえ彼女と最近深い仲なんだろ。彼女にそそのかされたんじゃないのか」

図星を差されて黙りこむ矢川照彦。そんな彼に宏一は低い声で訴えかけた。

「目を覚ませ、矢川。先代の社長がおまえに会社を任せたのは、『スターライト・プロモーション』を不動産会社にするためじゃないはずだ。俺の下には、まだまだ大勢の若いタレントたちがいる。俺やおまえは、若い彼らのためになることを考えてやるべきじゃ……」

「うるさい！」矢川は顔面を紅潮させて立ち上がった。「この俺に意見するのか。経営のことなどなにも判らないくせに。おまえのほうこそ目を覚ませ。たかが物まね芸人が！」

「な、なんだと！」矢川の口から飛び出した《禁断のひと言》を耳にして、宏一も冷静ではいられなかった。「お、お、おまえ……」

「『おまえ』じゃない、『社長』と呼べ！　いつまでもあんたのマネージャーじゃないぞ！」

「なんだと！」

宏一はこの場でウイスキーのボトルを振り上げて、彼の脳天に叩き付けてやりたい衝動を覚えた。だが、そのような乱暴な手段に訴えるわけにはいかない。宏一は怒りをぐっと堪《こら》え、矢川に背中を向けた。

「ちょっと興奮しすぎたようだ。頭を冷やそうじゃないか。そうだ、トイレ借りるぞ。いや、トイレをお借りしてもよろしゅうございますか、社長？」

「ああ、勝手に使え。俺も洗面所で顔を洗ってくるとしよう」

二人は相次いでリビングを出た。宏一はトイレに入ったが、実際には用を足すことなく、すぐに個室を出た。足早にリビングへ戻ると、そこには誰もいない。ウイスキーと二人分のグラスがテーブルの上にあるだけだ。社長はまだお帰りになられていらっしゃらない。

好機到来。宏一は背広のポケットに手を突っ込む。取り出したのは、ガラスの小瓶だった。中身は白い粉末。素早く蓋を開けて、中身をオンザロックのグラスに投入する。多過ぎる粉末がグラスに入ってしまい、宏一は一瞬慌てる。だが、人差し指で氷をかき回してやると、粉末は琥珀《こはく》の液体と白い氷に紛れ、肉眼ではほとんど確認できなくなった。

よし、これでいい。ホッとした宏一は濡れた人差し指をチュパッ――と舐《な》めそうになって、思わずゾッとなった。危ない危ない。指先に付着しただけの、ほんの僅かな量でも、口に入れば死に至る。それが青酸カリという猛毒のはずだ。

宏一は慎重にハンカチで人差し指を拭《ぬぐ》った。ちょうどそのとき、リビングの扉が開き、矢川照彦が再び姿を現した。顔を洗って多少は興奮が収まったのか、その表情は穏《おだ》やかだった。矢川はソファに座ると、先ほど発した禁断のひと言について、謝罪し撤回した。

「《たかが物まね芸人》は本意ではない。あれは低レベルなギャグと思ってくれ。だいいち、松浦もすでに取締役だ。経営陣のひとりじゃないか。もはや芸人という言い方も失礼だ」

「いや、俺はいまでも物まね芸人さ。さっきは俺も言い過ぎた。確かにおまえ――じゃなかった社長のいうとおりだ。芸人の俺が口を出す話じゃなかった。許してくれ」

宏一は頭を下げると、ハイボールのグラスを手にした。「じゃあ、乾杯しなおそう」

「ああ、そうしよう」そういって、いったんはオンザロックのグラスに手を伸ばしかけた矢川だが、突然その手を引っ込めると、「やっぱり、俺もハイボールが飲みたいな」

「え⁉」矢川の気まぐれに宏一は大いに慌てた。「いやいやいやいや、やっぱりウイスキーはオンザロックだろ。ハイボールなんて邪道だ。子供の飲み物だ。おまえ――じゃない社長、前にそういってたよな。だいいち、そのグラス、まだ半分ぐらい残ってるじゃないか。とりあえずそれを飲み干して、それから次の一杯をハイボールで楽しむっていうのが、ベストの選択だと俺は思うなあ」

「そうか。まあ、確かにそうだよな」

矢川はいちおう納得しながらも、なんか変だな、という表情。オンザロックのグラスを手にすると、ゆっくりそれを口許に持っていく。その様子を、息を詰めて見守る宏一。だが、矢川の唇がグラスに触れそうになる瞬間、彼は鋭い目つきで宏一を睨みつけた。

「なに見てるんだ、松浦⁉　俺がこのグラスを飲み干すのが、そんなに珍しいのか」

「え、いや、そんな……」宏一はドギマギと視線を泳がせる。

「なんか変だな」矢川は手許のグラスと宏一の顔を交互に眺め、やがてなにかに思い至ったように、ハッとした表情を浮かべた。「おまえ、まさかこのグラスに毒を！」

「は、はは、ははは、馬鹿いうなよ、そんなことあるわけが……」

全身に冷や汗を掻く宏一。そんな彼を矢川は冷たく見据える。再びリビングに満ちる不穏な空気。だが緊張感の高まる中、矢川の携帯が『酒と泪《なみだ》と男と女』の着メロを奏でた。

「ちッ、こんなときに誰だ」矢川はソファから立ち上がり、携帯を耳に当てる。

「はい、もしもし……ああ、高橋《たかはし》か、なんだ……はあ、なにダブルブッ……馬鹿野郎、そんなこと、夜中に電話してくることか！　明日の朝にまた電話しろ！」

電話の相手を怒鳴りつけて、矢川は一方的に携帯の通話を終えた。興奮の面持ちを宏一に向けると、矢川は憤懣《ふんまん》やるかたないといった調子で、立ったまま話しはじめた。

「タレントのダブルブッキングだそうだ。それで社長から先方に詫びの電話をお願いしますだと。なんで部下の尻拭いを社長がするんだ。まったく使えない連中ばかりだな」

腹の虫が収まらない矢川は、乱暴に髪を掻きあげる。そして彼は目に付いたオンザロックのグラスを手に取ると、「えい、くそ」と悪態を吐《つ》きながらその液体を勢いよく自分の口に流し込む。それでようやく気持ちが収まったのか、彼は再び宏一のほうに向き直ると、

「――ところで、なんの話だったかな？　なにか重大な話の途中だったはずだが」

「…………」宏一は無表情のまま首を振った。「いや、もうその話は終わった……」

「はあ!?　終わってないだろ。そうそう、思い出したぞ。確かグラスに毒が……入っているって……話だった……よ……な……」

言葉はすべて手遅れだった。矢川の手からグラスが滑り落ちる。

そして、矢川照彦は力が抜けたかのように床の上に膝から崩れ落ちていった――

矢川照彦は死んだ。青酸カリの入ったウイスキーを、それとは知らずに飲んだのだ。いや、正確にいうなら、ある程度それと知りながら、うっかり飲んだのだ。相手の軽率さに救われる幸運はあったにせよ、宏一の目論《もくろ》んだ殺人は、いちおう達成された。

「だが、大事なのはこれからだ――」

宏一は自分に気合を入れるように呟くと、計画の最終段階に移った。まずは白い手袋を装着。そしてソファ周辺の自分の指紋をハンカチで拭き消していく。もちろん全部拭い去るのは不可能だし、その必要もない。矢川社長の家を所属タレントの松浦宏一が訪れることは珍しくはない。多少の指紋がリビングにあるのは、むしろ自然なことだ。

それが済むと、宏一は鞄を持って書斎へと移動した。そこは適度に狭くシンプルな空間だった。部屋の両脇に本棚、中央に机と椅子。机の上にはデスクトップのパソコンがある。

宏一は椅子に座り、パソコンの電源を入れた。使用するワープロは、宏一自身が普段使っているのと同じソフトだ。扱いには慣れている。宏一は真っ直ぐ液晶画面を見詰め、手袋を嵌《は》めた両手をキーボードに乗せた。

やがて、彼の指先はキーボード上を滑らかに駆け巡りはじめた——

〈突然、このような形でみんなとのお別れを迎えることになり、申し訳なく思っている。わたしは自らの命を絶つことを決意した。みんなも知ってのとおり、昨年、わたしは妻と別れた。最愛の子供たちも、いまはもうわたしの手にはない。自分自身が招いた状況とはいえ、わたしはいまの孤独には耐えられない。驚く人もいるだろうが、熟慮した上で決断したことだ。すべての責任はわたしにある。どうか許してほしい〉

文面に間違いがないかをチェックして、宏一はその文書を「遺書」の名前で保存した。

プリンターの電源を入れる。次に、宏一は鞄の中からクリアファイルに入ったプリント用紙を取り出した。見た目は普通のＡ４サイズの用紙だが、実は重大な特徴がある。

このプリント用紙には、矢川照彦の指紋が付着しているのだ。以前、矢川と二人で飲んだときに、宏一の目の前で彼が熟睡したことがあった。そのときに矢川の指紋をまっさらな紙にべたべたと押し付けておいた。それがいま、役に立つ。宏一は矢川の指紋つきの用紙をセットして、プリント開始。やがて、彼の手許に印刷された「遺書」が排出された。

「だが、これはまだ完全な遺書とは呼べない——」

宏一はデスク上のペン立てに目をやった。数多い筆記具を眺めながら思考を巡らせる。死を決意した人間が最後の文字を書くとき、人はどんな筆記具を用いるだろうか？　まさか鉛筆ではないだろう。かといって、いまどき毛筆を用いる人間など絶滅寸前だ。やはり、愛着のあるボールペンか万年筆といったあたりが、相応《ふさわ》しいように思える。

——と、そのとき、一本の筆記具が彼の目に留まった。

重厚な雰囲気をたたえた、黒い万年筆。海外有名メーカーが製造する高級品だ。そういえば以前、矢川がこれに似た万年筆をこれ見よがしに使用していた光景を、宏一は覚えている。おそらくはお気に入りの道具だったのだろう。宏一はその万年筆を手に取った。傍《かたわ》らのメモ帳に試し書きをしてみる。

インクの出もよく、書き味は滑らか。黒いインクは上品な光沢さえ感じさせる。

素晴らしい。これぞまさしく、遺書を書くために作られた筆記具だ！

道具は決まった。宏一は印刷されたＡ４の用紙を前にして、椅子に浅く腰掛けた。

「よし、最後の仕上げだ——」

気合を入れなおした宏一は、おもむろに右手の白い手袋を脱いだ。代わりに鞄の中から、もうひとつ別の手袋を取り出す。それは外科医が手術のときに装着する、超極薄の手袋だった。宏一はそれを右手に嵌めた。装着感は抜群で、ほとんど素手の感覚に近い。

宏一は薄型手袋を嵌めた右手で万年筆を握った。太い軸の感触が指の間にしっくりと馴染む。まるで長年使い慣れた道具のようだ。

大丈夫だ。これなら、まず失敗することはない。

自分に言い聞かせながら、宏一は遺書の余白に、何度も練習した短い言葉を書き込んだ。

矢川照彦、最期の言葉――〈ありがとう、さようなら〉

それから、最期の署名――〈矢川照彦〉

こうして遺書は完成した。宏一は万年筆をペン立てに戻し、自分の作品を眺めた。その出来栄えに彼は満足し、そして中学時代から続く彼の信念が、やはり間違いでないことをあらためて悟った。

物まねの極意は《観察と反復》。

その信念が結晶となったかのような、それはまさに完璧な「矢川照彦の遺書」だった。

3

その日、事件発生の一報を受けた小山田聡介《おやまだそうすけ》は、前回の事件の経験を踏まえ、充分遅く自宅を飛び出した。廃車寸前のカローラが、こんなときには心強い。聡介の期待どおり、彼の愛車はわずかな距離を進む間に三度もエンストして、彼の遅刻をアシストした。現場が近づくにつれ、ハンドルを握る聡介の期待は、いやが上にも高まっていく。

「遅れてきた俺に、『椿姫』はなんていうことか……」聡介は想像を逞《たくま》しくする。

だらしない男ね！　それでも刑事なの！　あんたには心底ガッカリだわ！

「ふ……堪《たま》らんな、男としても、部下としても」

八王子署の期待の若手、小山田聡介は脳裏に麗《うるわ》しき『椿姫』の猛《たけ》り狂う姿を妄想しながら、早くもゾクゾクするような快感を味わっていた。ちなみに『椿姫』とは彼の憧れの上司、椿木《つばき》綾乃《あやの》警部を示すあだ名である。いや、正確には《あだ名》というより《隠語》というべきか。聡介自身、警部のことを正面切って、その名で呼んだことは一度もない。

なにせ『椿姫』こと椿木警部は、三十九歳という人生の断崖絶壁にひとり立つ独身女性。断崖の向こうに広がるのは穏やかな常夏《とこなつ》の海か、それとも荒れ狂う真冬の海か。そんな極限状態にある彼女のことを、呑気に『姫』呼ばわりするのは、本来許されることではない。

もっとも、最近は八王子近郊の犯罪者たちでさえ、彼女のことを陰でそう呼んでいるらしいから、この隠語が彼女の耳に届くのも時間の問題なのだが。

そんなことを考えるうちに、ようやく車は明神町の屋敷に到着。車を降りた聡介は、黄色いテープを跨《また》いで玄関に駆け込む。そこはすでに大勢の刑事や巡査で溢れかえっていた。聡介はリビングに足を踏み入れ、先手必勝とばかりに頭を下げる。

「すいませんッ、警部！　遅くなりましたッ」

さあ、こい『椿姫』！　浴びせかけてくれ、怒濤《どとう》の叱責の声を！

だが彼の願望とは裏腹に、遅刻した若手刑事に向けられたのは男性捜査員たちの冷めた視線と乾いた咳払いのみだった。麗しの上司からの叱責も罵声《ばせい》も、あるいは向こう脛《ずね》を狙ったローキックもいっこうに飛んでこない。拍子抜けとは、このことだ。

まさかと思いながら、聡介は傍らの新米刑事に小声で尋ねる。

「おい、若杉《わかすぎ》。『姫』はどうした。まさか『姫』のほうが俺より遅いなんてことは……」

「ああ、椿木警部ですか。ええ、遅れてくるそうですよ」すべてを見透かしたように、若杉刑事は哀れみの目を聡介に向ける。「残念でしたね、先輩。まあ、また次の機会がありますよ。ところで先輩のドM願望は脇に置くとして、まずは現場の状況を――」

ショックのあまり茫然自失の態を晒《さら》す先輩刑事に対して、若杉刑事は淡々と説明した。

「死亡しているのは、この屋敷にひとりで暮らす矢川照彦、四十五歳。職業は芸能事務所『スターライト・プロモーション』の代表取締役社長だそうです。発見したのは、その会社の営業部長の高橋という人です。その高橋氏は昨日の夜中にとある用件で矢川照彦氏に電話したところ、『明日の朝にまた電話しろ』といわれたそうです。それで彼は今朝になって電話したのですが、いっこうに電話が繋がらない。不審に思った彼は車を飛ばして、この屋敷に駆けつけ、リビングで死体を発見し、自ら警察に通報した。とまあ、そういった経緯のようですが――聞いてます、先輩？」

「すまん、若杉……いまの俺には、おまえの言葉など、まったく頭に入らん……」

「そんなにショックですか、警部の不在が」若杉は首を左右に振って嘆く。「まったく、だらしないですね、先輩。それでも刑事ですか。先輩には心底ガッカリですよ」

「悪いが、おまえに罵倒されても、俺は嬉しくはない……」

「誰も先輩を喜ばせようなんて思ってません！」

聡介の性癖に若杉が真顔で嫌悪感を示したところで、突然リビングの扉が開いた。

扉の向こうから姿を現したのは、他ならぬ彼らの上司、椿木警部その人だった。瞬間、殺伐とした事件現場に一輪の花が咲いたのかと、聡介は錯覚した。

光沢のあるグレーのスーツ姿は、あくまで凛々《りり》しく華やか。盛り上がった胸元と引き締まったウエストは、年齢をまったく感じさせない。いや、むしろこの年齢に達した彼女だからこそ、これだけの色香が放てるのだと聡介は確信する。フレームレスの眼鏡が似合う顔立ちは、美貌と知性が高いレベルで両立することを示している。そして、なによりタイトスカートから真っ直ぐに伸びた両脚のライン！　何十回でも踏まれたい！　何百回でも蹴られたい！　やっぱり俺は変態か、変態なのか、なあ若杉！

「ちょっと、なにジロジロ見てんのよ、小山田君」

椿木警部は胸元で腕を組み、聡介を冷たく睨む。「まさか、あなたわたしが遅れてきたことに文句でも？　いいわよ、文句があるならいってごらんなさい。聞いてあげるから！」

見事である。いちばん最後に現場に現れながら、誰よりも堂々と振る舞う度胸の良さ。彼女こそは生まれながらの首領《ボス》であり、言葉本来の意味の刑事《デカ》である。

「いやいや、文句なんてとんでもない。——昨夜は合コンとか？」

「あらそう、文句がないのなら結構よ。——違うわ、女子会よ！」

胸を張って「女子会」といえる三十九歳も、それはそれで素敵である。いずれにしても、彼女が今朝遅れた理由は、「女子会」で羽目を外した挙句の、二日酔いが原因のようだ。

「ところで、現場の状況はどうなってるのかしら。説明してちょうだい、小山田君」

「ああ、それなら、僕もいま若杉から説明を受けるところです――な、若杉」

聡介の言葉に、若杉刑事は「えー、さっき説明したじゃないですかー」と露骨に不満を訴える。だが、実際のところ聡介には彼から説明を受けた記憶が、まったくないのだった。

それから数分後――二度目の説明を終えた若杉刑事は別の用事でリビングから退出した。邪魔者は消えた。あとは椿木警部と聡介との二人の世界である。勝手に胸躍らせる聡介に対して、警部はあくまで仕事一途な警察官の表情を崩すことはない。

「なるほどね。『スターライト・プロモーション』なら、わたしも名前は聞いたことがあるわ。確か事務所は吉祥寺にあるはずよ。社長が八王子在住だとは知らなかったけれど」

そういって椿木警部はフレームレスの眼鏡の奥から、鋭い視線を死体に向けた。

茶色いズボンに紺のカーディガン。リラックスした装いとは裏腹に、身体を折り曲げた窮屈な恰好で、男は床の上に横たわっている。その顔にはなんの表情も浮かんではいない。

男の周囲には、彼が撒き散らした嘔吐物。離れた場所にはグラスが転がっていた。

テーブルの上にはウイスキーのボトルがあった。中には琥珀の液体がまだたっぷり残っている。ボトルの隣にはガラスの小瓶。市販薬の瓶に似ているが、ラベルは貼ってない。その小瓶を文鎮代わりに、A４サイズのプリント用紙がテーブルの上に伏せてある。

椿木警部は白い手袋をした指先で用紙を摘《つま》み上げ、表を見た。眼鏡の奥で彼女の眸《ひとみ》が左右に数回往復する。やがて、警部はひとつ小さな溜め息を漏らすと、

「遺書ね」といって、その紙を聡介に手渡した。「《どうか許してほしい》ですって。ただし、印刷された文書だけど」

「まあ、いまどきワープロで遺書を書く人は珍しくありませんよ。それに手書きの文字だって、ちゃんと添えてあるじゃないですか――《ありがとう、さようなら》って。《矢川照彦》の署名も手書きです。まあまあ、よく書かれた遺書ですよ」

遺書を確認した二人の視線は、テーブルの上に置かれたガラスの小瓶へと集中した。椿木警部がその瓶を摘み上げ、顔の高さに掲げる。

「調べてみないと判らないけれど、たぶん毒ね。この小瓶以外にも、テーブル付近にあるものは全部、鑑識に回さないとね。ウイスキーのボトルとグラス、もちろん遺書も――」

「遺書はどこで作成したんでしょうね。リビングにはパソコンはありませんが」

「書斎じゃないの？　署名をした筆記具もそこにあるはずよ」

二人はリビングを出て矢川照彦の書斎を調べた。彼のパソコンには「遺書」のデータが残っていた。筆記具はデスクの上のペン立ての中のどれかが使われたものらしい。

「ペン立ての中の筆記具を全部、鑑識に回してちょうだい。遺書に用いられた筆記具を特定するのよ」

捜査は着々と進行する。だが聡介には、あまり面白みのある事件だとは、思えなかった。現場の状況は、明らかに矢川照彦の自殺を示している。これほど判りやすい事件はない。あまりにも

判りやすいので、逆に作為を疑いたくなるほどだ。と、そのとき――

「警部！」若杉刑事が書斎に顔を覗かせた。「矢川照彦の関係者と名乗る人物が、玄関先にきてるんですけれど、どうしましょう？　なかなか怪しげな美人ですよ」

「そう、女なのね。だったら面白そうだわ」

椿木警部はニヤリとした笑みを浮かべて、新米刑事に命令を下した。「その女、別室に呼んでちょうだい。そうだ。例の遺書を確認してもらえるといいわね」


聡介と椿木警部は、矢川邸の応接室で問題の女と面会した。

正面の椅子に座る彼女は、年のころなら椿木警部と同世代か。シックな紺色のスカートに胸元の開いたセクシーなブラウス。細身の彼女の身体には、よく似合っているが、上に羽織ったジャケットはなぜかド派手な豹柄だった。

正直、首を捻《ひね》るファッションセンスの彼女は、刑事たちを前にして、

「よろしく、三原慶子よ。ちなみに慶子の『慶』は慶應大学の『慶』の字。判る？」

そういうと、彼女は左手を顔のあたりに掲げて、空中に「慶」の字を書いた。慶應大学の「慶」の字で説明は充分だ。聡介は、なんだか馬鹿にされている気分だった。

「職業は不動産業ってとこかしら。中央線沿線に貸しビルをいくつか持ってるの。『スターライト・プロモーション』とは、最近なにかと仕事の縁ができて、照彦さんとも親しくさせてもらっていたんだけど。それが、まさかこんなことになるなんて……いったい、なんでこんなことに……ショックだわ」

と、彼女は心理的動揺を口にするが、聡介の目にはさほどの衝撃を受けているようには見えない。豹柄のジャケットのせいかとも思ったが、たぶんそればかりではあるまい。

「失礼ですが」と椿木警部が尋ねた。「矢川さんと親しかったということですが、具体的にはどういったご関係でしょう？」

「そうね。隠してもしょうがないから、ハッキリいっておくわ」三原慶子は堂々と胸を張り、宣言するようにいった。「わたしと照彦さんは結婚する約束を交わしていたの」

「まあ、では婚約を。それは心中お察しいたします……」警部は頭を下げ弔意を表す。

だが正直なところ、聡介には豹柄女の心中を察することができない。

口では婚約者であることを主張するが、そのわりに彼女の様子に悲しみの色はない。涙ひとつ見せるわけでもなく、むしろいまの状況を楽しむかのように、三原慶子は刑事たちの前で悠然と長い脚を組む。すると、彼女の不敵な振る舞いに、同世代独身女性としての対抗心を掻き立てられたのか、椿木警部も負けじとばかりに自慢の美脚を交差させる。おかげで、これ以降の二人の会話は聡介の耳にはまったく入らなくなった。彼の集中力のすべてを、目の前に並ぶ四本の美しい脚が、全部持っていってしまったからだ。すると、数分後——

「……田君……山田君……小山田君！」

突然、聡介の鼻面を椿木警部の裏拳が襲った。「なに、ボンヤリしてるのよ、小山田君！　ほら、例のやつを！」

「ふぁ⁉　れいのやふ」聡介は痛む鼻を押さえながら、「ああ、いひょですね——はい」

聡介は「いひょ」ではなく「遺書」を警部に手渡した。問題の遺書は、余計な指紋がつかないように、透明なビニール袋に包まれている。警部は遺書の文面を豹柄女に向けた。

「ん!? なによ――」訝《いぶか》しげに袋の中のA4用紙を眺める三原慶子。その表情は、見る間に険《けわ》しさを増していった。「な、なに、これ！ ひょっとして、遺書！ う、嘘でしょ……じゃあ、照彦さんは自殺だっていうの……」

「いえ、自殺と決まったわけではありません」椿木警部は慎重に言葉を挟むと、「いかがでしょう、三原さん。この遺書を見て、なにか気がつくことなど、ありませんか」

「気がつくもなにも、こんなの信じられないわ。別れた奥さんと子供に未練があるみたいなことが書いてあるけど、そんな素振りは、あたしの前では一度も……」

矢川照彦の死に悲しみの欠片《かけら》さえ見せなかった三原慶子も、この遺書には大いなる屈辱を与えられたようだ。彼女の眸は怒りに燃え、唇はワナワナと震えている。

「う、嘘よ！ こんなの、嘘っぱちだわ！ この遺書は贋物《にせもの》よ！」

興奮を露《あらわ》にしながら一方的に断言する三原慶子。椿木警部と聡介は、思わず顔を見合わせる。そして警部はあらためて豹柄女へと向き直ると、落ち着いた声で尋ねた。

「では三原さん、そこに書かれた署名をどう思われますか？」

すると三原慶子は一瞬黙り込み、そして自らの敗北を認めるかのように、こう答えた。

「この署名は……確かに、照彦さんの文字よ……ええ、間違いないわ」

4

その日は朝から分厚い雲が垂れ込める完璧な曇り空。まさに葬式日和《びより》だった。

葬儀の会場となったのは八王子メモリアルホール。そこは矢川照彦との別れを心から惜しむ少数の人々、そして世間のしがらみから出席せざるを得ない大多数の人々で、ごった返していた。生前の故人の人柄と社会的地位が大いに偲《しの》ばれる光景である。

当然のことながら松浦宏一は、故人との別れを大いに嘆き悲しむ者のひとりとして、その式に参列した。葬儀は粛々と進み、そして迎えたクライマックス——

宏一は『スターライト・プロモーション』を代表する形で、いまは亡き矢川照彦に対する弔辞を読み上げるという大役まで果たした。悲嘆に顔を歪め、ときに声を詰まらせながら、遺影に向かって語り掛ける宏一。その姿に参列者のあちこちからすすり泣きが漏れた。

だが、彼らの誰が気づいただろうか。宏一の感動的な語りが、『朝の朝礼でボソボソ喋る校長先生』の物まねだったことに。これは彼が中学時代に教室の片隅で何度も披露した、彼の最も古い十八番なのだった——

葬儀が一段落したころ、松浦宏一は休憩所の椅子に座り、ひとり煙草をふかしていた。

宏一にとって、葬式会場というのは居心地のいい場所ではない。中途半端に顔を知られている彼は、人目につきやすい。参列者の中には、宏一の姿を遠巻きに眺めながら、「ほらほら、あの人！」「テレビで見る人よ！」「えーと、なんだったかしら！」「あーもう、ここまで出てるのに！」「駄目、忘れちゃった！」「最近、あんまりテレビ出てないわね！」などと、結構な大声で騒ぐオバサンなどもいる。宏一は少々うんざりした気分だった。せめて、喪服の美女が噂してくれるのであれば、多少は喜びも見出せるというのに――

二本目の煙草をふかしながら、宏一がそんな邪《よこしま》なことを考えていると、

「あの、ちょっとすみません」唐突に話しかけてくる若い女性の声があった。

「ん――!?」驚きながら宏一は顔を上げる。

そこに立つのは、長い栗色の髪を綺麗に三つ編みにした少女だった。宏一の知らない顔だ。少女は背中に両手を回した恰好で、ニコニコしながら宏一の前に真っ直ぐ立っていた。

黒っぽい服を着ている。もっとも、葬式では大抵の人が黒い服を着るものだ。しかし彼女のそれは黒というより濃紺に近い。濃紺のクラシックなワンピースだ。それはカラスの大群が舞い降りたような葬儀会場にあっては、とてもエレガントで華やかな印象を与えた。装飾品は身に付けていない。それでも少女の立ち姿には、滲《にじ》み出るような輝きがあった。

芸能人だろうか――と一瞬思いかけたが、宏一はすぐにそれを否定した。芸能界において、このような三つ編みの似合う美少女は、すでに絶滅して久しい。

それにしても、こんな少女が自分のような中年男に、いったいなんの用だろうか？

宏一が訝しげな視線を少女に注いでいると、彼女はいきなり口を開いた。

「松浦宏一さんですよね！　あの、あたし松浦さんの物まねが、まあまあ好きなんです！　ご

くたまにですけどテレビで見てます！」

「え──そ、そうかい!?　それは嬉しいな」

よくよく考えれば、少女の言葉には、あまり嬉しくない表現が含まれていたようだが、彼女の微笑みはそれを吹き払う輝きに満ちていた。まあまあ、でもいい。ごくたまに、でも充分だ。宏一は心からそう思えた。「──ありがとう。若いファンは励みになるよ」

「え、本当ですか。だったら、あの、こんなときに申し訳ないんですけど」

少女は背中にやっていた両手を前に回した。「これにサインしていただけますか」

少女が差し出したのは一冊の本だった。タイトルは『物まね人生』。著者は松浦宏一。タイトルから判るとおり、彼が物まね芸人として生きてきた中での、苦労話や爆笑エピソードを綴《つづ》った、いわば《芸人松浦宏一の半生記》である。宏一の芸能生活二十五周年を記念して出版されたこの著書は、『スターライト・プロモーション』の総力を挙げた宣伝と必死の営業努力の甲斐もなく、大量の在庫とマイナスの売り上げを会社にもたらした。これぞまさしく彼の芸能生活における最大の苦労話であり、爆笑エピソードである。

そんな曰《いわ》くつきの本を少女から差し出されて、宏一はある意味、新鮮な感動を覚えた。

「君、よくこんな本、持ってるね。珍しいなあ──いや、自分で珍しがってちゃいけないんだが──ああ、サインかい、もちろんいいとも。喜んで書かせていただくよ」

宏一は少女の手から本を受け取ると、手にした煙草を灰皿でもみ消した。近くのテーブルに移動して最初のページを開く。少女は自らのサインペンを彼に差し出した。

「名前を入れてほしいんですけど」

「名前!?　ああ、タメ書きのことだね。いいよ。どういう名前かな？」

「ヤノ・ショウコです。ヤは弓矢の矢。ノは野原の野。ショウは昭和の昭。コは子供の子」

「ふんふん、矢野昭子ちゃんか。いい名前だね」

宏一は軽く頷きながら、まずは横書きで〈矢野昭子ちゃんへ〉とタメ書きを記すと、その下に彼独特のサインを書き殴った。松浦宏一のサインは、最後の「一」以外はまったく読めない意味不明なサインである。最後に今日の日付を入れると、宏一は出来上がったサイン本を少女に手渡した。「――これからも、応援よろしくね」

「わあ。ありがとうございます。はい。これからも、ときどき応援します！」

「ときどき、って……」なんだかやっぱり、この娘、変わってるな。

顔が引《ひ》き攣《つ》りそうになるのをぐっと堪えて、宏一はぎこちない笑みを浮かべた。

そんな彼をよそに、少女はペコリと頭を下げると、「それじゃあ、これで――」と踵《きびす》を返す。

だが三つ編みを揺らして駆け出す少女の背中を、宏一はすぐに呼び止めた。

「あ！　待って、昭子ちゃん、忘れ物！」

「――え!?」と立ち止まって振り向く少女に、宏一は彼女のサインペンを差し出した。

「ああ、いっけない。ありがとうございます」少女は照れくさそうに頭を下げ、サインペンを受け取る。そして少女は少し不満そうに小さな唇をツンと尖《とが》らせ、「だけど、あたし昭子なんてダサイ名前じゃありませんから」と、なぜかいきなり猛毒を吐いた。

「ダ、ダサイって、そんな。昭子はいい名前だと思うけど――ん!?」宏一は眉を顰《ひそ》めて、あらためて少女に尋ねた。「君、昭子ちゃんじゃないなら、なんて名前なんだい？」

「あたし!?」少女は得意げな鼻を宏一に向け、自分の胸に右手を当てた。「あたしはマリィ。片仮名のマリィよ。ちなみに、最後の『ィ』は、『イー』って伸ばすんじゃなくて小さな『ィ』なんだけど、こんなことオジサンに説明しても意味ないか」

マリィと名乗る少女は悪戯《いたずら》っぽい笑みを浮かべると、「――じゃ、サヨナラ！」といってワンピースの裾を翻し、小走りに休憩所を後にした。

「…………」

宏一は少女の摩訶《まか》不思議な言動に唖然《あぜん》としながら、その背中を見送るばかりである。

なんだったんだ、あの娘!? 宏一はあらためて椅子に座り、三本目の煙草に火をつけ、漠然と少女のことを考えた。確かマリィとかいっていたが、本名とは思えない。ハンドルネームだろうか。しかも、本には矢野昭子の名前を入れてくれといったり――ん!? 結局、矢野昭子って誰のことだったんだ？ あの娘の友達か？ いや、待てよ――

「矢野昭子、矢野昭子、矢野……昭子……？」

その名前を頭の中で思い描くうち、宏一の胸にどす黒い不安が広がりはじめた。

自分は矢野昭子の名前を、どういう筆跡で書いただろうか。自分本来の筆跡で書いただろうか。しかし矢野の「矢」は、矢川の「矢」でもある。自分はこの一ヶ月ほど矢川の筆跡を真似して、数千回も「矢」の字を書いてきた。その手の動きが癖になって、自分は無意識のうちに矢野昭子の「矢」を矢川の筆跡で書いてしまったのではないか。

「いや、そんな馬鹿な。そんなはずはない……」

宏一はサインした場面を思い出そうと、必死に記憶の糸をたどった。だが無理だった。

自分はあのとき、突然現れた美少女を前に気分が高揚していた。ふわふわと浮かれた状態だった。その状態のまま、ほとんど無意識に「矢野昭子」という文字を書いたのだ。

無意識ということは、自分本来の筆跡ということだろうか。いや、むしろいまの自分にとっては矢川の筆跡のほうが書き慣れているともいえる。可能性は両方ある。

――判らない。自分は誰の文字を書いたんだ？　松浦宏一か、それとも矢川照彦か？

「……ん!?」そのとき宏一の胸に新たな不安が広がった。

矢野の「矢」の字は、矢川の「矢」でもある。それと同じように昭子の「昭」の字は、照彦の「照」と似ている。点が四つあるかないかの違いだけで、ほぼ同じだといっていい。ここでも宏一は矢川照彦の筆跡を無意識に露呈している可能性があるわけだ。

「変だ……」直感が彼に囁《ささや》いた。「これは本当に偶然なのか……」

宏一は矢川照彦の筆跡を完璧に真似ることで、自らの殺人を自殺に偽装した。その彼のもとに、日をおかず見知らぬ少女が現れて、「矢川照彦」と共通項の多い「矢野昭子」の名前を書くように要求する。そこにはなんらかの意思が隠されているのではないか。彼の完全犯罪を暴《あば》こうとする何者かの意思が――

「くそ、図られたか！」宏一は手許の煙草を灰皿に押し付けると、勢いよく立ち上がった。

あの娘を、このまま帰すわけにはいかない。まだ近くにいるはずだ！

宏一は猛然と休憩所を飛び出した。会場のロビーを見回して、三つ編みの美少女を捜す。だが、喪服姿の老若男女の群れが見えるだけで、濃紺のワンピース姿はどこにも見当たらない。もう外に出てしまったのか。確証もないまま、宏一は正面玄関から表に出た。

会場の外は小雨模様だった。厚く垂れ込めた雲から、細かな雨粒が地上に降り注いでいる。おかげで人の姿は、多くはない。宏一は玄関の車寄せから左右を見渡す。そのとき、建物の角を曲がる濃紺のワンピース姿を、彼の視線が捉えた。

「――おい、君！」

宏一は全力で駆け出した。彼女に数秒遅れて、同じように建物の角を曲がる。そこは建物の裏に続く脇道。エアコンの室外機が並ぶ殺風景な空間に、人の気配はただひとり。彼の前を小走りに進む三つ編みの少女、マリィだ。よし、見つけた。幸運な再会を神に感謝しながら、宏一は彼女の背後に勢いよく駆け寄る。瞬《また》く間にマリィの背中に追いついた宏一は、そのままの勢いで少女の肩に右手を伸ばした。「おい、君、その本を――」

――そのとき、少女の三つ編みが稲妻のような青白い輝きを放った。

「！」瞬間、宏一の身体に超自然な力が加わり、彼の身体は真横に吹っ飛んだ。「ぎゃん！」思わず悲鳴をあげる宏一。気がつくと、彼は自分の意思とは無関係に、メモリアルホールの壁に側頭部を激しくぶつけていた。自分の身になにが起こったのか、宏一自身サッパリ判らない。少女に投げ飛ばされたのか？　だが彼女は一度も振り向かなかったはず――

「いや……そんなことより……あの娘は？」

宏一は痛む頭を押さえながら、よろよろと立ち上がる。遠ざかる少女の背中は、すでに建物の裏の駐車場にたどり着いていた。宏一に追いかける気力はない。視線で彼女の姿を追うのみだ。すると、彼女は一台の赤いスポーツカーに駆け寄った。運転席に座るのは、喪服姿の女。その正体に気づいた瞬間、宏一は愕然《がくぜん》とした。

「み、三原慶子……なんで、あの女が！」

宏一は思わず建物の陰に身を隠す。彼の視線の先で、マリィは三原慶子の車の扉を開け、その助手席にすんなりと納まった。マリィの右手に握られているのは、先ほど彼がサインした『物まね人生』。彼女はその本を、運転席の女に迷わず手渡した。満足そうな微笑とともに、それを受け取った三原慶子は、すぐさま車をスタートさせる。悪女と美少女を乗せた赤いスポーツカーは、けたたましい轟音《ごうおん》を残しながら、駐車場を飛び出していった。

宏一は走り去る車の後ろ姿を、建物の陰から見送るしかなかった――


やられた。まんまと罠《わな》に嵌められた。すべては三原慶子の仕組んだことだったのだ。

どうりで変だと思った。この全盛期を過ぎた中年芸人に、あのような美少女がサインを求めてくるはずがないのだ。「矢野昭子」という名前も、架空のものに決まってる。

自分の軽率さに肩を震わせながら、宏一はようやく踵を返し、もときた道を引き返す。

と、そのとき、前方から駆け寄ってくる人の姿。今度は見知らぬ若い男だ。

「どうしました？　なにかありましたか？」

男は心配そうに宏一に声を掛ける。喪服ではなくグレーの背広姿だ。ホールの職員だろうか。きっと、先ほど宏一が発した悲鳴を聞きつけ、慌てて駆けつけたのだろう。しかし、誰にもかかわりたくない宏一は、平静を装い右手を振った。

「いや、なんでもありませんから、どうぞ心配なさらずに……」

「なんでもないわけがないでしょう。頭から血が出ていますよ。――あれ!?」

背広姿の男は宏一の顔をシゲシゲと見詰めた。「あなたはひょっとして、タレントの松浦宏一さん⁉　わ、奇遇だなあ。こんなところで、お会いできるとは思っていませんでした。いや、今回の事件にかかわって以来、どこかでお目にかかる機会があるかなあって、密かに期待していたんですけれどね。お会いできて光栄です」

「はあ⁉　今回の事件、というと……あなたは？」

「あ、これは失礼を。――僕、八王子署の小山田といいます」

若い男はご丁寧に警察手帳まで提示して、そう名乗った。瞬間、宏一の背中に緊張が走る。いま、ここで起こった一件を警察に悟られるわけにはいかない。咄嗟《とっさ》にそう判断した宏一は、舞台とテレビで鍛えぬいた完璧な作り笑顔を若い刑事に向けた。

「やあ、そうでしたか。その節は、お世話になりました。おまけに葬儀にまで参列していただけるなんて、亡き社長とその遺族に代わってお礼申し上げます」

「いえいえ、これはご丁寧に、どうも……」小山田刑事は神妙に頭を下げる。

「それはそうと、どうやら社長の死は、自殺ということで片がついたようですね。なんでも遺書が残されていたのだとか。そんなふうに聞いていますよ」

「ええ、そのとおりです。でも、中には『この遺書は贋物よ』なんていう人もいましてね」

「………」宏一の胸がドクンと高鳴る。「ま、まさか。贋物ってことは、ないんじゃありませんか。だいいち本物か贋物かは、調べれば判るんでしょ、刑事さん」

「ええ、もちろん。我々は科学捜査研究所に依頼して、遺書の筆跡鑑定をおこないました。結果はシロ。つまり遺書に残された筆跡は、矢川照彦氏の筆跡と同一であることが確認されました。

今日はそのことを遺族に伝えるために、こちらに伺ったわけでして。ええ、間違いありません。矢川社長は遺書を残して自殺されたんです」

「そうですか」宏一は念願の合格発表を聞いたような気分で思わず、「それは良かった！」

「え、良かった？」

「ん!?」宏一は自らの失言を掻き消すように、慌てて右手を振った。「いやいや、べつに自殺が良かったって意味じゃないですよ。僕がいいたいのは、自殺か他殺か判らないような状態が続くのは良くないから、白黒ハッキリして良かったと、そういいたいだけで……」

「いや、よく判りますよ。僕らも一仕事終えてホッとしているところです。——ところで、話を戻しますが、松浦さん、いったいここでなにがあったんですか？」

なんで、話を戻すんだ、この刑事！　憤然とする宏一をよそに、刑事の追及は続く。

「あなたの頭の傷は、誰にやられたんです？　ひょっとして、暴漢に襲われたとか？」

「ち、違う、暴漢なんてとんでもない！」頭に傷を負わせたのは、暴漢ではなく美少女。だが、もちろん宏一は真実を語るわけにはいかない。「いや、なに、なんでもないんです。ただ、うっかり転んで壁で頭を打っただけなんですよ」

「え〜本当ですか〜」たちまち若い刑事の視線が疑惑の色に染まった。「こ〜んな、なにもない場所で〜転んで頭を壁に打ち付けるなんて〜あり得ないと思うなあ〜」

小山田刑事、なんて、うっとうしい奴だ！　頭の怪我なんて、どうだっていいだろ！

しつこい刑事の追及に業を煮やした宏一は、思わず声を荒らげた。

「な、なにを疑っているんですか、刑事さん！　誰にも襲われたりはしない。僕はひとりでここにいて、ひとりで転んだんだ。おかしな勘繰りはやめてください！」

激しい口調でまくし立てると、宏一は小山田刑事に背中を向けて、その場を立ち去った。

去り際に振り返ると、小山田刑事はキョトンとした顔で首を傾げていた。小雨がパラつく中、ぼうっと突っ立つ彼の姿は、あまり切れ者には見えない。正直、でくの坊に見える。

大丈夫だ。警察はもはや問題ではない。問題なのは三原慶子のほうだ。

宏一はそう自分に言い聞かせながら、足早に会場へと引き返していった——

5

葬儀会場での一件があった数日後、松浦宏一の予感は的中した。

その日の午後、宏一のもとに三原慶子から直接電話があった。「今夜、大事な話があるから自宅にきてほしい」とのことだった。言葉遣いは丁寧だったが、その口調には有無をいわせぬ傲慢《ごうまん》さが感じられた。宏一は訳が判らないフリをしながら、「判った」とだけ答えた。

三原慶子の自宅というのは、彼女が八王子の市街地に所有する雑居ビルだ。その七階と八階のフロア全体が、彼女の住居としてリフォームされているのだ。

宏一が彼女の部屋を訪れると、三原慶子は企むような笑みと豹柄のトレーナー姿で彼を迎えた。彼女は上機嫌だった。リビングには高級なシャンパンが用意されていた。彼女は自ら栓抜きをコルクにねじ込み、左手で栓を引き抜いた。二つのグラスにシャンパンを注ぐと、彼女はグラスの片方を彼に渡して、一方的にグラスの縁を合わせた。「──乾杯！」

宏一はなんのための乾杯なのか、意味が判らなかった。「どういうことなんだ、これは？」

三原慶子は宏一の問いに答える代わりに、テーブルの上に一冊の本と葉書を置いた。

本のタイトルは『物まね人生』。葉書は矢川照彦から三原慶子に宛てられた年賀葉書。この二つのアイテムで、彼女がなにを証明しようとしているのかは、もはや歴然だった。

三原慶子は無言のまま本の表紙を捲った。そこには確かに見覚えのある文字が躍っていた。

──矢野昭子ちゃんへ
あらためてその文字を目にした瞬間、宏一は自らの敗北を思い知った。その文字は間違いなく宏一が書いた文字でありながら、しかし宏一の文字ではなかった。それは矢川の文字だった。「矢」の字と「昭」の字には、明らかに矢川照彦の文字の特徴が表れていた。

顔色を失くす宏一に対して、追い討ちを掛けるように三原慶子が左手で本を指差す。

「この本、見覚えあるわよね。この前の葬儀の日に、あなたが書いたサイン本よ。で、こっちは照彦さんが書いた年賀状。この差出人欄にある『矢川照彦』と、あなたが書いた『矢野昭子』。よく似てるわよねえ。『矢』の字はピッタリ同じだし、『照』と『昭』もそっくりよ。別々の人が書いた文字なのに、なんでこんなに似てるのかしらね」

「…………」宏一はぐうの音も出なかった。

やはり自分の手には無意識のうちに、矢川照彦の筆跡を真似る癖がついていたのだ。矢川の筆跡を完璧に真似るための《観察と反復》。それがこんな形で自分に跳ね返ってこようとは、予想外だった。自分は完璧を期するあまり、矢川の文字を反復しすぎたのだ。

宏一はもはや抵抗の素振りさえ見せることなく、率直に彼女に尋ねた。

「目的はなんだ？　恋人を殺された復讐か？　まさか、あんたと矢川が本気で愛し合っていたとは思えんが――それとも、俺をいたぶって楽しみたいだけか？　だったら、やめてくれ。警察に突き出すなら、さっさとそうすればいいじゃないか」

「あら、そんな真似しないわ。一円の得にもならないもの」三原慶子は打算的な言葉を吐き、ひとロシャンパンを口にすると、彼の耳元でこう囁いた。「わたしと手を組みましょ」

「手を組む、だと？」

「そうよ。あなたはタレントとしては過去の人だけれど、会社の中ではすでに結構な地位にある。矢川社長亡き後は、松浦宏一を次期社長に、そんな声が大勢なんじゃない。あなただって、最初からそのつもりで彼を殺したんでしょ。違うの？」

「…………」宏一は思わず無言になった。

違わない。彼女のいうとおり、自分は自らの野心で矢川を殺した。だが、それは矢川が三原慶子の言い成り人形になって、経営を誤る恐れがあったからだ。矢川が本来の矢川であってくれたなら、彼を殺してまで自分が社長の椅子に就こうとは思わなかったはずだ。

それなのに、この女は――

「いいわね。あなたは社長になるのよ。大丈夫、わたしも応援するわ。『スターライト・プロモーション』は単なる芸能事務所から脱皮して、不動産と芸能のハイブリッドなエンターテイメント企業に生まれ変わるの。どう、素敵じゃない、このアイデア？」

素敵!?　どこが!?　なにが不動産と芸能のハイブリッドだ。空虚なお題目はやめてくれ。『スターライト・プロモーション』は単なる芸能事務所だ。いままでもそうだったし、これからもそうであり続ける。自分が社長になるのは、そのためだ。

宏一は胸中にこみ上げる熱い思いを押さえながら、笑顔で三原慶子とグラスを合わせた。

「いいだろう。君のいうとおりだ。いまこそ会社は新しく生まれ変わるべきだ。僕も前々から君と同じことを考えていたんだ。——ところで、ひとつ教えてくれないか」

「なにかしら？」

「僕にサインを貰いにきた三つ編みの女の子。彼女はいったい何者なのかな？」

「ああ、あの娘は関係ないわ。うちで雇っている、ただの家政婦よ。あのときは、お使いを頼んだだけ。あの娘はなにも知らないわ」

「そうか——」それは良かった、と宏一は密かに胸を撫で下ろす。

三つ編みの少女は敵ではない。すなわち、邪魔者はただひとりというわけだ——

その夜、松浦宏一は自宅に戻ると、薄暗い部屋でひとり真新しいノートに向かった。傍らには、三原慶子の部屋のゴミ箱から拝借してきたファックスの送り状。事務的な文章の終わりには、ボールペンで「三原慶子」の名前が書かれている。電気スタンドの明かりの下で、宏一は穴が開くほど、その四つの文字を見詰める。そして、やおらボールペンを手にすると、宏一はゆっくりと丁寧に、その一文字一文字をノートに書き写しはじめた。

正直、充分な時間を掛ける余裕はない。前回とは状況が違うのだ。かといって、慌てることに意味はない。焦りで指先の動きが雑になっては、元も子もないのだ。

宏一は慎重にペン先を動かし続ける。

紙とペンとが擦れあう乾いた音が、薄暗い部屋に響く。

白かったページは、少しずつ少しずつ黒いインクの文字で埋められていく――

三原慶子、三原慶子、三原慶子、三原慶子、三原慶子、三原慶子、三原慶子、三原慶子、三原慶子、三原慶子、三原慶子、三原慶子……

6

それから半月ほどが経った、とある平日の夜。三原慶子の自宅の仕事部屋――

松浦宏一は床の上で横たわる三原慶子の姿を、冷たい目で見下ろしていた。彼女の身体は窮屈そうな形で床に突っ伏していた。その周囲には彼女が撒き散らした嘔吐物が広がっている。矢川照彦のときと、状況はほぼ同じだった。

宏一は三原慶子を殺した。相手を油断させ、好きな酒を飲ませ、そして隙を見てそのグラスに青酸カリを混ぜ、それを飲ませたのだ。矢川照彦殺しがリビング、三原慶子殺しが仕事部屋という違いはあるにせよ、二つの殺人は双子のようにそっくりだった。矢川殺しで上手くいったやり方を、三原殺しでも踏襲した結果である。

もちろん最後の仕上げも、矢川殺しのときと変わりはない。

「あとは、三原慶子の遺書を書くだけだ……」

白い手袋をした宏一は、仕事部屋の壁際に置かれたデスクに向かった。そこにはラップトップのパソコンがある。宏一は椅子に座り、パソコンの電源を入れる。

宏一は液晶画面を見詰めながら、一心不乱にキーボードを叩いた――

〈突然、このようなお知らせをすることになって、みなさまにはご迷惑をおかけします。わたくし三原慶子は、自らの命を絶つことを決心するに至りました。あの人を失って以来、生きる気力も将来の夢も、この世のすべてをわたしは失いました。これ以上、ひとりで生きていく苦痛に耐えられません。みなさま、さようなら。わたしは、天国のあの人のもとに参ります――〉

宏一はその文書を「最後の挨拶」の名前で保存した。プリンターの電源を入れ、A4サイズの用紙をセットする。もちろん、この用紙にも事前に三原慶子の指紋が付けてある。プリントを開始すると、間もなく彼の手許に印刷された「遺書」が排出された。正確には「仮の遺書」だ。

「あとは、これに署名すれば完成……」

呟きながら宏一はデスク上のペン立てを覗き込む。三原慶子が愛用していそうなボールペン、もしくは万年筆を探す。だが、ペン立ての中の筆記具は百円ショップで売っていそうな安物のサインペンやボールペンばかり。遺書に署名するのに相応しいと思える筆記具はなかなか見当たらない。

――と、そのとき、ペン立ての中に一本だけある万年筆を発見！

宏一はすぐさまそれを手にした。いかにも女性の持ち物らしい、軸が細めの赤い万年筆だ。有名メーカーのブランド品だろうか。宏一はその赤い万年筆をじっくりと眺めた。ブランド名は判らなかったが、その代わりキャップに刻印された二つの名前を発見した。

〈From TERUHIKO To KEIKO〉

どうやら矢川照彦から三原慶子への贈り物らしい。これを見る限りでは、矢川照彦のほうは彼女に対して本気の愛情を抱いていたようだ。いじらしいものである。

宏一はその万年筆で試し書きをしてみた。細っそりとしたペン先は、滑らかな書き心地。ブルーインクの文字は鮮明かつ繊細だ。これなら、遺書に署名するに相応しい。宏一はそう判断した。

宏一は印刷されたＡ４の用紙を前にして、右手の白い手袋を脱いだ。そして、前回と同様に超極薄の手袋を装着した。宏一は手袋をした右手で万年筆を握った。細い軸をしっかりと握り締め、目の前の用紙を睨みつける。

「……これで終わりだ！」

宏一は集中力を高め、一気呵成《かせい》に書き上げた。今回は署名だけ〈三原慶子〉と。

こうして「三原慶子の遺書」は完成した。出来栄えは前回と同様に申し分なかった——

7

翌朝、三原慶子変死の報せを受けた小山田聡介は、自宅から直接、現場に向かった。

八王子の市街地に三原慶子が所有する雑居ビル。このビルの七、八階が彼女にとっての職場兼自宅となっている。その八階の一室が現場だった。そこは貸しビル業を営む彼女の仕事部屋らしい。デスクやパソコン、コピー機やファックスなどが置かれている。本棚やキャビネットには、仕事の関係書類などが乱雑に保管されている。部屋の片隅には小さな応接セットもある。仕事がらみの来客がある場合、彼女はここで応対していたのだろう。

三原慶子は応接セットのソファの傍で、床に突っ伏して死んでいた。ピンクのトレーナーに豹柄のスパッツというのが、彼女の最期の装いだった。彼女の墓碑銘には『死ぬまで豹柄を貫いた女』と記されるのかもしれない。死体の傍には、割れたシャンパングラスと彼女の嘔吐物が広がっていた。

小さなテーブルの上に目を移すと、そこに栓の抜かれたシャンパンのボトルが一本。その傍らにはガラスの小瓶が置いてある。

「なんだか、矢川照彦が死んだときの現場と似ていますね、警部」

手袋をした指先で小瓶を摘み上げる聡介。思ったとおり中身は白い粉末状の薬物だった。

「似ているというより、ほとんど同じね。ということは、ひょっとして……」

椿木警部はなにかを捜し求めるように、部屋のあちこちに視線を彷徨《さまよ》わせる。やがて彼女の視線は大きなデスクの上にピタリと止まった。そこにあるのはＡ４用紙。警部はデスクに歩み寄り、それを摘み上げた。

「ほら、思ったとおり、遺書よ！」

聡介は警部のもとに駆け寄り、その用紙を覗き込む。「ふむふむ、なるほど……」

白い紙の上には印刷された文字が並んでいた。文面は、三原慶子の死が後追い自殺であることを示唆《しさ》していた。文章の最後にはおそらく万年筆で書かれたと思われる〈三原慶子〉の細くて青い文字がある。まさしく遺書と呼ぶ以外に呼びようのない書面だった。

「どうやら、間違いないようね」警部は遺書をデスクの上に戻す。

そして警部は次にペン立てに注目した。そこには十本前後の筆記具がある。そんな中、警部は赤い万年筆を摘み上げた。「どうやら、今回の署名はこれで書かれたみたいね」

「なんで判るんです、警部？　この前みたいに筆記具を全部、鑑識で調べなくちゃ、どのペンで書いたか判らないでしょう」

「いいえ、たぶん間違いないわよ。だって、このデスクの上にある万年筆は、これ一本きりだもの。他は安物ばっかり。それにこの万年筆は特別なものみたいだし」

警部は赤い万年筆に刻まれたアルファベットの文字を眺めながら断言した。

「やっぱり、そうよ。三原慶子は自殺した恋人の後を追って自殺したんだわ」

「確かにそうかもしれませんけど――ちょっと二つの自殺は似すぎていませんか？」

「似てるんじゃなくて、わざと似せたのよ。恋人がやったのと同じ手段で、三原慶子は自ら死んでいった。判るわ、その気持ち。彼女、ああ見えて、心は一途だったのね……」

どうやら椿木警部は、同世代独身女性の後追い自殺に、切実な感動を覚えているらしい。だが聡介は、どうも背中がくすぐったい気分である。あのふてぶてしい印象の三原慶子が、後追い自殺とは信じがたい。この遺書は、本当に信用できるものなのだろうか？

「ところで警部、死体の第一発見者は誰なんですか」

「この家に通っている家政婦らしいわよ。朝、出勤してすぐに、この部屋で死体を発見して、警察に通報したと聞いているわ」

「へえ……」家政婦ならば、三原慶子の筆跡がある程度判るかもしれない。「その家政婦に遺書を見てもらいましょう――おーい、若杉！　第一発見者をリビングに連れてきてくれ」

部屋の外に向かって大声で命じると、若杉刑事が「はーい」と大きな声で応えた。


聡介と椿木警部が七階のリビングで第一発見者の登場を待っていると、コンコンと入口にノックの音。どうぞ、と警部が声を掛けると、「失礼します」と若い女性の声が応えた。

「――ん⁉」と首を傾げる聡介の前に、俯《うつむ》きながら姿を現したのは、濃紺のワンピースに純白のエプロンを身につけた家政婦。彼女が顔を上げると、その左右で綺麗な三つ編みが軽やかに揺れる。瞬間、聡介は思わず腰を抜かしそうな驚愕《きょうがく》を覚えた。「マ……マリィ！」

室内ということもあって竹箒《たけぼうき》こそ持ってはいないが、それでも間違いはない。聡介の目の前に第一発見者として現れたのは、八王子在住の魔法使い、マリィだった。

瞬間、〈なぜ？〉という気持ちと〈やはり！〉という気持ち、その両方が聡介の脳裏を駆け巡った。なにしろ、ここ最近、八王子近辺で発生する凶悪事件の背後には、このマリィという魔法少女が、繰り返し現れるのだ。〈なぜ〉そうなるのかは判らない。だが、〈やはり〉今回もこの魔法少女は事件の片隅にしっかり存在していたわけだ。

「ん!? でも、待てよ」聡介は思わずマリィの顔を指差して、首を傾げる。「おまえが現れるってことは、今回の事件もやっぱり凶悪犯罪ってことなのか。いまのところ、ありふれた自殺が二件起こっただけにしか見えないけれど」

「あたしが凶悪犯罪を招き寄せてるみたいに思わないでくれる？ あたしは被害者よ。せっかく長く雇ってくれそうな家を見つけたのに、また、こんなことになって……」

そしてマリィは芝居がかった仕草で天井を見上げると、「ああ、あたしはなんて不幸なの。あたしが行く先々でご主人様や奥様に災難が降りかかる。あたしの安らげる家はどこ？」

「……いや、どっちかっていうと、おまえを雇った人たちが不幸だと思うぞ、俺は」

そんな二人の会話を隣で聞いていた椿木警部が、不思議そうな顔で話に割って入る。

「あら、あなたたち知り合いなの？ そういえば、わたしもこの娘の顔はどこかで見たような気がするけれど……」

「やだ、なにいってるの」マリィは椿木警部のほうに向き直ると、彼女の両手をギュッと握りしめ、両目をジッと見据えてから、「あたしと綾乃ちゃんは、子供のころから仲の良いお友達じゃない！」と、あり得ないことを言い出した。

虚言を弄《ろう》するマリィの背中で、彼女の三つ編みが青白い輝きを放つのを、聡介は横目で確認した。過去の経験からいって、マリィの三つ編みが輝くとき、あり得ないことは現実のものとな

る。それは今回も同様だった。椿木警部は虚《うつ》ろな顔でコクリと頷くと、

「そ、そうだったわね。わたしはあなたの顔をどこかで見たような気がしていたけれども、わたしとマリィちゃんは、子供のころから仲の良いお友達だから、当然のことよね」

無理があるぞ、その設定！　警部が子供のころ、マリィはまだ生まれてないだろ！

だが、横目で睨みつける聡介を無視して、

「うん、そう、わたしたちはお友達よ」とマリィの虚言は続く。さらに彼女は警部に百円玉を渡すと、「綾乃ちゃん、いつものことで悪いけど、これでパン買ってきて」

「うん、いいわよ。いつものことだから」椿木警部は渡された百円玉をしっかり握り締めると、

「じゃあ、わたしは出掛けるから、小山田君、後のことは任せたわよ」

警部は夢見るような足取りで現場を出ていった。外で待機する大勢の警官たちが、パンを買いにいく警部の姿を「ご苦労様ですッ」と最敬礼で見送った。恐るべき光景だ。

「こら、マリィ！」聡介はあらためて魔法使いに抗議する。「架空の設定とはいえ、おまえのほうが椿木警部より少しだけ立場が上ってのは、どういうことだ。彼女は僕の上司だぞ」

「あれ、判んない？　つまり、あんたはあたしの遥か下ってことよ」と、マリィは聡介に憎まれ口を叩いてから、「それより、どういうことなの？　三原慶子は誰に殺されたの？」

「誰も殺してない。彼女は自殺したんだ。遺書が残されていたから、たぶん……」

「遺書って、それね」そういって、マリィは目の前のテーブルに向かって指をパチン！

天板の上のA４用紙は一瞬にして宙を舞い、聡介の眼前を横切り、彼女の目の高さで空中に静止した。マリィは紙に触れることなく、腕組みしながら遺書の文面に視線を走らせる。彼女な

ら、いっさい指紋を残すことなく、どんな殺人もやってのけるだろう。最強の犯罪者だ。

「どうだ、マリィ。そこに書かれた署名は三原慶子のものに間違いないか？」

「そうね。署名は確かに彼女の筆跡だと思うわ」

マリィは再びパチンと指を鳴らす。遺書はまた元通りにテーブルの上に舞い戻った。

「だけど、これが三原慶子の書いた遺書ですって⁉ 嘘でしょ、信じられないわ。あのカネの亡《もう》者《じゃ》みたいな女が、一円にもならない愛のために自分の命を捧げるなんて――ハン、馬鹿馬鹿しい！ まったく、とんだお笑い種《ぐさ》だわね！」

「そこまでいうか……」彼女、顔はキュートなくせして、相変わらず、発言は全然キュートじゃないな。「じゃあ聞くけど、三原慶子が殺される理由について、なにか心当たりでもあるのか？ 彼女の周辺でなにか不穏な動きでもあったのか？」

「不穏な動きねえ」マリィは可愛らしく小首を傾げて、「そういや、ちょっと前に変なことがあったわね。あれは確か、お葬式の会場でのことよ」

「お葬式って、おい、それって矢川照彦の葬式か？ おまえ、あの会場にいたのか？」

「そう、その人の葬式よ。そこであたし、三原慶子から変なお使い頼まれて。そしたら、いきなり後ろから襲われそうになって……」

「ちょ、ちょっと待て！」聡介はピンときた。マリィに背後から接近することが、非常に危険な結果をもたらすことを、聡介は自らの経験として知っている。「おまえ、その会場の外で、松浦宏一っていう男に、なにか酷《ひど》い仕打ちをしなかったか。頭から血が出るような仕打ちを」

「あれ⁉ 知ってた」マリィはぺろりと舌を出す。「だって仕方ないじゃない。向こうが先にあたしに摑みかかってきたんだもん」

松浦宏一がマリィに摑みかかる？　いったい、どんな理由で？

「よく判らんが、興味深いな」聡介は彼女の目を見据えていった。「マリィ、そのときのことを詳しく話せ。あの日あの会場で、なにが起こっていたんだ？」

8

マリィは葬儀会場での一件を聡介に詳しく語った。詳しく聞いても、結局、要領を得ない話ではあったが、とにかく松浦宏一は、マリィに書いたサイン本を取り返そうとして彼女に摑みかかり、そして魔法の力で返り討ちにあったということらしい。

話を終えたマリィは「じゃあ、またあとで――」といって部屋を出ていった。

入れ替わるように部屋に入ってきたのは椿木警部である。警部は手にしたメロンパンを不思議そうに眺めながら、聡介に尋ねた。

「ねえ、小山田君、なんでわたしは現場検証の途中で、パンを買いにいったのかしら？」

「さあ、お腹が減ってたんでしょ」聡介は適当な言葉で事実を誤魔化《ごまか》し、それから警部に対して真顔で提案した。「そんなことより、警部、本ですよ、本！　松浦宏一のサイン本を捜しましょう。それがきっと、事件の鍵を握っているはずです」

その日の夜、収穫の乏しい仕事に見切りをつけた聡介は、中古のカローラを励ましながら、ひとり帰宅の途についた。浅川沿いの暗い道を走っていると、運転席の開いた窓からマリィが顔を覗かせた。「どうだった？　例の本、探したんでしょ？　見つかった？」

「いや、駄目だ。三原慶子の自宅を探し回ったんだが、どこにも――って、うわ！」

聡介は窓の外、時速四十キロで超低空飛行する魔法使いの姿に目を剝《む》いた。

「こら――ッ、なにやってんだ――ッ、箒に乗って車と併走するな――ッ！」

自動車と箒の併走は、いろんな意味で危険である。聡介は車を降り、マリィは箒を降りた。二人は夜の浅川沿いの道を歩きながら、落ち着いた距離感で事件について話を続けた。

「結局、三原慶子の自宅のどこを捜しても、『物まね人生』のサイン本は、なかった」

「松浦宏一が奪ったのね。間違いないわ」

「確かに、その可能性はある。松浦はそのサイン本を他人に渡したくないらしい。だから、葬儀会場でマリィに摑みかかった。だが失敗して、サイン本は三原慶子の手に渡った。そこで彼は三原慶子を殺害してサイン本を奪った。――いちおう筋は通る」

「だけど、なんで、松浦はそこまでサイン本にこだわるの？　意味判んないわ」

「俺だって判らないな。だが想像するに、例のサイン本を手にすることで、三原慶子は松浦のなんらかの弱みを握ったんじゃないだろうか。そして彼女はそのサイン本をネタに彼を強請《ゆす》るなり、操るなりした。そこで、業を煮やした松浦は三原慶子を殺して、サイン本を奪った。そういうことなんじゃないか」

「じゃあ、三原慶子は自殺じゃないのね。てことは、例の遺書は贋物ってこと？　だけど、三原慶子の署名がちゃんとあったじゃない」

「ああ、確かにな。でも松浦宏一は物まねのプロだ。顔まねや声まねだけじゃなくて、筆跡も真似できるのかもしれない。——そうか。例のサイン本は、その筆跡を調べる目的で三原慶子が書かせたのかも。そして、そのサイン本の中で、松浦はボロを出した」

「じゃあ、そのサイン本があれば、決定的な証拠になるってことね」

「そういうことだが——ああ、畜生！　その本はもう松浦の手に渡ってる可能性が高い。いまごろはシュレッダーに掛けられているか、川に放り捨てられているかだ」

思わず地団《じだん》太《だ》踏む聡介に、マリィがお気楽な口調でいう。

「だったら、もう一度、松浦に同じサインを書いてもらえばいいんじゃない？」

「馬鹿いうな。いまは向こうも警戒している。同じサインを書いてくれるはずがない」

「大丈夫よ」とマリィはなぜか自信ありげ。「書いてくれないなら、書かせればいいのよ」

「書かせる？　どうやって？　あ——魔法か！」

「そういうこと」マリィはニンマリ微笑む。「松浦宏一は渋谷の放送局にいるそうよ。ねえ、いまから渋谷にいって、彼にサインを書かせるっていうのは、どうかしら」

「松浦が渋谷に⁉　へえ、魔法って、そんなことまで判るのか⁉」

「魔法じゃないわよ。松浦がさっきそう呟いていたの。〈N●Kなう〉って」

「ツイッターかよ」便利な時代になったと感心する一方、聡介は小さな事実に気づく。「ん⁉ってことはマリィ、いちおう携帯とか持ってるんだな。だったら、番号教えろよ」

「番号？　なんで？」つぶらな眸が問いかける。

「……いや、なんでって」そう真顔で聞かれては、男はお仕舞《しま》いだ。「…………」

確かに、なんで俺はこの娘の携帯番号を知りたいなどと思ったのか？　聡介はバツの悪さを誤魔化すように、いきなり話を元に戻した。

「よし、渋谷だな。いってみようじゃないか、さっそく俺の車で――」

「えー、あんたの車で八王子から渋谷まで⁉　駄目よ、途中で遭難しちゃうわ」

「…………」途中に山岳地帯があるとでも思っているのか。「じゃあ、電車かよ？」

「必要ないわ、これがあるもの」マリィは自分の《相棒》を指差した。それは文字どおり棒みたいなもの。一本の古い竹箒である。「渋谷まで、ひとっ飛びよ」

言うが早いか、マリィは箒に跨《また》がり、右手の親指で自分の背中のスペースを指差した。

「ヘイ！　乗りなよ、そこの兄さん！　あたいの腰に摑まりな！　しっかり摑まってないと、振り落とされても知らないぜぇ！」

それ、なんのキャラだ、マリィ⁉　聡介はゆるゆると首を振った。美少女の腰に手を回したい衝動はあるが、怪しい魔法使いが操る一本の棒に、この身をゆだねる度胸はない。

聡介は溜め息とともに背中を向けると、少女にしばしの別れを告げた。

「俺は車でいく。おまえは箒でこいよ。渋谷で落ち合おう。――じゃあな」

9

それから小一時間が経過した夜遅く――

具体的な名前は伏せるが、渋谷にある某放送局の裏口に、一台のオンボロ国産車が停車した。降り立ったのは、背広を着た若い男と三つ編みの少女、聡介とマリィである。

「どーだ！　遭難なんかしなかっただろ！　カローラを嘗めるなよ！」

「なに、勝ち誇ってんの？」マリィは素っ気なくいうと、目の前に聳《そび》える建物を見上げ、尖った顎に指を当てた。「どうやら、ここは裏口ね。放送局だから警備員がいるはずだけど、それは魔法で眠らせるとして、その先は……まあ、扉は魔法でぶっ壊せばいいか……」

「なに、物騒《ぶっそう》な計画練ってるんだよ。そんなの必要あるか」聡介は彼の唯一の武器、警察手帳を取り出して、「こう見えても俺は刑事だぞ。正面から堂々と入れるっての」

「そっち、正面じゃなくて裏口よ」

「裏口でいい！」聡介は裏口から堂々と建物の中に入っていった。

警備員に呼び止められ、職員に呼び止められ、仕舞いにはバイト君にまで「ちょっと、勝手に入らないで」と呼び止められたが、その度に聡介は警察官の証を錦の御旗にして、難関を潜り抜けた。権力を振りかざすのは好きではないが、まあ、受信料はちゃんと払っているから問題はないだろうと、聡介は自分を納得させる。

目指すべき松浦宏一の控え室は、五階の一室にあった。松浦は収録の合間の待ち時間を、ここで過ごしているらしい。きっと煙草でもふかして、油断しているに違いない。

「いくぞ、マリィ」「いいわ、任せて」――扉の前で互いに頷きあう聡介と魔法少女。

聡介は短く二回ノック。どうぞ、の声を聞くや否や、二人はなだれ込むようにして室内に足を踏み入れた。控え室は畳にテーブルのある四畳半ほどの和室だった。

「お邪魔します」声を揃えていうと、二人は靴を脱ぎ、畳の間に上がっていった。

松浦宏一はステージ衣装なのだろう、青いスーツに蝶ネクタイ。髪はオールバックにキメていた。座布団を枕に、寝そべった状態で煙草をふかしている。だが、そんな宏一も二人の傍若無人《ぼうじゃくぶじん》な振る舞いに、顔色を変えて身体を起こした。

「な、なんだ、君たちは――ん⁉」松浦は三つ編みの少女を見て、目をパチクリした。「君は確か、葬式のときに会った女の子。そう、マリィだ」そして、返す刀で松浦は聡介に目を転じると、「君は、誰だ？　彼女のマネージャーかなにかか？」

「いや、そうじゃなくて……僕も前に一度、あなたとお会いしていますよね。マリィと同じ葬儀会場で」

「あの日に⁉　君と⁉　いや、全然記憶に残ってないな」

「そうですか……」珍しくはない。過去に何度か経験のあることだ。聡介はあらためて松浦の前に手帳をかざした。「八王子署の小山田です。小山田聡介」

松浦の表情に、ああ、あのときの！　というような驚きが広がった。と、同時に彼の眸に警戒の色が加わる。「で、刑事さんが、わたしの楽屋を訪ねる理由は？」

「三原慶子さんのことをご存知ですよね。今朝、彼女は死体となって発見されました」

「ああ、そのことですか。ええ、知っていますよ。あなたじゃない別の刑事さんが、昼ごろ、わたしのところにも話を聞きにきました。もっとも、わたしの口からお話しするような特別なことはありませんでしたがね。——彼女自殺したんですか？」

「ほう、なぜ、そう思われるんですか」

「そんなふうな質問を受けたんですよ。悩んでいる様子はなかったか、とかね。わたしは彼女と仕事上の付き合いが多少あるから、なにか知っていると思われたんでしょう。しかし、実際には、彼女と親しかったのは矢川のほうです。わたしには、彼女の死について特別な感慨も感想もないんですよ、実際のところ。——まだ、なにか聞きたいことでも？」

「いえ、実はあなたに用があるのは、僕じゃなくて、この娘のほうなんですよ」

「ほう、彼女が？」松浦は作ったような笑顔を少女に向け、猫なで声で尋ねた。「マリィちゃん、いったいなんの用なのかな？」

マリィはおずおずと松浦の前に進み出ると、「あのぉ、実はわたしぃ、松浦宏一さんのぉ、大大大ファンでぇ、それでぇ——」といって、彼の前に一冊の本を差し出した。

それは渋谷に向かう途中、書店で買い求めた彼の著書『物まね人生』。その表紙を見るなり、松浦の顔色が変わった。彼の青ざめた顔をジッと見詰めながら、マリィは相変わらずの舌足らずな口調で、「この本にぃ、ぜひサインをぉ、お願いしたいんですぅ」

魔法使いの視線と声の催眠効果か。松浦の目は次第に輝きを失っていく。瞼《まぶた》が重たげに下がり、顔の筋肉が弛緩していく。と、そのときを待っていたかのように、マリィは松浦のおでこを、いきなり拳で――ゴン！　可愛げのないアクションとともに、マリィの背中で、彼女の三つ編みが青い光を放った。おかげで、聡介は「拳でゴン！」が単なる暴力ではなく、魔法の一種であると理解した。

　瞬間、松浦はハッと目が覚めたように顔を左右に振ると、心底喜ぶような表情を見せた。

「やあ、サインだね。いいとも、どう書けばいいのかな？」

「ありがとうございます」マリィはサインペンを差し出しながら、「この前のお葬式のときと同じようにタメ書きをお願いしたいんです。あのときと同じような気持ちで、同じような文字を書いていただけますか。まずは〈矢野昭子ちゃんへ〉って」

「ふんふん、いいとも。――〈矢野昭子ちゃんへ〉」

松浦はページを開き、書き慣れた仕草でペンを走らせた。

「じゃあ、いっそのこと〈矢川照彦さんへ〉〈三原慶子さんへ〉って書いてもらえますかぁ」

松浦は操り人形のように〈矢川照彦さんへ〉〈三原慶子さんへ〉と名前を書き連ねる。

「ありがとうございますぅ、嬉しいですぅ――あ、〈松浦宏一〉のサインはいりません。そんなもん貰ってもしょうがありませんから」

　貰っといてやれよ、仮にも芸能人だぞ……

　それから、数分後。聡介とマリィは、互いに息を弾ませながら、車を停めた場所に駆け戻った。マリィの手には戦利品のサイン本がしっかりと握られている。聡介は運転席に乗り込むと、助手席のマリィの手からさっそくサイン本を受け取った。表紙を捲ると、そこには三種類のサインが並んでいる。

「つまりこれが、松浦宏一が無意識の中で書いた文字ってわけだ。この筆跡が、矢川照彦や三原慶子の直筆《じきひつ》の筆跡と似ていれば、彼が二人の筆跡を真似したっていう仮説が証明されるってわけ……だよ……な」

聡介のテンションがいきなり下がる。助手席のマリィが心配そうな声で聞いてくる。

「ん――どうしたの、聡介？」

「マリィ、つかぬことを聞くようだが、慶應大学の『慶』の字って、どう書く？」

「はあ、『慶』の字⁉　だったら、こうでしょ――」

マリィは目の前の空間に右手を高く上げ、空中に「慶」の文字を書いた。だが、残念ながら、それは「慶」の字に似た違う文字だった。いや、正確には実在しない文字だ。

「あのな、マリィ、『慶』の字の最後は『又』じゃなくて『冬』の点々を省いたようなやつだ。つまり、こうなんだよ――」聡介も自ら右手を上げて、空中に文字を書く。

「ええ⁉　嘘でしょ、こうでしょ――」マリィも負けじと空中に指先を走らせる。

以後、数分間に渡って、二人の指先が中空にいくつもの文字を書き続けた。

「違うって、こうだって」「なんでよ、これのはずよ」「だから、違うっての」「あたしは、こう習ったの」「そんなわけあるか、馬鹿」「なにいぃぃ、馬鹿ですってえぇ――ッ！」

瞬間、マリィの三つ編みが輝き、狭い車内に青い光がスパークした。逃げ場のない密閉空間の中、気がつくと運転席にいたはずの聡介は、なぜか後部座席でさかさまになっていた。

「……や、やめろよ、マリィ……車内での魔法は危険すぎる……」

「あんたが悪いのよ」マリィはプイと横を向く。「それより、『慶』の字がどうかしたの？」

マリィの問いに、聡介は後部座席から本を手渡しながら答えた。

「この署名、よく見てみろ。松浦宏一が無意識に書いたはずの三原慶子の『慶』の字が、間違ってるだろ。どうだ、マリィ？　これっておまえが松浦に無理矢理書かせた、おまえ自身の文字なんじゃないのか？」

「ええーッ」マリィは開いた本に顔を埋めんばかりに俯くと、「あちゃー、確かにこれはあたしの字」と、素直にその失策を認めた。「ごめん、聡介、あたしつい……」

「いや、いいんだ。そもそも魔法で証拠を摑めると思った俺が馬鹿だった」

聡介は後部座席から運転席に戻ると、晴れ晴れとした表情を浮かべた。「でも、おかげでちょっと面白いことに気がついた。これは、ひょっとすると使えるかもしれない——」

10

翌日の夜、松浦宏一はひとりで浅川橋にいた。欄干《らんかん》に身を預ける彼の手許には一冊の本。表紙を捲ると、そこには「矢野昭子ちゃん」へ向けた彼のサインが書いてある。二日前、三原慶子を殺した夜に、彼女の部屋から奪ったサイン本だ。

「証拠隠滅……開始」

宏一は本を手許から滑らせた。あたかも、うっかり本を落とした人のように。彼の手を離れた本は、橋の下に広がる暗闇を落ちていき、真っ暗な水面に消えた。

「……完了」

宏一は歩いて橋を渡り、停めてあった車に戻り、自宅へ向かって発進させた。運転の最中、脳裏に浮かんだのは昨夜、彼の控え室を訪れた若い刑事と美少女のことである。

「どうやら小山田刑事は、俺を疑っているらしいな……」

サインを求めてきた理由は、葬儀会場での三原慶子と同じ魂胆《こんたん》からだろう。だが、宏一は以前と同じヘマはしなかった。昨日彼が書いた署名は、矢川照彦の筆跡でもなく、三原慶子の筆跡でもなく、そしてなぜか松浦宏一本人の筆跡ですらなかった。彼の手が書き記したのは、見たこともない他人の文字、それもどちらかというと少女っぽい文字だった。

——あれはいったいなんだったのか？　あの自分が自分でなくなったような感覚は？

だが、宏一にとって昨夜の記憶は、まるで魔法にかかったようにあやふやなのだった。

〈この先のカーブを右に〉

宏一はカーナビの指示に従い、弱気を振り払うように、ハンドルを大きく切った。

「まあいい。とにかく、もうあの手の罠に嵌ることは絶対にない……」

大丈夫だ。自分は最大のピンチを切り抜けた。そう思うと、宏一の口許からは自然、ニヤリとした笑みがこぼれるのだった。宏一はカーナビの指示に従って、ハンドルを左に切った。続いて右、さらに左——ん⁉

「カーナビだって！」宏一はようやく異変に気がついた。

そもそも自宅に帰るのに、カーナビを起動させた覚えはない。なぜ、カーナビが勝手にナビゲートをしているのか。しかも、よくよく見れば、車は自宅とはまったく方向違いの進路をとっている。このカーナビは、自分をどこにナビしているのか？

〈この先の交差点を左に〉

馬鹿な。自宅はそっちではない。宏一はナビに逆らい、右に進路を取る。たちまち、カーナビから文句が飛んできた。どこかで聞いたことのあるような女の子の声だ。

〈ちょっとお！　左だって、いってるでしょ！　勝手な道、進まないでくれる！〉

な、なんだこれは？　宏一は目を白黒させながら、思わず機械に向かって訴える。

「カーナビに道案内を頼んだ覚えはない。勝手にナビするな」

〈なんですって！　あたしの方向指示に従えないっていうわけ！　何様よ、あんた！〉

「そっちこそ、何様だ」

〈あたし!?　あたしは普通のカーナビよ〉

「………………」普通のカーナビが、あたし!?　なんていうものか。

〈いいわね、ナビを続けるわよ。この先のカーブを右よ、右！　右だっていってんの！〉

言い成りになってたまるか。宏一は左にハンドルを切る。車は宏一の操るハンドルに逆らって、直角に右折した。車は勝手に走り続ける。ハンドルもブレーキも関係ない。カーナビの声も、いつしか沈黙していた。もはや、これは怪奇現象だ。宏一は生きた心地がしなかった。運転手の存在を無視したまま、車は走り続けること数分――

目を瞑《つむ》ったまま運転席で固まった宏一の耳に、再びカーナビの声が届いた。

〈目的地に到着しました。ナビを終了します〉

はッ――我に返った宏一は、運転席の窓から外を見た。目の前に立つのは八階建ての見覚えのあるビル。三原慶子の雑居ビルだ。正面の入口には、背広姿の若い男が立っていた。男は、やあ、というような気さくな感じで片手を上げて、宏一に挨拶《あいさつ》した。
小山田刑事だった。

「やあ、昨夜はどうも。――え、怪奇現象!? ははあ、どうやらお疲れのようですね。ちょっと上で休んでいきませんか。ついでに、お話ししたいこともありますし――」

小山田刑事の言葉に胡散臭《うさんくさ》いものを感じながら、宏一は彼の誘いに乗ることにした。彼の話したいことの中身に興味があったし、実際、疲労困憊《こんぱい》でひと休みしたい気分だった。

二人はエレベーターで八階に上がり、一室に足を踏み入れた。そこは一昨日の晩に三原慶子が命を落とした現場。彼女の仕事部屋だった。宏一は犯行を終えてこの部屋を立ち去って以降、初めてここを訪れた。部屋の様子は、当時と何も変わっていないように見えた。デスクの上も、応接セットの様子も、寸分たがわぬまま保存されている。宏一は一昨日の夜にタイムスリップしたかのような印象を抱いた。

そんな彼を、グレーのスーツに身を包む眼鏡の美女が、凜々しい立ち姿で迎えた。宏一にとっては初対面の女性だった。小山田刑事が彼女のことを、「椿木警部三十九歳」と紹介した。年齢はどうでもいいだろ、と宏一は思った。

「で、なんなのよ、小山田君。わたしに話したいことというのは?」

「で、なんですか、刑事さん。わたしに話したいことというのは?」

椿木警部と宏一の質問が真っ向からカブり、二人は顔を見合わせる。小山田刑事はおもむろに背広のポケットから一枚の封書を取り出した。

「実は、科学捜査研究所に依頼していた筆跡鑑定の結果が出ましてね。例の三原慶子の遺書に残されていた彼女の署名、それが本物であるか否かという点についての鑑定です。僕はもう目を通したんですが、椿木警部にはご報告がまだでしたね」

「ええ、聞いてないわ。いまここで、聞かせてもらえるのかしら？」

「もちろんです。実は、なかなか興味深い事実が判明しているんですよ。どうです、松浦さん、あなたもご興味がおありなんじゃありませんか」

「なぜ、わたしが興味を？　わたしは特別、興味があるわけじゃありませんよ」

「そうですか。じゃあ、やめますか」小山田刑事は封筒をポケットに仕舞う素振り。

「まあまあまあ……」宏一は慌てて前言を翻す。「興味がないといったって、そりゃあ、多少の興味はありますよ。三原慶子といえば、矢川照彦の婚約者で、『スターライト・プロモーション』とは業務上の繋がりもあった人物なんですから」

「そうですか。では、かいつまんで結論だけ、ご説明いたしましょう」

「そうしてください。わたしも筆跡については素人なんで、専門的な内容は判らない」

「そうでしょうとも」

小山田刑事は皮肉っぽい笑みを浮かべ、封筒の中身を広げた。「えー、要するに、こういうことです。三原慶子の遺書に残された署名――それは万年筆によって書かれたブルーインクの文字だったわけですが――その文字と、三原慶子が生前確かに書いたと認められる自筆の署名とを、プロの筆跡鑑定士が比較鑑定した結果、両者の筆跡は実に酷似しており、間違いなく同一人物の手によって記されたものであることが確認された。そういった内容のことが書いてあります。――ええっと、ご理解いただけましたか。もう一度、繰り返しましょうか。ここ重要なところですよ」

「結構です。ちゃんと理解できてますって」小山田刑事、本当にうっとうしい奴だ。

宏一は顔を顰《しか》めながら、しかし刑事の口にした鑑定結果には、心の中で快哉《かいさい》を叫んでいた。鑑定結果はシロ。つまり遺書に残された三原慶子の署名は本物だと、プロの鑑定士がお墨付きを与えたのだ。宏一は勝利宣言するかのごとく、小山田刑事の前で胸を張った。

「要するに、刑事さん、三原慶子の遺書は間違いなく本物というわけですね」

すると、小山田刑事は意外にもアッサリと首を左右に振った。

「いいえ、松浦さん、三原慶子の遺書は明らかな贋物というわけです」

「…………」

宏一は耳を疑った。小山田刑事は日本語を解さないのか。それとも、自説にこだわるあまり、目の前に示された正式な鑑定結果に目を瞑ろうという考えなのか。

「どういうことなの、小山田君？」椿木警部が薄いレンズ越しに部下を見やる。「鑑定結果はシロ。遺書の筆跡は三原慶子のものと確認されたんでしょう？」

「ええ、鑑定書には確かにそういうことが書いてあります。ですが、あの遺書は三原慶子が書いたものではありません」

「な、なにをいっているんだ、君は」宏一の声が思わず上擦《うわず》った。「君はプロの鑑定士の判断を覆《くつがえ》すつもりか。君だって、筆跡については素人同然なんだろ」

「ええ。確かに僕は素人です。ですから鑑定士の判断を覆すつもりもありません。遺書の署名は、確かに三原慶子の署名とそっくり同じだったのでしょう。でも、そっくり同じだからといって、その署名を三原慶子本人が書いたとは限らない。誰かが彼女の筆跡をそっくり真似た可能性はある」

小山田刑事の目は真っ直ぐ宏一を見据えている。いまにも宏一の顔を指差して、おまえが彼女の筆跡を真似たんだ！　と宣言しそうな気配だ。だが、ひるんではいけない。宏一は態勢を立て直し、意気込む刑事の前で、肩をすくめて微笑んだ。

「ふッ――刑事さん、あなたはただ単に可能性のことを口にしているに過ぎない。そりゃあ、世の中には天才的な物まね師がいて、他人の筆跡でもなんでもそっくり真似ることができるのかもしれない。でも、そんなことを言い出したら、すべての筆跡鑑定が無意味になってしまう。そうでしょう、刑事さん？」

「いえ、僕は筆跡のことをいってるんじゃありません」

「なに――？」宏一の口許から笑みが消えた。「ど、どういうことです？」

「問題は三原慶子が左利きだということです」

「え、左利き!?　彼女が!?　そ、そうだったかな……」

宏一は瞬時に記憶の糸をたどった。そういえば、いつだったか彼女は彼の目の前で、左手に栓抜きを持ち、シャンパンを開けていた。あまり意識したことはなかったが、確かに三原慶子は左利きだったかもしれない。

「だが、それがどうしたのかね？　世の中、左利きの人は珍しくはないよ」

「ところが三原慶子は、ただの左利きじゃない。彼女は文字も左手で書くタイプでした。――警部も記憶にありませんか。僕らの前で彼女が自己紹介した場面を。あのとき彼女は、慶子の『慶』は慶應大学の『慶』といって、指先で空中に字を書きましたよね。あのとき、彼女は左手を使って文字を書きました。そうでしたよね、警部」

「ごめん、覚えてないわ。時間が経ちすぎて」椿木警部はアッサリ白旗を掲げた。

「まあ、そうでしょうね。僕も心配だったんで、彼女の知人に当たって確認しました。間違いありません。三原慶子は左手にペンを持ち左手で字を書く、そういう人でした」

「だから、それがなんだというんだ！」宏一は次第にイライラしはじめた。「遺書の署名を書く手が、右手だろうが左手だろうが、そんなことは関係ないだろ。遺書に残された筆跡と、三原慶子の筆跡が一致しているということは、すなわち遺書は本物ということ――」

「だから、筆跡なんかどうだっていいんですよ」

小山田刑事はピシャリというと、あらためて鑑定書を目の前に広げた。「この鑑定書の中でも軽く触れてあるように、遺書の署名はブルーインクの万年筆によって書かれています。いいですか、万年筆ですよ」

「それがどうした？　遺書に署名する筆記具としては問題あるまい」

「なるほど。確かに遺書に署名する筆記具としては問題ない。――右利きの人ならね」

「なに？」

「しかし、左利きの人にしてみれば、かなり問題があります」

小山田刑事は背広の胸ポケットから一本のペンと手帳を取り出した。ありふれた外観の万年筆だ。彼はそれを右手に構えると、手帳の開いたページに文字を書いた。

「このように、右手に万年筆を持って文字を書く場合、書き手は万年筆のペン先を紙に対して寝かせるようにして滑らせる。書き味はスムーズです。ところが――」

小山田刑事は手帳と万年筆を持ち替えて、説明を続けた。

「このように左手に万年筆を持つと、状況は一変します。この恰好で漢字の横棒を引こうとすれば、ペン先を紙に対して突き刺すような形にならざるを得ない。もし薄い紙ならば、ペン先が引っかかって紙を破いてしまうかもしれない。逆に分厚い紙ならば、ペン先のほうを傷《いた》める危険がある。いずれにしても、書きづらいことこの上ない。左手で字を書く人にとって、万年筆というのは、実に使いにくい筆記具なんですね」

「…………」宏一は言葉もない。

「ところで、遺書というものは、自分の人生の最期に残す大切な文書。誰だって気持ちよく綺麗に書きたいと思うでしょう。そんな遺書の最後に署名を残そうというときに、三原慶子が左手に万年筆を持つと思いますか。いや、それはあり得ないことでしょう」

小山田刑事が説明を終えると、椿木警部は腕組みしながら頷いた。

「なるほど。確かに、そう考えると三原慶子の遺書は変ね。遺書の署名は彼女が書いたものではない。誰かが真似して書いたのかも……」

椿木警部と小山田刑事の疑惑に満ちた視線が、宏一のもとに突き刺さる。宏一はその視線を振り払うように、ブンブンと首を左右に振った。

「そ、そんな馬鹿な。左手で字を書く人は、万年筆を使わない、だと。そんな話は聞いたことがない。本当にそうなのか。――おい、君！　その万年筆を貸せ！」

宏一は小山田刑事の差し出す万年筆をひったくるように受け取った。そしてコピー機の傍にあったコピー用紙を一枚持ち出し、それをテーブルの上に置いた。ソファに腰を下ろし、万年筆を左手に構える。慎重な手つきで紙の上に線を引いてみる。確かに、小山田刑事がいったとおり、ペン先を紙に突き刺すような形になる。紙を破きそうだ。とてもじゃないが、書き味がいいとはいえない。だが――

「書ける！　書けるぞ、君！」一縷《いちる》の望みを感じて、宏一は叫んだ。「左手に万年筆を持っても、力を加減すれば線を引くことはできる。そりゃ、長い文章を書くのは難しいだろう。だが、『三原慶子』の署名はたったの四文字だ。それだけの分量なら、なんとか書こうと思って書けないことはない。慎重にやりさえすれば、紙を破くこともないはずだ」

半ば強引ともいえる宏一の主張に、小山田刑事が眉を顰める。

「いや、松浦さん、そりゃあ、あなたのいうとおり、慎重にやれば、左手に万年筆を持って四文字の署名を書くことぐらいは、不可能じゃないかもしれない。だけど、三原慶子がそんな曲芸みたいな真似をする意味がないじゃありませんか。遺書に署名する筆記具は、ボールペンでもサインペンでも、なんだっていいんですよ。それなのに、書きにくい万年筆を、わざわざ選ぶ理由がない」

「わざわざ選ぶ理由がない――だって⁉」

宏一は即座に反論を思いついた。「いや、選ぶ理由ならちゃんとあるんだ、刑事さん！」

宏一はデスクに歩み寄り、ペン立ての中を覗き見た。そこにお目当ての一本を発見した宏一は、刑事たちのほうを振り向くと、彼らの前にその筆記具を示した。それは赤い細身の万年筆だった。小山田刑事と椿木警部の視線が、その万年筆に集中する。宏一は万年筆のキャップに刻印された〈From TERUHIKO To KEIKO〉の文字を刑事たちに示して、猛然と訴えた。

「見てのとおり、この万年筆は矢川照彦から三原慶子にプレゼントされた万年筆だ。たぶん、三原慶子にしてみれば、貰って困るプレゼントだったんだろう。君のいうように、彼女は左手で文字を書く人間だったんだからな。しかし矢川が死に、彼女がその後追い自殺を決意したとき、彼女は使いづらいことを承知で、この彼からプレゼントされた万年筆を左手に握って、最期の署名を書いた。死んだ矢川照彦に対する愛の証としてだ！　そう考えれば、なんの不思議もあるまい！」

「そうだわ！　確かに、彼のいうとおりよ！　ああ、やっぱり三原慶子は、見かけは豹柄でも、心は一途だったのね！」

宏一の力説したストーリーは、どういうわけか、椿木警部の心に深く突き刺さったらしい。だが、一方の小山田刑事はなんら心を動かされた様子もなく、無表情を貫いていた。

「なるほど。恋人から贈られた万年筆を、敢えて最期の署名に用いる豹柄の女。美しい話ですね。感動的ですらある。しかし、松浦さん——」

小山田刑事は宏一の胸を指差して、静かな口調で尋ねた。

「あなたなぜ、三原慶子の最期の署名に、その赤い万年筆が用いられたことを知っているんですか？　鑑定書にはブルーインクの万年筆とは書いてあっても、本体の色が赤とは、どこにも書いてありませんよ」

「な！」宏一は思わず言葉に詰まる。「な、なぜって、そ、そりゃあ、決まってる。だって、最期の署名は万年筆で書かれていたんだろ。だけど、見たまえ。このデスクの上のペン立てには、万年筆はこの一本しかないじゃないか。だからわたしは必然的に、この赤い万年筆が使われたのだろうと考えただけで、誰だってそう考えるはず――」

「おや、そうですかね⁉」

小山田刑事はペン立てを手に取り、中の筆記具をすべてデスクの上にぶちまけた。

その瞬間、宏一の顔面が蒼白に変わった。

デスクの上に転がった十本前後の筆記具。それらは全部、万年筆だった。

11

蒼白になった松浦宏一の顔面は、しかし見る間に紅潮していき、やがて沸点を迎えた。

「ふ、ふざけるな！　こんなやり方があるか！　こんなのはインチキだ！　イカサマだ！　ペン立ての中身をすり替えやがって！　あのときは、こんなじゃなかったはずだ！」

「へえ、《あのとき》とは、どのときですか？」聡介が冷静に尋ね返すと、

「……う！」松浦はまたしても言葉に詰まり、「ち、ちくしょう……」と吐き捨てた。

そしてついに松浦は万策尽きたというように、ヘナヘナと床に崩れ落ちていった。

床の上にしゃがみこみ、敗残兵のようにうなだれる松浦に、聡介はしみじみと語った。

「松浦さん、あなたは凄い。あなたは、まさしく物まねの天才です。あなたが筆跡を真似て書いた二つの署名――矢川照彦と三原慶子の署名は、どちらもプロの鑑定士の目を欺《あざむ》くほどの、完璧な出来栄えでした。でも、残念。あなたは筆記具を間違えた――」

松浦は無言で聡介の話を聞いている。反論はない。聡介は彼に最後の質問を投げた。

「松浦宏一さん、あなたは矢川照彦さんを自殺に見せかけて殺害した。そして、その秘密を嗅《か》ぎつけた三原慶子さんも同じ手口で殺害した。そうですね？」

松浦は沈黙したまま、しっかりと首を縦に振った。稀代の物まね師、松浦宏一がついにその罪を認めた瞬間だった。その表情は憑《つ》き物が落ちたように穏やかだった。

やがて松浦はよろよろと立ち上がると、聡介に真摯《しんし》な眸を向け、呟くようにいった。

「君の勝ちだ、小山田刑事……どうやら、わたしは君を甘く見過ぎたらしい……」

「ええ、甘く見られやすいんですよ。なんでですかね？」

ははは、と照れ笑いを浮かべる聡介。そこに彼の甘さがあった。松浦は彼の隙を衝くように
――ドン！　聡介の身体を正面から思いっきり突き飛ばした。わあ、と無様な悲鳴をあげてよろけた聡介は、彼の背後にいた椿木警部を下敷きにしながら、後方に転倒した。

「ちょっと！　なにやってんのよ、小山田君！」

「す、すみません、警部！」謝りながら、聡介は松浦の姿を捜す。「ああッ！」

松浦は部屋のサッシ窓を開け放ち、ベランダに身を躍らせていた。逃走を図っているのではない。ここは八階だ。彼は死ぬつもりなのだ。死なせてなるものかと、聡介は松浦の後に続いて、

ベランダに飛び出す。松浦はすでにベランダの鉄柵に片足を掛けていた。その身体は、半分近く柵の向こうに飛び出している。あとほんの僅かな衝撃でも加えたなら、彼の身体は柵の向こうに落ちてしまうだろう。聡介は必死で松浦の身体にしがみつく。

「やめろ、松浦！　馬鹿な真似はよせ！」

「お願いだ、死なせてくれ、刑事さん！」

そのとき、もつれ合う二人の背後で椿木警部の声。

「駄目よ、死んでも罪の償《つぐな》いには——きゃ！」突然、ベランダで警部が躓《つまず》く音。警部は前のめりになると、勢いよく聡介たちの身体を「——ドン！」と両手で突いた。僅かな衝撃でも落下の危険があった松浦にとっては、充分すぎる駄目押し。バランスを崩した松浦は聡介に、聡介は松浦の身体にしがみつく。そして、次の瞬間——

松浦宏一と小山田聡介、二人の身体はついに柵を乗り越え、闇の向こうに落ちていった。

「うわあああぁぁぁぁ！」

「ぎやああああぁぁぁぁぁ！」

「ごめんなさああああぁぁぁぁぁぃ！」

椿木警部の悲鳴は、誰よりも大きく長く悲痛な叫びだった。


ほんの瞬きするような、あるいは永遠のような時間が過ぎたころ——

聡介は過去に経験したことのない強烈な激痛を股間に感じて、失いかけた意識を取り戻した。

聡介は自分のいる場所が判らなかった。そこは地上でもなく天空でもなく、地獄でもなく極楽でもない。ただ、目の前には明るく輝く青白い光があった。光は綺麗に編まれた三つ編みの先から放たれていて、目の前には濃紺のワンピースの背中と、三角の魔女帽があった。

　ということは——

　聡介は恐る恐る下を見る。彼の股間は一本の竹の棒の上にあった。地面は棒のさらに下に見えている。そこでようやく、聡介は自分が魔法使いの箒に乗って、空中に浮かんでいるという現実を理解した。助かった、とはまだ思えなかった。あまりの不安定な状態に、背筋がぞっとなる。すると少女が帽子の庇《ひさし》から横顔を覗かせ、彼に告げた。

「あたいの腰に摑まりな。しっかり摑まってないと、振り落とされても知らないぜぇ」

　なんのキャラかは知らないが、聡介は必死でマリィの腰に摑まった。下心なしで女性の腰に手を回したのは初めてのことだ。マリィの腰は思いのほか細く、背中は小さかった。

「あ、ありがとう、マリィ。——だけど、もうそろそろ、降ろしてくれないか」

「駄目よ。あんたが無傷で地上に舞い降りていたら、みんな腰抜かすじゃない」

「そ、それもそうだ。椿木警部とか特にな……」

「あの人なら、もうとっくに八階のベランダで腰抜かしてるわよ。自分の犯したミスの大きさにおののいてね」マリィは気の毒そうに八階のベランダに目をやった。

　彼女の言葉が事実なら、空飛ぶ箒に跨る自分の姿は、警部に見られずに済んだわけだ。

　ホッと胸を撫で下ろす聡介。マリィは彼を乗せたまま、箒を街路樹に横付けした。

「あんたは、この木の枝に引っ掛かって、運良く助かるの。——あの人みたいにね」

　マリィは同じ街路樹のてっぺんを指差した。そこには枝に引っ掛かった洗濯物みたいな男の姿。松浦宏一だった。失神しているらしく、その身体はピクリともしない。彼もまたマリィの力によって救われたのだろう。彼女の力は犯罪捜査には役に立たないが、人命救助には結構役に立つようだ。

聡介は彼女のアイデアに従い、箒の柄《え》から街路樹の枝に飛び移った。

「やれやれ、発見されないまま、枝の上で朝までなんてことにはならないだろうな」

「それが嫌なら、泣き叫んで人を呼びなさい」

「判った。頃合を見て、携帯で一一〇番するよ」

でも、それも情けないな、と苦笑いする聡介に、マリィは箒の上から手を振った。

「――じゃあね」

そういった直後、魔法使いの箒は、夜空に向かって急上昇。見上げる聡介の視線の遥か先まで舞い上がると、マリィは空に浮かんだ満月を横切るように、遠くの空へと飛び去っていった。

魔法使いと代打男のアリバイ

1

それは七月下旬の、とある夜。昼間の熱気冷めやらぬ大都会東京のド真ん中――

神宮の杜《もり》に建つ野球の聖地、神宮球場では眩《まばゆ》いばかりのカクテル光線の下、某スワローズ球団と『多摩川ホームズ』の間で熱戦が繰り広げられていた。メガフォン片手の野球ファン、仕事帰りのサラリーマン、試合そっちのけでいちゃつくカップルなどで、客席は六割ほど埋まっている。そんな中、八王子署が誇る次世代のホープ小山田聡介は、そのもうひとつ次の世代のホープ若杉刑事を連れて、レフトスタンドの片隅に陣取っていた。

「そうだ、先輩。ビール飲みましょうよ。ビール、ビール、ビール！」

「判った判った、判ったから手拍子やめろ！　ビールは賛成だが、奢《おご》りじゃないからな」

聡介は自分の財布に甘えようとする若杉刑事にブスリと太い釘を刺してから、ビール販売のバイト君に向けて手を上げた。「ああ、ちょっと、そこのお兄さん、ビ――」

「わあ、駄目、駄目」若杉刑事は聡介がいったん上げた手を引っ張り降ろした。「なに考えてんですか、先輩。あんな奴からビール買う必要がどこにあるっていうんですか！」

「え⁉　あんな奴って、あのバイトの男、若杉の知り合いか」

「はあ⁉　なんで僕が、あんな奴と知り合いにならなくちゃいけないんですか」

若杉刑事、いってることが滅茶苦茶である。だが、知らない他人を《あんな奴》呼ばわりする彼は、開き直ったように持論を展開した。「見てください、先輩。この神宮のスタンドにはアホみたいにゲームに夢中になるオジサンがいる一方、そんな連中相手に健気《けなげ》にビールを売って回るいたいけな女子が大勢いるじゃありませんか。きっと苦学生です。それとも就活に失敗したのかな。いや、ひょっとしたら病気の母親がいるのかもしれません。とにかく可哀相じゃないですか。ビールは絶対、彼女たちから買ってあげるべきです」

「そ、そうか、まあ、いいけど」聡介は腑《ふ》に落ちない思いで頷いた。――若杉、おまえ、男性バイトの母親が病気かも、とは全然考えないんだな。性差別だぞ、それは。

だが、聡介の冷たい視線をモノともせず、若杉刑事はひとりの女性の背中を指差した。

「中でも、あの生ビールの樽を背負った、ベースボールシャツにショートパンツの彼女。あの娘がピカイチですね。僕は試合開始直後から、ずっと彼女に目をつけていましたよ」

「若杉、おまえ、ビールの売り子をそういう目で見ているとは、なかなかの変態だな」

「先輩、僕はビールの売り子をそういう目で見ていますけど、変態じゃありませんよ」

熟女大好きでドMの先輩と一緒にしないで――と痛烈な皮肉を呟《つぶや》きながら、若杉刑事は自ら片手を上げた。「ちょっと、そこの彼女ぉ！　こっちに生ビール二つねー」

はーい、という快活な声とともに、ビヤ樽を背負った女の子が、聡介たちの席へと駆け寄ってきた。聡介のすぐ隣で中腰になった彼女は、慣れた手つきで二つの紙コップにビールを注ぐ。だが、彼女の差し出す紙コップを受け取ろうとした瞬間、聡介の右手がツルリと滑った。あッ、と思ったときは、もう遅い。支えを失った紙コップは、足許のコンクリートへ向けて自然落下。

しかし、あたりに琥珀の液体が飛び散るかと思われた次の瞬間！

「えッ！」聡介は我が目を疑った。

突然、見えざる手によって落下を止めた紙コップは、今度はまるで逆回転映像のように聡介の右手に舞い戻り、彼の掌にぴったりと張り付くように収まった。「――嘘！」

すべては一瞬の出来事だった。あまりにも一瞬過ぎて、隣の若杉刑事は気づきもしなかったようだ。しかしなんだ、いまの現象は？　神の奇跡か、それとも魔法か？

聡介は神の存在を確認したことがない。だから奇跡を信じない。だが魔法使いの存在に関しては、彼はすでに自分の目で確認済みだ。八王子在住の魔法使いは、見た目可愛らしい美少女ながら、ときにえげつない能力を発揮する脅威の存在だ。

「しかし、まさか……」

聡介はごくりと唾を飲むと、あらためてショートパンツから覗く彼女の脚に視線をやる。それから、ベースボールシャツを着た彼女の、華奢《きやしや》な身体のラインをなぞるように、視線を移動させる。ほっそりとした腰、小さめの胸、首筋の白い肌。そうして最終的に彼が確認したのは、営業スマイルを浮かべる魔法少女の顔だった。

聡介は裏返りそうになる声で彼女の名前を呼んだ。「マ、マリィ……」

マリィと呼ばれた魔法使いは、顔の両側で三つ編みにした栗色の髪を揺らしながら、聡介の前にそっと右手を差し出した。

「生ビール、二杯で千五百円になりまーす」

せっかく買ったビールを半分ほど飲んだだけで、「ちょっと、俺、トイレ」

聡介がいうと、若杉刑事は「え⁉」と怪訝《けげん》そうな表情。だが、構わず聡介はひとり席を立った。もちろん彼の目的はトイレではなく、魔法使いマリィである。

聡介は通路に立って、周囲を見回す素振り。すると、レフトのポール際、ファウルゾーンの最前列で「生ビール、いかがっすか～」と完璧な売り子を演じる魔法使いの姿を発見した。

聡介は彼女のもとに駆け寄ると、「おい、マリィ、なにやってんだ、こんなところで」

するとマリィは一瞬かすかな笑顔を浮かべた。だが、すぐにその表情を引っ込めると、「なんだ、あんたか」と素っ気ない返事。そして彼女は、生意気そうな鼻を聡介に向けた。「なにって、見れば判るでしょ。あたしがマッチ売りの少女に見える？」

「いや、見えない」どこから見てもビール売りの少女だ。「そうじゃなくて、なんで神宮球場でバイトなんかしてるのかって聞いてるんだよ。家政婦の仕事は辞めたのか」

「辞めてないわよ。だけど仕方ないじゃない。だって、あたしが家政婦として働いていた家は全部、殺人事件に巻き込まれて、ご主人様が犯人だったり、奥様が殺されたり――」

「う、いわれてみれば、確かに……」

「結果的に、家政婦のあたしは、すべての家でお払い箱よ。主のいない家に、家政婦は必要ないもの。当然よね。おかげであたしはこうして、アルバイトで日銭を稼ぐ日々ってわけ。あーあ、まったく、とんだとばっちりだわ。どうしてくれるのよ、まったく」

自分の身に降りかかる不幸は全部、出来の悪い刑事のせい――といわんばかりにマリィは聡介を横目で睨む。もちろん彼にしてみれば、いわれのない非難である。

「不満は判るが、俺のせいじゃないだろ。偶然、そういう巡り合わせになっただけだ。――ところで、今日は箒を持っていないんだな。おまえのトレードマークの竹箒」

「当然でしょ。箒片手にビールが売れるわけないじゃない。箒はロッカーに――」

そのとき、マリィの言葉を掻き消すように、突然巻き起こる大きな声援と拍手。続いて場内アナウンスが代打男の名前を告げた。

『多摩川ホームズ、選手の交代をお知らせいたします。吉田に代わりまして、代打菅原《すがわら》』

多摩川ホームズの大ベテラン菅原武彦《たけひこ》の登場に、いまひとつ盛り上がりに欠けていたレフトスタンドは、この日最大の歓声に包まれた。

「おッ、やっといい雰囲気になってきたみたいね。さあ、どいてよ、聡介。試合が終わるまでに、もうひと稼ぎするんだから」

「ああ、うん、だけど、おまえさあ……」

仮にも魔法使いなんだから、無理して重たいビヤ樽を担がなくたって、もう少し手っ取り早く稼ぐ方法があるんじゃないのか？　そんなことを口にしかけて、聡介は慌てて言葉を飲み込む。真面目に働く魔法少女に、余計な知恵をつけるべきではない。魔女が宅急便をやるくらいなら可愛いもんだが、その力を要人暗殺などに利用されたら最悪だ。

「い、いや、なんでもない。まあ、頑張れよ。そのうち、いい仕事も見つかるさ」

だといいけどね、と最後だけは笑顔を浮かべると、マリィは聡介の横をすり抜けて仕事に戻る。聡介はビヤ樽を担いだ彼女の背中と、揺れる三つ編みを黙って見送った。

と、そのとき球場に響く乾いた衝撃音。沸きあがる歓声。ポール際に猛然とダッシュするレフト松井。上空に目を転じると、高々と舞い上がった打球は、夜の闇に巨大な放物線を描きながらポール際に落下中。そこには、打球の行方など気にも留めずに「ビール、いかがっすか〜」と呑気な声をあげるマリィの姿があった。——危ない！

聡介は思わず叫んだ。「マリィィィ——ッ」

え!?　と顔を上げたマリィの口許から「きゃあ！」と短い悲鳴。と同時に、彼女の背中に掛かる三つ編みの先端が青白い閃光を放つ。すると次の瞬間、レフトスタンドのポール際、ファウルゾーンに飛び込むかと思われた大飛球は、突然「ぐいん！」と急激に角度を変え、レフトのフェアゾーンのフェンスを飛び越えた。

「…………」球場全体がキョトンとなったかのように、一瞬静まり返る。

三塁塁審は首を傾げながらも、右手を頭上でぐるぐる回し、ホームランを宣告する。

その瞬間、打った菅原は渾身《こんしん》のガッツポーズ。ライト側スワローズファンは「あーぁ」と落胆の溜め息。レフト側ホームズファンの九割は「わあッ」という大歓声。そしてレフトポール際に陣取った一部の観客だけが「ザワザワッ」となった。

「なんだ、いまの」「ファウルがホームランになった」「んな、馬鹿な」「風か」「いや、風じゃない」「低反発球の影響か」「判らん」「まるで打球に魔法がかかったみたいな……」

勘のいい観客がいるものだ。聡介は慌てて魔法少女に駆け寄ると、「逃げるぞ、マリィ」と囁いて、彼女の手を引きポール際から立ち去った。そして聡介は彼女をスタンド最上段まで連れていくと、そこであらためて、彼女に小声で叱責の言葉を吐いた。

「マリィ、なんてことするんだ！　真剣勝負を変な力で捻《ね》じ曲げるんじゃない！」

「わ、判ってるけど、仕方ないじゃない。咄嗟のことで、あたしもびっくりしたんだから。それに、いまの打球がホームランだろうがファウルだろうが、どっちだっていいでしょ！」

「どっちだっていい？　どういう意味だ？」

「試合に影響ないってこと。だって――」マリィは左手を伸ばして、球場のスコアボードをズバリと指差した。「七回が終わって16対2なんだから！」

「ん、まあな……」そういわれると、聡介としても返す言葉がなかった。

スコアボードに燦然《さんぜん》と輝く「16」の数字は、もちろんスワローズ側の得点だ。確かにホームラン一本で、いまさらどうこうなる試合ではない。

今夜も多摩川ホームズは敗色濃厚のようである。

2

試合終了後。菅原武彦はロッカールームでユニフォームを脱ぎ、シャワーを浴びると、茶色いジャケットに着替えてから、帰宅の途についた。商売道具のバットを収めた黒いバットケースを抱えながら、ひとり通用口を出て駐車場へと向かう。すると背後から突然、彼に話しかける声があった。白坂昭雄《しらさかあきお》。関東スポーツのベテラン新聞記者だ。

「ああ、菅原さん、ちょっといいかな。話、聞かせてもらって」恐る恐る獲物に近づく臆病な猫のように、白坂は武彦に歩み寄った。「いやあ、今日の試合、惜しかったねえ」

「どこがです？　19対4の負けゲームですよ。白坂さん、試合ちゃんと見てました？」

「え!?　見てたよ、もちろん。菅原さんの見事な代打ホームランもバッチリとね」

「ああ、あれ。あんなの、焼け石に水ですよ」不満そうに吐き捨てながらも、武彦の口許は自然と弛《ゆる》んだ。「まあ、当たりは良かったですね。久々の感触だったなあ」

「往年のパンチ力、いまだ衰えずってとこですか」

おだてるような言葉に続けて、白坂は探るような視線を武彦に向けた。「でも、菅原さん、あのホームランって本当はファウルだったんじゃないの？　実はレフトスタンドのポール際で見ていた観客の間で、ちょっとした騒ぎになっていたんだけど」

「そんな馬鹿な。あれはホームランですよ。打球はちゃんとフェアゾーンの観客席に落ちたじゃないですか。昔、巨人対ヤクルトの開幕戦で篠塚が打った疑惑のホームランとは訳が違う。あれは完全なファウルですけど、僕のは完全なホームランですよ」

「う～ん、でも、あの打球、なんか不思議な軌道を描いたような気がしたけれど……」

「それは、まあ、正直、僕もそう思いましたけど……」

揃って首を捻るうちに、二人は駐車場にたどり着いた。武彦は愛車ベンツのトランクに荷物を仕舞い込むと、白坂に別れを告げる。「じゃあまた、休み明けにでも」

「そういや、明日からオールスター休みだったね。休みの間、なにか計画でも？」

「え、計画⁉」一瞬、武彦は言葉に詰まった。計画ならある。他人には絶対にいえない、重大な計画が。「いや、なにも。ゆっくり身体を休めるつもりですよ。もう歳ですからね」

武彦は自虐的な笑顔を振りまき運転席に乗り込む。それからベテラン記者に対して窓越しに会《え》釈《しやく》をして、彼はゆっくりと車をスタートさせた。その瞬間、武彦の顔面から作り笑顔が消えた。代わって現れたのは、これ以上ないほどの真剣な顔。それは、さながら一打逆転の場面で打席に向かう代打男の表情そのものだった。

多摩川ホームズに所属する菅原武彦は、今年で十八年目のシーズンを送る大ベテランである。大学野球のスター選手だった彼は、当時誕生したばかりの多摩川ホームズにドラフト一位で指名され、期待の大型内野手として鳴り物入りで入団。新人の年から期待にたがわぬ活躍を見せ、三年目にはすでに四番サードが彼の定位置だった。

もっとも、武彦の活躍とは裏腹に、新興球団多摩川ホームズの成績は不振を極めた。誕生以来、優勝はおろかAクラスさえ一度もないという体《てい》たらく。付いたあだ名は『セ・リーグのお荷物』『プロ野球の番外地』『横浜の好敵手』など、散々なものばかり。いまやプロ野球ファンの間で多摩川ホームズは、「創設時の楽天より弱く、創設時の広島より貧しい」とまで揶揄《やゆ》される存在だ。それでも、なんとかチームが成り立っているのは、やはり球団の所有が親会社にとって利益になるからだろう。ちなみに多摩川ホームズの親会社は、『多摩川ホーム』という建設会社である。なるほど、宣伝効果は相当あるに違いない。

そんな万年Bクラス球団を、主軸として支えてきた菅原武彦も今年四十歳。年齢的な衰えには抗《あらが》えない。五年前に膝を負傷して以降、彼の出場機会は徐々に減少。ここ数年は代打専門の控え選手の座に甘んじている。全盛期の彼ならば、七月のこの時期、『多摩川ホームズ唯一のオールスター出場選手』として、休む暇などなかった。だが、いまはそうではない。オールスター期間は、彼のようなベテランにとって恰好の骨休めだ。

「もっとも、骨休めは今夜の計画が終わってからだ……」

車中でそう呟くと、武彦は自らの計画に従って、車を走らせた。とりあえずの目的地は新宿区四谷にある彼のマンションだ。『四谷ハイツ』という名のそのマンションは、八王子に豪邸を構える武彦にとっての隠れ家的な住居。いわば彼のセカンドハウスである。神宮球場で試合を終えた武彦が、八王子の自宅ではなく、四谷ハイツの自室に宿泊することは、特に珍しくはない普通の行動である。怪しまれる心配はない。

しばらく車を走らせた武彦は、四谷ハイツの建物が見えてきたところで、路肩《ろかた》に車を停めた。待ち構えていたかのように、暗がりから男が現れる。紺色のウインドブレーカーにサングラス、頭にハンチングを被っている。見た目はセンスのない中年男そのものだが、木崎俊夫《きざきとしお》に間違いない。木崎は迷うことなく、ベンツの助手席に乗り込んできた。

「誰にも気づかれていないだろうな、木崎」運転席で武彦が念を押すと、

「大丈夫。俺とあんたが、こういう繋がりだってことは、俺たちだけの秘密さ」

そういって助手席の男は、おもむろにサングラスを外し、頭の帽子を脱いだ。

武彦の目の前に、武彦と同じ顔が現れた。

もちろん、厳密には違う顔だ。武彦のほうが、木崎よりも目が鋭いし顎ががっしりしている。

肌の色も武彦のほうが若干黒い。だが、パッと見の印象は、ほぼ同じといっていい。

木崎との出会いは偶然だった。ふらりと入ったバーで二人は近くの席に座った。先に声を掛けてきたのは、木崎のほうだ。「俺、会社の仲間から、菅原武彦に似てるって、よくいわれるんだ」最初、菅原はうんざりしながら、彼の言葉を聞き流していた。この手の話をする奴が、実際に似ていたためしは過去に一度もない。だが——木崎俊夫だけは例外だった。

この男を発見した瞬間から、武彦の計画は動き出し、そしてついに今夜を迎えたのだ。

武彦は、あらためて鏡の中の自分を見るような気分で、木崎の顔を眺めた。

——本当に、これぞ瓜二つってやつだ。これなら、バレる心配はない。

あらためて成功の確信を得た武彦は、運転席で茶色いジャケットを脱いだ。同様に木崎も紺色のウインドブレーカーを脱ぐ。二人は互いの上着をその場で交換した。ズボンは最初から二人とも同じものを穿《は》いている。茶色いジャケットを羽織った木崎は、ますます武彦と見分けがつかなくなった。一方、ウインドブレーカーに袖を通し、サングラスとハンチングを装着した武彦は、どこの誰だか判らない中年男に早変わり。少なくとも彼のこの冴えない姿を見て、多摩川ホームズの代打男と気がつく者は、いないはずだ。

「じゃあ、後のことは計画どおりに頼む」武彦は四谷ハイツの部屋の鍵を木崎に手渡した。

「ああ、任せな」と自信満々の木崎は、武彦に向けて嫌な感じの笑みを覗かせた。「へへへ。今夜一晩、俺があんたのピンチヒッター。つまり代打の代打ってわけだな」

「なるほど、代打の代打か。上手いことをいうな」

感心しながら、武彦はひとつだけ共犯者に注意を与えた。

「おまえ、あんまり笑わないほうがいいぞ。笑い方が俺とは全然似てないから」

木崎と別れた直後。武彦はJR四ツ谷駅のプラットフォームに、ひとり佇んでいた。

あれから木崎俊夫は、武彦のベンツを駐車場に停めたはずだ。それから四谷ハイツの共同玄関を通り、入口に常駐する管理人のおじさんに菅原武彦として挨拶。そのまま彼はエレベーターに乗って九階にある武彦の部屋に入ったはずだ。そんな木崎の様子を、マンションに設置された防犯カメラが記録していてくれる。その映像は、菅原武彦が今夜確かに四谷ハイツで一晩を過ごしたという、なによりの証拠となるだろう。

「同じ時間に、本物の菅原武彦が四ツ谷駅で電車を待っている、なんて誰も思わない」

微かに微笑む武彦の前に、中央線の快速電車が到着する。武彦はウインドブレーカーのポケットに手を突っ込んだ恰好で、肩を揺すりながら大股で車両に乗り込んだ。

それから小一時間が経過したころ——

武彦の乗った中央線快速電車は、無事に彼を八王子駅まで運んでくれた。八王子駅到着は、午後十一時半。駅の改札を抜けた武彦は、そこから真っ直ぐ目的地に向かった。

目指すは八王子駅から少し離れたところにある富士森公園だ。陸上競技場やテニスコートを併設するその公園は、昼間は多くの人で賑わう都会のオアシス。だが、ひとたび深夜になれば、人けの絶えた都会の闇。武彦の計画には、うってつけの場所といえた。

武彦は駅の南口を出ると、巨大なタワーマンションを右手に見ながら富士森公園への道のりを急いだ。

公園に到着したのは、午後十一時四十五分。約束の時刻は午前零時だから、十五分ほど早く到着したことになる。だが、待ち合わせの相手はすでに約束の場所に姿を現していた。がっちりした体格をしたポロシャツの男が、薄暗い外灯の下、煙草をふかしている。村瀬修一《むらせしゅういち》だ。武彦はそのことを充分確認してから、彼のもとに小走りに駆け寄った。

「よお、待たせてすまない」

「え、誰ですか⁉　わたしはあなたのような人は知りませ——ああ、なんだよ、菅原かよ！　妙な帽子とサングラスしてるんで、どこの不審者かと思ったぜ！」

「………」ヤバイ！　まさかのボーンヘッド。変装を解くのを忘れていた。武彦は慌てて帽子とサングラスを外し、取り繕《つくろ》うような作り笑いを浮かべた。「あは、はは、えっと、あの、その、これはだなあ……」

「変装だろ。判る判る。有名人はつらいよな。俺も現役時代は似たような恰好だった」

村瀬修一は勝手に納得したらしい。そして彼は煙草を投げ捨て、靴の踵《かかと》で踏み消すと、武彦に向かっていきなり握手の右手を差し出した。「そんなことより、おめでとう！」

「おめで……⁉」なにを祝福されているのか、一瞬、武彦には理解できなかった。

「見事なホームランだったじゃないか。まさにベテランならではの、技ありの一発だ。普通なら、あのコースは何度打ってもファウルにしかならない」

「あ、ああ、そのことか」ようやく村瀬の祝福の意味を理解した武彦は、差し出された右手をやんわりと握り返した。「あ、ありがとう。確かに、あれはいいホームランだった」

「ああ、ホームランの感触は何度味わってもいい。ところで菅原、今夜はいったいなんの用なんだ？　いきなりメールで、こんな場所に呼び出したりして。あ、判った。明日からオールスター休みなんで、久しぶりに吐くまで飲みたいっていうんだな。よーし、そういうことなら、ことん付き合おうじゃないか」

「いや、違う。そういうんじゃないんだ」

「じゃあ、なんだ。あ、判った。後半戦に向けて、深夜の秘密特訓だな。新打法でも編み出そうっていうのか。だったら、俺もかつてはプロで鳴らした男だ。協力するぜ」

「違う！」武彦は浮かれた調子を装う村瀬に向けて、ピシリといった。「メールにも書いてあっただろ。神山瑞穂《かみやまみずほ》のことについて話があると」

「あ、ああ、そうか、神山瑞穂か」ふいに村瀬は沈痛な表情を浮かべ、芝居がかった口調で呟いた。「彼女は可哀相だった。聞いたよ。自殺したんだってな……」

「そうだ。おまえのせいでな」

「俺のせい!?　おいおい、待ってくれよ。いきなり、なに馬鹿なことを——」

「うるさい！　ネタは上がってるんだ！」武彦の口から、思わずドラマに出てくる刑事のような台詞《せりふ》が飛び出した。こうなったら、最後まで突き進むしかない。「村瀬、おまえは神山瑞穂と付き合い婚約寸前までいきながら、最後の最後で彼女を裏切り、別の女と婚約した。選んだ相手は良家のお嬢さんだってな。捨てられた神山瑞穂は、失恋のショックのあまり、ビルの屋上から飛び降りて自ら命を絶った。全部、おまえのせいだ。おまえのせいで神山瑞穂は死んだんだ。違うか？」

「ち、違う！　菅原、おまえ、全然間違ってるぞ。確かに、俺は神山瑞穂と付き合っていた。

だが、婚約寸前ってほど深い付き合いじゃなかった。彼女と別れたことは事実だが、それも二人で相談して決めたことだ。一方的に捨てたわけじゃない。なんで彼女の死が、俺のせいになるんだ。彼女の自殺は、彼女の意思だろ。俺は関係ない。そもそも、神山瑞穂が自殺したからって、おまえがそう怒ることもないじゃないか。おまえと彼女は、確か遠い親戚に過ぎない。そうだろ、菅原？」

「違う」武彦は低い声で答えた。「神山瑞穂は、俺の妹だ」

「な、なにい！」

村瀬の叫び声が響くと同時に、武彦はズボンのポケットから一本のナイフを抜いた。

現役時代、二枚目で鳴らした村瀬の顔が、恐怖のあまり醜《みにく》く歪む。

腰のあたりにナイフを構える武彦。踵を返して逃げ出す村瀬。

だが、現役選手と引退した選手の運動能力の差は歴然だった。逃げ惑う村瀬に対して、武彦は鍛えられた脚力で瞬時に間合いを詰めていく。闇に響く村瀬の悲鳴。

ナイフを手にした武彦は、村瀬の背中に身体ごとぶつかっていった——

3

神宮球場から八王子へと帰還した小山田聡介と若杉刑事は、19対4の大凡戦を肴《さかな》にして、駅前の居酒屋で軽く一杯。そして一杯。さらに一杯、ついでにもう一杯……と馬鹿みたいに杯を重ね、結局へベレケになりながら、二人は仲良く肩を組んでタクシーに乗った。

たどり着いた先は、聡介の自宅である。彼が暮らす小山田邸は丘の上に建つ古色蒼然《こしょくそうぜん》とした西洋屋敷で、近所の賢い少年少女たちからは《おとぎ話のお家》と親しまれ、近所のアホなガキどもからは《幽霊屋敷》と揶揄されている。そんな壊れかけた屋敷に、聡介は壊れかけた父親と二人で暮らしている。だから酔った後輩を泊めてやるぐらいは平気、そう思って若杉刑事を連れてきたのだが、いざ屋敷の門前に着き、タクシーを降りようとした瞬間、聡介の携帯が着信音を奏でた。

『小山田君、わたしよ』電話の相手は聡介の憧れの上司、椿木綾乃警部だった。『いま、どこにいるの？　まさか、まだ神宮あたりでウロウロしてるんじゃないでしょうね。まあ、いいわ。富士森公園で男の変死体が見つかったの。大至急、いらっしゃい！』

椿木警部の命令ならば、もちろん黙って従うのみだ。聡介は降りかけたタクシーにあらためて乗り込むと、「運転手さん、大至急、殺人現場まで！」と無茶な指示。すると運転手もなにを慌てたのか、「判りました」と生真面目に答えて、猛然と車をスタートさせた。

「ちょ、ちょっと！　どこに向かってるんですか、このタクシーは！」若杉刑事が真っ当な疑問を呈して、ようやく車は軌道修正。一路、富士森公園へ向けて走りはじめた。

「それにしても、若杉、これは大変なことになったな」

「変死体発見が、ですか？　まだ殺人か事故かも判らないのに？」

「そうじゃない。よく考えてみろ。俺たちは酔ってる。息は酒臭いし、顔も真っ赤だ。若い俺たちがこんな状態で、偉そうにタクシーで現場に駆けつけるんだぞ。当然、警部はいい顔しないよな。怒るよな。怒り狂うかもしれないよな。——うふ、楽しみだなあ若杉！」

心弾ませながら肘をぶつけてくる聡介に、若杉刑事は呆れ顔でいった。

「先輩、美人警部の怒りの言葉を心待ちにするなんて、やっぱり相当な変態ですね」

「若杉、俺は美人警部の怒りの言葉を心待ちにしてるが、それほど変態じゃないぞ」

そこそこ変態であることは認めるんですね——唖然として呟く若杉刑事をよそに、聡介の期待はいやが上にも高まった。警部はだらしない部下を見て、なんというのだろうか！

やがてタクシーは富士森公園に到着。現場周辺にはすでに多くの警察車両が到着しており、大勢の警官と多少の野次馬たちの姿が見て取れた。そんな中、タクシーを降りた聡介は、若杉刑事を押し退《の》けるようにしながら、麗しの上司のもとに駆け寄った。

「遅くなりました、警部！」

今宵も椿木警部は普段どおり、光沢のあるグレーのスーツ姿。眼鏡の奥からクールなまなざしを赤い顔の部下に向け、腕組みしたまま、しばし沈黙の構え。そして彼女はタイトスカートから覗く綺麗な脚を交差させるように踵を返すと、「まあ、いいわ。誰だってハメを外すことはあるし」と意外にも寛大な態度を示した。「じゃあ、さっそく現場を見てちょうだい」

「な、なんですって。まあ、いいわ!?」聡介は耳を疑った。「待ってください、警部。他にいうことないんですか。僕ら酔っ払って、タクシーで現場に乗り付けたんですよ！」

「うーん、確かに感心できないけれど、小山田君には文句いいにくいのよね。だって、ほら、この前の事件で、わたし、あなたを八階のベランダから突き落としちゃったでしょ」

あり得ない出来事のように聞こえるが、実際に聡介の身に起こった事実である。

「だからなんだっていうんですか！　そんなことで部下に遠慮するんですか。冗談じゃありませんよ。八階から突き落とされるぐらい、椿木警部の部下なら当然のことです！」

「当然じゃないですよ、先輩。もの凄く特殊な体験ですよ」

「黙れ、若杉！」聡介は後輩を一喝《いっかつ》すると、猛然と上司に食って掛かった。「とにかく部下に遠慮するなんて、警部のやることじゃありません。警部は常に猛々《たけだけ》しくて喧《やかま》しく、理不尽でわがまま、傍若無人で傲岸不遜《ごうがんふそん》、ヒステリックでエキセントリック、だからこそ——だからこそ、この美貌の三十九歳が何十年も売れ残ってんでしょーが！」

「誰が売れ残ってんのよぉ——ッ！　しかも、何十年とかいいやがってぇ——ッ！」

激しい怒声とともに、警部のしなやかな右足が弧を描くように振り抜かれた。ハイヒールの尖った爪先が、聡介のふくらはぎを容赦なく抉《えぐ》る。聡介はガクリと膝を突き、悶絶《もんぜつ》しながら、心の中で歓声をあげた。——そうです！　それでこそ椿木警部！　最高です！

一方、必殺の蹴りを炸裂《さくれつ》させた椿木警部は、「ああ、スッキリした」と満足の表情を浮かべ、颯爽《さっそう》と歩き出す。「さあ、捜査に移るわよ、小山田君。悶《もだ》えてないで早くいらっしゃい」

聡介は、若杉刑事の肩を借りながら警部の後に続いた——


公園の一隅、遊歩道の傍で死んでいたのは、四十歳前後と思われる体格のいい男性。身体を横に向け、平仮名の「く」の字を描くように倒れている。背中をナイフで一突きされており、流れ出した大量の血が、死体の周囲に赤い地図を描いている。

持っていた財布や免許証などから、男性の身許はすぐに割れた。村瀬修一という男だ。

聡介はその名前に聞き覚えがあった。「ひょっとして、あの元プロ野球選手？　複数の球団を渡り歩いて数年前に引退した、あの『球界の渡り鳥』と呼ばれた村瀬？」

「へえ、あの『永遠の一軍半』と呼ばれた村瀬ですか」若杉刑事も目を丸くする。

「ええ、あの『夜の四番打者』と呼ばれた村瀬よ。そういえば顔に見覚えがあるわ」

村瀬修一は現役時代、成績はいまひとつながら、球界屈指のプレイボーイといわれた男。生涯目立つ記録を残さなかった彼も、警部の記憶にはしっかりと刻まれていたらしい。

「背中を刺されて死んでいるってことは、殺人事件と見て間違いないわね」

椿木警部は即断すると、続いて死体の第一発見者を呼び寄せた。

発見者は三名の男性だった。三人ともサッカー日本代表の青いレプリカユニフォームを着ている。そういえば、今夜は日産スタジアムで日本代表のテストマッチがおこなわれたはずだ。その日産スタジアムは、八王子から横浜線で一本だ。そういえば聡介たちが先ほどまでいた駅前の居酒屋にも、サッカー観戦の帰りと見られる客の姿が目についた。神宮球場で野球観戦をしていた聡介たちは、サッカーの試合経過を知らないが、それでも日本代表が負けたことだけは、彼らの表情からなんとなく理解していた。

「あなたたち、日産スタジアムからの帰りね。ここを通ったのは、何時ごろかしら？」

椿木警部が水を向けると、三人の中のリーダー格と思われる長身の男が答えた。

「午前零時を少し回ったころだったと思います。僕ら三人とも、この公園の向こう側に住んでいるんで、公園を横切ったほうが近いんです。それで敷地の中を三人で歩いていたら、遊歩道の横に男が倒れていました。最初は酔っ払いかなとも思ったんですが、近付いてみるとそうじゃなかった。ええ、死んでいるのは、ひと目で判りました。周りの地面が血だまりになっていましたからね。もちろん、その場ですぐに一一〇番通報しましたよ。え、村瀬修一⁉　村瀬修一って、あの元プロ野球選手の⁉　いや、それは気がつかなかったなあ。そうですか、あの『顔だけ一流選手』の村瀬が殺されたんですか……」

どうでもいいことだが、村瀬修一、ニックネームばかりがやけに多い。

だが、いずれにしても第一発見者の三人組から、それ以上、有力な情報がもたらされることはなかった。彼らは、現場付近で誰かを見たり不審な物音を聞いてはいないらしい。どうやら彼らは、すべて事が終わった後に、偶然現場を通りがかったにすぎないようだ。

「判ったわ。——若杉君、念のため彼らの連絡先を聞いておいてちょうだい」

椿木警部は彼らからの事情聴取を早々に切り上げると、三人組を解放した。若杉刑事に連れられながら現場を離れていく三つの青い背中。それと入れ替わるように、また別の捜査員が、若い女性を連れて警部のもとへとやってきた。その女性は薄いピンクのカーディガンにマキシ丈のスカート。素朴な装いながら、華やいだ印象を与える女性だった。

「誰なの、この娘？」自分より若い美貌の女性に、警部は敵意のあるまなざしを向けた。

捜査員は彼女を指差して、説明を加えた。「被害者の自宅に連絡を入れたところ、彼女が出ました。被害者の婚約者で、現在すでに同じマンションで同棲中だそうです」

「婚約者と同棲中……」椿木警部の女性を見る目が、ますます厳しくなる。

三十九歳独身。仕事アリ、彼氏ナシ、結婚願望アリ。そんな椿木警部には婚約者と同棲中の女性が、敵に見えても不思議ではない。聡介は険しい顔の上司に、そっと耳打ちする。

「冷静になってください、警部。彼女の幸せな結婚は今夜、破れたんですから」

「わ、判ってるわよ、そんなことぐらい」警部は眼鏡の縁に指を掛けると、事務的な口調で彼女に尋ねた。「まずは、あなたのお名前を」

「広川理恵《ひろかわりえ》といいます」そう答えて、女は声を震わせた。「……あの、修一さんは本当に亡くなったのですか……突然、連絡を受けて駆けつけたんですが、全然信じられなくて……」

「ええ、残念ながら。でも、いまはまだ、ご覧にならないほうがよろしいかと」

彼女の婚約者の死体は鮮血の海に浮かんだ状態だ。あれを見れば、いかにも繊細な印象の広川理恵は卒倒してしまうだろう。警部は淡々とした口調で続けた。

「ところで、いくつか質問をさせてください。まずは、今夜のことを。あなたは村瀬修一さんと一緒に暮らしているそうですが、今夜、彼を最後に見たのは何時？」

「午後十一時半ぐらいに、彼はひとりで部屋を出ていったんです。友達に会うと言い残して。それが彼を見た最後です」

「友達に会う。確かに、そういったんですね」警部の声が急に一オクターブほど跳ね上がった。「その友達が誰なのか、あなたは聞かなかったんですか」

「もちろん聞きました。『ひょっとして女の子じゃないでしょうね』って、冗談っぽく。そしたら彼は、『大丈夫、男だよ』って、笑顔で答えてくれました」

「それだけ？　それで、あなた信じたんですか？　村瀬修一が『男だよ』って答えたって、実際の相手は女かもしれませんよね。その点、あなた、疑問に思わなかったんですか？」

もう少しで椿木警部の口から「あんた、馬鹿じゃないの？」という失敬な台詞が飛び出しそうな勢いだ。これ以上放っておくと修羅場になるので、聡介は横から質問を挟んだ。

「仮に、村瀬さんが男と会うために出掛けたとして、相手の男に心当たりは？」

「さあ、それはよく判りません。彼と親しく付き合う男性はたくさんいますから」

「では、村瀬さんが女と会うために出掛けたとして、相手の女に心当たりは？」

「ああ、それはもっと判りません。彼と親しく付き合う女性はもっとたくさんいますから」

なにやら漠然とした交友関係だ。そこで聡介は単刀直入に彼女に尋ねた。

「では、村瀬さんに恨みや憎しみを抱いていた人物に、心当たりはありませんか」

すると、曖昧だった広川理恵の表情に、なにやら確信めいた決意の色が広がった。そして彼女は刑事たちの前で、おもむろに指を一本立てて、こう断言した。

「修一さんを恨んでいた人物なら、ひとりだけ知っています。修一さんがわたしと婚約する直前までお付き合いしていた女性。名前は確か、瑞穂――神山瑞穂という人です」

4

事件から一夜明けた朝を、菅原武彦は八王子の市街地から離れた街道沿いのファミレスで迎えた。ファミレスといっても営業はしていない。潰れたまま放置された廃墟《はいきょ》となった店舗だ。正面玄関は頑丈なチェーンで固定されているが、裏口は何者かに壊されてフリーパス。そんな廃墟の中に武彦はじっと身を潜めて、殺人の夜をやり過ごしたのだった。

「なにしろ菅原武彦は、試合の後は真っ直ぐ四谷のマンションに戻り、そこで一晩過ごしたことになっているんだ。八王子に存在するわけがない――」

だから、武彦はこの街で誰にも素顔を晒してはならない。もうひとりの菅原武彦――つまり木崎俊夫から自分の役を引き継ぐまでは、絶対に。

その木崎は午前九時に四谷のマンションを出発し、午前十時ちょうどに八王子の某所で武彦と再会する計画になっている。本当なら、一分でも早く入れ替わりたいのだが、前日のナイトゲームで疲れているはずの菅原武彦が、あまり早起きし過ぎるのも不自然だ。そう考えて、普段どおりのタイムスケジュールにしてあるのだ。

すっかり日が昇った後も、武彦はジリジリする思いで廃墟に身を隠し続けた。

結局、彼がその隠れ場所を立ち去ったのは、午前九時半過ぎだった。もちろん、多摩川ホームズの代打男と気づかれないように、変装した姿である。武彦は散歩を楽しむような足取りで、市街地へ向かいゆっくり歩いた。

途中、八王子駅に立ち寄り、キオスクでスポーツ新聞を購入する。

「――これもらうよ」

武彦は店頭に積まれた新聞の山の中から、関東スポーツを一部抜き取り、販売員に小銭を渡して、足早に立ち去った。一面を飾るサッカー日本代表の記事には目もくれず、武彦は野球面を探す。ところが一面はおろか、二面三面、さらに四面までがサッカー関連の記事で埋め尽くされている。野球関連のニュースはようやく五面から。ということは必然的に不人気球団、多摩川ホームズの試合結果は、その後の六面である。

「ちっちゃい記事だなあ！」武彦は半笑いになりながら、その記事に目を通した。「なになに、『ホームズ迷宮入り』『泥沼八連敗』か。相変わらず、捻りのない見出しだ」

実際、『ホームズ迷宮入り』は多摩川ホームズが連敗地獄に陥った際には、必ず使われる常套《じようとう》句《く》だ。他にも『ホームズ打つ手なし』や『ホームズ降参』など、名探偵に引っ掛けた見出しは多い。いちいち腹も立たないほど、見慣れた記事である。そんな中――

『魔法が打たせた本塁打⁉』

小さな見出しが武彦の目に飛び込んできた。試合結果を伝える真面目なニュースではなく、珍記録や珍プレーを面白おかしく伝える囲み記事だ。そこに昨日の武彦のホームランの話題が取り上げてあった。署名記事ではないが、もちろん書いたのは関東スポーツのベテラン記者、白坂昭雄に違いない。武彦が昨日放ったあの不思議な一打について、わざわざ取材にきたのは、彼しかいなかったのだから。

武彦は、その記事にざっと目を通した。それから彼はその新聞を丁寧に折りたたみ、小脇に抱えると、そのまま雑踏にまぎれるように再び歩き出した。

数分後、菅原武彦は八王子駅からほど近い、子安神社の鳥居の前にいた。安産祈願のためではない。木崎俊夫との待ち合わせのためである。

すると、約束の十時ちょうどに神社前の路上に見慣れたベンツが姿を現した。路肩に停車した愛車に駆け寄り、武彦はすぐさま助手席に乗り込む。運転席では、武彦と同じ顔をした木崎が、武彦とは似ても似付かぬ下品な笑みを浮かべていた。

「へへへ。どうやら上手くいったみたいだな。朝からテレビで話題になってるぜ」

「そうか。まあ、奴だって元プロ野球選手なんだから、それなりのニュースバリューはある。そんなことより、おまえは計画どおりやってくれたんだろうな。なにか予定外の出来事があったなら、ハッキリそういってくれ。それなりに対処するから」

「なに、そう心配顔、しなさんな。予定外の出来事なんか、なにもない。すべては計画どおりだ。マンションの管理人は、俺のことを完璧にあんただと信じ込んでたぜ」

「そうか」若干の心配はあるが、ここは共犯者の言葉を信じるしかない。「じゃあ、おまえの役目はここまでだ。さっそく入れ替わろう。他人のフリをするのは、もう飽き飽きだ」

「そうかい。でも俺は嫌じゃなかったぜ。高級マンションのふかふかのベッドで寝起きして、外車を乗り回すなんて暮らし、なかなかできないもんな」

そういいながら木崎は、名残惜しそうに茶色いジャケットを脱ぎ、それをマンションの鍵と一緒に武彦に渡す。武彦は帽子を脱ぎ、サングラスを外して、それを紺色のウインドブレーカーとともに木崎に渡した。

お互いがお互いのアイテムを身につけると、二人は元通り、有名プロ野球選手と無名の会社員に戻った。木崎の会社がなにをやる会社なのか、結局、武彦は知らないままだ。

「それじゃあ、約束の金はちゃんと俺の口座に振り込んでくれよ」

木崎は最後にそう念を押すと、運転席の扉を開けて、車から出ていった。武彦は助手席から運転席へと車内を移動する。木崎の背中が路地の角に消えるのを待って、武彦は車のエンジンを掛けた。

そのとき、彼の携帯がズボンのポケットの中で振動した。妻、真弓《まゆみ》からメールだった。

《テレビで見たんだけど、村瀬さんが殺されたんだって。まさか、あんたが殺したんじゃないでしょうね。あたし、殺人犯の奥さんって呼ばれるのは絶対嫌よ》

悪意のこもったその文面を、武彦は舌打ちしながらジッと見詰める。それから彼は、おもむろに携帯を仕舞うと、怒ったようにアクセルを踏み、車を急発進させた。

「くそ！　勝手なこと抜かしやがって。要するに、俺が捕まらなきゃいいんだろ」

フロントガラスに向かって悪態を吐きながら、武彦は車の進路を自宅へと向けた。


菅原武彦の自宅は、八王子市役所に近い本郷町の閑静な住宅街。広い庭と地下室を備えた二階建ての豪邸だ。武彦のベンツが屋敷にたどり着いたとき、その門前には見慣れない黒いセダンが停車中だった。不審に思いながら庭先のガレージに車を停め、武彦は屋敷の玄関に向かう。するとそこには、見知らぬ来訪者が二名いて、妻の真弓と会話中だった。

まさか、もう警察が⁉　と武彦は警戒した。だが、二人のうちのひとりはグレーのスーツに身を包んだ眼鏡美人で、タイトスカートから伸びるすらりとした脚は、まるでモデルか女優のよう。もう一人はパッとしない感じの若い男で、人が良さそう、という以外には特別強調するポイントのない人物だ。この二人、どう見ても刑事ではない。

武彦は妻に「やあ、いま帰ったよ」と手にしたスポーツ新聞を掲げて帰宅の挨拶。それから、見知らぬ二人組を横目で眺めながら、「お客さんかい？」と妻に聞く。

「ええ、ちょうどよかった。あなたにお話があるんだって。――八王子署の刑事さんよ」

「え！　こいつら――いや、この方たちが刑事さん⁉」

武彦は愕然として言葉に詰まる。「そ、そ、そう。ああ、判ったよ、例の件だね。村瀬修一が殺されたって事件――そうなんですね、刑事さん？」

「あら、もうご存知なんですね」と女の刑事がいう。「テレビで、ご覧になったんですか」

「……テレビ⁉」女刑事の素朴な問い掛けに、武彦は慎重に考えを巡らせた。

今朝、四谷のマンションで目覚めた武彦は、何気なく点けたテレビで村瀬修一殺害の事実を知り、たったいま八王子に戻った――そういうストーリーが実はいちばん自然なのかもしれない。だが仮に、「ええ、テレビで事件を知りましたよ」と、もっともらしい嘘を吐いた場合、「どのチャンネル？」「なんという番組？」「誰がどんなふうに伝えていた？」などと突っ込まれたら答えようがない。なにしろ武彦は、今朝はまだ一度もテレビを見ていないのだ。かといって、関東スポーツにも殺人事件の記事は載っていなかったし――

結局、事実をありのままに語るのが最善の策らしい。そう判断した武彦は、女刑事の問いに沈痛な面持ちで、こう答えた。

「いや、テレビは見ていません。実は、つい先ほど妻から届いたメールを見て、初めて事件のことを知ったんです。だから、事件について詳しいことは、まだなにも判らなくて」

「そうですか。では少々お時間いただけますか。いろいろ伺いたいことがありますので」

丁寧な口調ながら、彼女の言葉には有無をいわせぬ迫力があった。武彦は緊張を覚えながら、敢えて平然とした態度で応じた。「いいですとも。どうぞ中へ」

武彦は刑事らしからぬ刑事たちを、屋敷に招き入れた。二人を応接室に案内し終わったところで、いきなり武彦は妻から腕を摑まれた。「――ちょっと、あなた！」

真弓は、もの凄い力で武彦を廊下のいちばん端まで引っぱっていく。そして、彼の身体を壁に押し付けるようにすると、囁くような小声で夫を厳しく問い詰めた。

「あなたまさか、本当になにか悪いことしたんじゃないでしょうね！」

「馬鹿、おかしな勘繰《かんぐ》りはやめろよ。俺が、なにもするわけないだろ」

「そうとは限らないでしょ。あんたの妹の件もあることだし」

「おい、おまえ、本気で俺を疑ってるのか。いい加減にしろよ」

短い距離で武彦と真弓の視線が絡み合う。先に視線を外したのは真弓のほうだった。

「まあ、いいわ」真弓は夫に背中を向けていった。「もし、なにもないんだったら、キッパリ本当のことをいって、さっさと彼らを追い返してちょうだい。だけどもし、なにかやましいことがあるのなら――絶対、バレないようにしてね」

ああ、バレるもんか、と思わず答えそうになるのを、武彦はすんでのところで我慢した。

「バレるもなにも、あるもんか。俺は村瀬の事件とは、無関係なんだからな」

キッパリと嘘を吐いた武彦は、「お茶、三つな」と妻に命じてから、あらためて刑事たちの待つ応接室に足を踏み入れた。「やあ、お待たせいたしました、刑事さん」

ソファに腰を降ろしながら、「菅原武彦です」と彼が自己紹介すると、二人の刑事はそれぞれに「八王子署の椿木と申します」「同じく小山田と申します」と頭を下げた。それからしばらくの雑談の末に、武彦は女刑事の肩書きが警部で、若い男がその部下であることを理解した。やがて、真弓の手でテーブルに三人分のお茶が運ばれる。真弓が空のお盆を手に応接室を出ていくと、ようやく椿木警部が本題を切り出した。

「昨夜、村瀬修一さんが、富士森公園の遊歩道で、何者かに背中を切りつけられて殺害されました。その件について、いくつか質問がありまして、お邪魔いたしました」

「そうですか。しかし判りませんね。確かに村瀬は僕の友達で、学生時代からのライバルでもある男です。だが、彼が殺されたことと、僕とは関係がないと思いますよ」

「そうでしょうか」女警部は感情を殺した声で聞いてきた。「神山瑞穂さん、という女性をご存知ですね」

「…………」いきなり飛び出した名前に、武彦は息を呑んだ。「ええ、知っています」

「詳しい説明は省きますが、ある人物の証言から、神山瑞穂さんの名前が事件の容疑者として浮上しました。ところが、調べてみると彼女は、どうやら犯人ではない――」

「もちろんです。彼女はすでに死んでいる。自殺したんです。惚れた男に捨てられてね」

「よく、ご存知のようですね」女警部は眼鏡の奥から、武彦の顔に矢のような視線を向けた。

「神山瑞穂さんは、あなたと、どういう関係にありましたか」

「…………」ここで嘘を吐いても意味がない。武彦はそう判断した。「神山瑞穂は、僕の妹です。僕の両親は、僕が中学のころに離婚した。僕は父親のほうに引き取られ、母は神山という男と再婚した。やがて、その母が女の子を産んだ。それが神山瑞穂。父親こそ違いますが、僕にとっては、間違いなく妹にあたる女性です。もっとも、ほとんどの人には、僕は彼女のことを遠い親戚と説明していましたけどね。――もう、とっくにお調べになっているんでしょう、刑事さん？だから事件の翌日に、さっそくここにやってきた。自殺した妹の復讐のために、僕が村瀬を殺害したのではないか、そう疑っているんですね」

「べつに、疑っているわけでは――。しかしまあ、念のために昨夜のことを聞かせてもらえますか。昨夜、神宮球場で試合を終えて以降、あなたはどこでなにをしていましたか」

きた！　ここが勝負どころだ。武彦は内心の緊張を隠しながら、《昨夜の菅原武彦》の行動を刑事たちの前で披露した。もちろん、《昨夜の菅原武彦》とは木崎俊夫のことである。

「昨夜、神宮球場を後にした僕は、車で真っ直ぐ四谷のマンションに戻りました。四谷ハイツというマンションです。そこに僕の部屋がありましてね。ええ、神宮での試合の後、そこに寝泊りすることは、珍しいことじゃありませんよ。マンションに着いたのは午後十時半ごろ。マンションの管理人さんに聞いてもらえれば判りますよ。軽く挨拶しましたから。それから部屋に入って、その後はずっと部屋に――ああ、違う違う。そういえば、深夜零時ごろに、近くのコンビニに買い物にいきました。小腹が空いたんで、軽い食事とビールを買ったんです。昨夜はそれを食べて飲んで、それからベッドに入りました」

「すると、そのまま今朝までぐっすり？」

「ええ、もちろん。今朝は八時ごろ起きて、九時ごろにマンションを出て、車で高速を飛ばして八王子へ。で、自宅に到着したところで、刑事さんたちとバッタリ鉢合わせ――というわけですよ。いかがですか、刑事さん。なにか不明な点でも？」

勝負を挑むような口調で武彦は聞き返す。椿木警部は、「よく判りました」と答え、武彦の顔を真っ直ぐ睨みつける。二人の視線が激しく火花を散らす傍らで、若い男の刑事――名前はなんだったか、もうすっかり忘れてしまったが――彼は、隣に座る美人警部のスカートから覗く太ももを横目で眺めるばかりだった。せっかく苦労して造り上げた贋アリバイも、大半は彼の耳を素通りしたのではないかと、武彦には思われた。

すると女警部も同様の懸念を抱いたのか、

「ちょっと、小山田君。黙っていないで、あなたもなにか質問することはないの？」

と部下の発言を促した。そうそう、彼の名前は小山田刑事だった、と武彦は心の中で手を打った。もっとも、思い出したところで、またすぐに忘れそうな名前だな、とも思う。

「はあ、質問ですか。ええっと、質問といわれても……」小山田刑事は頭を掻きながら、質問のネタを探そうとするように、応接室を眺め回した。すると彼の視線が、武彦の座るソファの上でピタリと止まった。「ああ、そうそう、そのスポーツ新聞――」

「は!?」武彦は思わず自分の座るすぐ横に目をやった。

そこには綺麗に折りたたまれた関東スポーツが置いてあった。今朝、八王子駅の売店で彼が買い求め、そのまま無意識に応接室まで持ち込んだ新聞だ。小山田刑事は、この新聞について、どんな質問があるというのか。武彦は不安と緊張を胸に、彼の質問を待った。

すると若い刑事は、おもむろにこんな素朴な質問を投げてきた。

「それ、今朝の新聞ですよね。サッカー日本代表の記事が載っている」

「え、ええ、そうですよ。今朝の関東スポーツですけど、これがどうかしましたか」

「それ、どこで買ったんですか」

「はあ!?」

「いや、あなたのお話の中には、今朝スポーツ新聞を買ったことについて、ひと言も説明がなかったですよね。だから、いつどこで買ったのかなあ、と思って」

「あ、ああ、そういうことですか。ええと、これは、その――」

武彦は意外な難問に、答えを迷った。まさか、《八王子駅のキオスク》と答えるわけにはいかない。ならば、《四谷ハイツの近くのコンビニ》と答えようか。いや、駄目だ。コンビニには防犯カメラが設置されている。今朝、自分がそこで買い物をしていないことは、防犯カメラの映像を調べれば、すぐに判る。ならば、防犯カメラのなさそうな場所――

「ああ、思い出しました。この新聞は四ツ谷駅のキオスクで買ったんですよ。九時にマンションを出てから、いったん駅前に車を停めて、キオスクで新聞を買い求め、それから八王子へ向かったんです。――なにか、問題でも？」

強気に聞き返しながら、内心、武彦はヒヤリとした感触を覚えていた。

問題なら、あるのではないか。この新聞が、本当に四ツ谷駅のキオスクで売られたものなら、そこにはキオスクの販売員の指紋が残っていなくてはおかしい。そういう話になるのでは――

いや、待てよ。そうとは限らないか。キオスクでスポーツ紙を買い求める場合、必ずしも店員は新聞に手を触れない。そこでは、客が勝手に新聞を一部とって、一方的に小銭を払うのが一般的だ。この場合、店員はまったく新聞に手を触れることはない。事実、今朝の八王子駅において、武彦はそういうやり方で、この新聞を買ったのだ。

よし、大丈夫。この新聞には四ツ谷駅の販売員の指紋も、八王子駅の販売員の指紋も残ってはいない。仮に詳しく調べられても、自分の嘘がバレる恐れはない。たぶん――

「問題、ないですよね」武彦があらためて念を押すと、

「ええ、もちろん」と小山田刑事は無表情なまま頷いた。「なに、ちょっと気になって聞いてみただけですから。あまり深い意味はありません」

小山田刑事もそれ以上、今朝の新聞にこだわる様子を見せなかった。たぶん彼がいうとおり、本当にちょっと気になっただけの質問だったのだろう。武彦は内心ホッと胸を撫で下ろした。

それからしばらくの間、雑談めいたやり取りがあった後、刑事たちは揃って席を立った。

武彦は玄関まで彼らを見送った。彼らはこれから、武彦が語ったアリバイの裏付け捜査に時間と労力を費やすのだ。彼らは地道に関係者の証言を聞き、防犯カメラをチェックするだろう。そんな彼らの弛《たゆ》まぬ努力によって、武彦の贋アリバイは完璧なものとなるのだ。

――しっかり、頼むよ。刑事さん！

心の中で呟きながら、武彦は刑事たちの背中を見送った。

それから彼は、いったん応接室に戻り、例の関東スポーツを手に取ると二階の一室にこもった。部屋の片隅に小さなシュレッダーが置いてある。職業柄、個人情報の流出に気を使うので、このようなものが必要となるのだ。いまはそれが証拠隠滅の役に立つ。武彦はシュレッダーの電源を入れて、細長いスリットに今朝の関東スポーツを差し込んだ。切り刻まれて平打ち麺のようになった新聞紙が、下に置かれた透明な箱に落ちていく。

その様子を眺めながら、武彦は唇の端にニヤリとした笑みを浮かべた。

「大丈夫。これで俺の勝ちだ……」

「菅原武彦という男、なんか怪しいわ。きっとなにかを隠している。小山田君、すぐに菅原のアリバイの裏を取るのよ。重要なのは、昨日の深夜、菅原が本当に都心のマンションにいたか否か。いいわね。さっそく若杉君と四谷に向かってちょうだい」

「…………」椿木警部、遠くの現場にはいきたがらない女。「了解――で警部は、なにを？」

「わたし!?　わたしは菅原武彦という人物について、もう少し詳しく調べてみるわ」

どうせパソコン検索でしょ――内心、不満を抱きながら、聡介は命令どおり若杉刑事とともに車を飛ばして四谷に出向く。まずは四谷ハイツの管理人に証言を求める。それからマンションの防犯カメラの映像をチェック。さらに四谷ハイツの近所にあるコンビニに足を運び、店員から証言を得た。もちろん、ここでも防犯カメラのチェックは欠かさない。

だが聡介たちの地道な捜査は、結局、菅原武彦のアリバイが完璧なものであることを、立証しただけに終わった。

5

その日の夜、八王子署に帰還した聡介は、さっそく椿木警部にその旨を報告した。

「四谷ハイツの管理人は、昨夜から今朝にかけて菅原の姿を何度も目撃したそうです。コンビニの店員も深夜零時ごろに菅原が来店したことを覚えていました。マンションやコンビニの防犯カメラには、菅原の顔がバッチリ映っています。間違いありません」

「あら、そう……ご苦労様……」

パソコン画面をうっとり眺めながら、口先だけで答える椿木警部。その表情に落胆の色はない。むしろ機嫌はよろしいように映る。不満と不安を覚えながら、聡介は席に着く。

いずれにせよ、最大の容疑者は無実と判明し、村瀬修一殺害事件は振り出しに戻った。

以降、事件の捜査は難航し、これといった進展のないまま数日が経過――

埒《らち》が明かない捜査に業を煮やした聡介は、あらためて疑惑の矛先を菅原武彦へと向けた。

「彼の主張するアリバイ、どうも腑に落ちません。なんだか完璧すぎるんです。なにか作為があるのかもしれません。そうは思いませんか、椿木警部？」

八王子署の刑事部屋。時刻は夜の八時。上司のデスクの前で、聡介は真剣な口調で訴えた。だが、椿木警部は彼の疑念をあざ笑うように、こう問い返した。

「それは考えすぎよ、小山田君。じゃあ聞くけど、あなた、事件の夜のアリバイはある？」

「事件の夜なら、若杉と一緒に神宮で野球を見て、その後は八王子の居酒屋で飲んでいました」

「素晴らしい。完璧なアリバイだわ。でも完璧すぎる。なにか作為があるのかも――って、そう考えるべきかしら？　あなたがいっているのは、それと同じことなのよ。判る？」

「はあ、確かにおっしゃるとおりかもしれませんが……」聡介は疑惑の視線を美しい上司に向けた。「警部、なぜ容疑者をかばおうとなさるのですか？」

「な、なにをいうのよ、小山田君。か、かばってないわよ。わたしは、ただ……」

「警部！」聡介は彼女の耳元に向かって、最も重大な事実を囁いた。「菅原武彦は独身じゃありませんよ。いるんですよ、奥さんが」

「判ってるわよ。でも妻との仲は最悪。離婚は時間の問題よ。ちゃんと調べはついてるわ」

「なに、ちゃんと調べてんですか！　その情報、事件と関係ないですよ、たぶん！」

迂闊《うかつ》だった、と聡介は後悔した。警察官としての任務に忙殺《ぼうさつ》され、出会いに恵まれない椿木綾乃警部にとって、魅力的な男性容疑者は常に恋愛の対象である。今回の菅原武彦は妻帯者なので、それには含まれないと油断していたが、まさか離婚の可能性まで考慮して目をつけていたとは！　どうりで彼のアリバイが立証されて、彼女の機嫌がよろしくなるわけだ！

「いい、小山田君。深夜零時に四谷のコンビニで買い物していた彼が、同じ時刻に八王子で村瀬修一を殺害することは不可能。彼のことを疑うなら、このアリバイを崩してからにしてちょうだい。いいわね」

もはや、完全に菅原を自分の彼氏にしたかのような、警部の言い草。聡介はこれ以上の話し合いは無意味と判断して、上司の前から逃げるように立ち去った。

「やばいぞ。なんとか菅原の有罪を立証しなくちゃ。だが、どうやって……」

ブツブツ呟きながら、聡介は足早に刑事部屋を横切り、奥にある休憩室に向かう。そこでは、若杉刑事がテレビの野球中継を眺めながら、夕食のコンビニ弁当を広げていた。

「ちょうどよかった。おい、若杉、聞いてくれ――」

「聞こえてましたよ。先輩が警部と揉《も》めてるの」

若杉刑事はテレビに視線を送ったまま、箸を動かす。画面の中では、プロ野球のオールスター戦が生中継されている。若杉刑事は画面を眺めながら、聡介に語りかけた。

「菅原武彦のアリバイの問題ですね。でも先輩、そもそも菅原が白か黒か、それがハッキリしないんじゃ、アリバイ崩しもやりにくいでしょう。もし菅原が無実だった場合、かえって冤罪《えんざい》を引き起こす可能性がありますよ」

「なにいってんだ。奴は黒だよ。アリバイは贋物だ。深夜零時にわざわざコンビニに出掛けたなんて、話が上手《うま》すぎる。それに、俺の質問を受けたときの奴の態度も変だった。警部だって、『なんか怪しいわ』って、そういってたんだよ、最初のころは……。きっとパソコン検索で、奴の年収とか実績とか人気とか、そういう余計な情報を見ちゃったんだな」

「かもしれませんね。でも印象だけで、菅原が黒とは判断できないでしょ。どうします？」

「う～ん、奴が白か黒か、それさえ判れば、あとはどうにかなるんだが――ん！」

聡介がぼんやりと目をやったテレビの中。パ・リーグの四番、中村が目を見張るほどのフルスイングを披露する。スピーカーから聞こえる絶叫調のアナウンサーの声が、興奮で裏返る。マウンド上の前田は痛恨の表情。高々と舞い上がった打球は、レフトポール際に巨大なアーチを架けるかに見えた。だが、次の瞬間！　観客席に消えるはずの打球は、見えない壁に衝突したかのように、空中でポーンと弾き返され、グラウンドへと落下。セ・リーグのレフト高橋がダメモトで差し出したグラブにスッポリと納まった。奇跡のキャッチに沸きあがるファンたち。呆然とする中村。首を傾げる前田。キャッチした高橋は、いちばん驚いたような顔を見せている。

テレビの前の若杉刑事は、唖然としたように箸を止め、ただいまのプレーに首を傾げた。

「あれ⁉　いまの打球、なんか変じゃありませんでしたか。そういや、あれと似た打球が、この前の神宮球場でもありましたっけ。――ん、どうしたんですか、先輩⁉」

若杉刑事の目の前で、聡介は立ち上がってテレビを指差し、唇を震わせていた。

「こ、これは、マ、マリ……そうだ、その手があった！」聡介は嬉しそうに両手を叩くと、若杉刑事の肩を摑んで尋ねた。「おい、若杉、この試合、どこだ？　神宮か？」

「いえ、神宮じゃありません。横浜ですけど——あ、先輩、どこいくんですか！」

後輩の質問を振り切るようにして、聡介は一目散に部屋を飛び出していった。

それから、一時間ちょっとが経過したころ——

聡介は横浜スタジアムのレフトスタンドに駆けつけ、必死の形相で魔法少女の姿を捜していた。目印は背中に掛かる三つ編み。箒は持っていない。おそらくはベースボールシャツを着てビール販売のバイト中のはずだ。聡介はグラウンド上の試合には目もくれず、観客席の階段と通路を行き来する。すると、どこからともなく聞き覚えのある、「ビールいかがっすか〜」の声。慌てて周囲を見回すと、階段の途中に見覚えのある三つ編みと華奢な背中を発見！

聡介は喜び勇んで階段を駆け上がり、背後から彼女に呼びかけた。

「——おい、マリィ！」

叫びながら、うっかり彼女の肩に手を置いた瞬間、聡介は大事なことを思い出した。魔法使いマリィの身体に背後からいきなり触れることが、いかに危険なことであるかを。

だが気づいたときは、もう遅い。聡介の顔面が恐怖に引《ひ》き攣《つ》る。

マリィの綺麗な三つ編みが、青く冷たい閃光を放った——

6

　翌日、小山田聡介は多摩川ホームズの練習場を訪れた。多摩川ホームズの練習場は、その名のとおり多摩川沿いにある。オールスター戦は昨日の横浜で終了し、明日からはペナントレースが再開される。広々としたグラウンドでは、多摩川ホームズの選手たちが後半戦にむけての調整に余念がなかった。

　聡介は練習グラウンドの粗末なスタンドに立っていた。その姿は、あたかも《ホームズの練習風景を眺める野球好き》といった風情。その実、彼はひとりの選手の姿をジッと目で追いかけていた。もちろん彼の狙いは菅原武彦である。だが菅原が聡介の姿に気づく心配はない。なぜなら、今日の聡介は額、頬、鼻、顎、に絆創膏《ばんそうこう》を張り、ついでに首筋に湿布を張った、痛々しい姿。変貌を遂げた彼の顔を見て、これが八王子署の刑事と気づく容疑者はいないだろう。むしろ、なにかの事件の被害者に見られかねない恰好だ。

「まあ、実際、被害者みたいなもんだ――」聡介は恨むような視線を少女に送る。

　魔法少女マリィは昨日までのバイトのユニフォームから一変、今日は普段どおりクラシックな濃紺のワンピースに黒い靴。手には愛用の竹箒を持ち、フェンスの金網から身を乗り出すように、選手の練習風景を眺めている。見かけによらず結構、野球好きらしい。

「なによ、あたしが加害者っていいたいわけ？」

聡介の呟きが聞こえたのだろう。マリィは不満そうに横目で聡介を睨んだ。

「だいたい、あなたがいきなり後ろから摑みかかるのがいけないのよ。前にもいわなかったかしら。あたしの背後に回ると危ないから気をつけてって。まったく、あんたって人はまるで学習能力がないみたい。呆れるわ」

確かに彼女のいうとおりかもしれない。昨夜、うっかり彼女の背後から彼女の肩を摑んだ聡介は、次の瞬間には、横浜スタジアムの観客席の階段をゴロゴロゴロ……と、いちばん下まで転がり落ちた。いや、正確には落とされたのだ。大勢の観客の目には、ドジな酔っ払いが転んだように映ったかもしれない。だが、あれは確かにマリィの力なのだと、聡介には判る。なぜなら、彼がマリィの魔法の餌食になるのは、たぶんこれが三度目か四度目、もしくは五度目、あるいは六度目なのだから……

「ところで、今日はあたしをこんなところに連れてきて、どうしようっていうの？」

「そう、そのことなんだが……」聡介はマリィに近寄り、小声で囁いた。「いまバッティング練習しているベテラン選手がいるだろ。彼に魔法をかけてほしい。彼がとある殺人事件の真犯人か否か、それが知りたい。やり方は、おまえに任せる。できるか？」

「ふふん、できるか、ですって？」マリィは余裕の笑みを唇に浮かべ、生意気そうな鼻を上に向けた。「もちろんよ。それぐらい簡単じゃないの」

「おまえ、自信ありげにいうが、その割には、過去にあまり成功した例がないよな……」

聡介に図星を指され、魔法少女はギクリとしたように背筋を伸ばした。

「こ、今回は大丈夫よ。ま、まあ、あたしに任せなさいって」

マリィは右手でドンと胸を叩くと、さっそく観客席を見渡す。やがて彼女は通路に転がる一個の野球ボールを発見。彼女はそれを手に取ると、今度は聡介に要求した。

「ちょっと、ペン貸してもらえるかしら」

グラウンドでは、菅原がちょうど打撃練習を終えたところ。バット片手にこちらへ歩み寄ってくる菅原に、マリィはフェンスから身を乗り出して声を掛ける。「あのぉ——」

だが、そのときマリィに先んじて菅原に声を掛ける男がいた。「——やあ、菅原さん」

マリィの横に佇むのはワイシャツ姿の中年男性。左手に手帳、右手にペンを持つ姿は、聡介よりも遥かに刑事っぽい。同業者か、あるいは新聞記者に違いない、と聡介は見当をつけた。

菅原はその男を見つけた途端、「ああ、白坂さん」と男の名を呼び、嬉しそうにフェンス際まで駆け寄ってきた。「この前は、どうも。あの囲み記事、白坂さんですよね？」

「ああ、あれか。見出しがよかっただろ。『魔法が打たせた本塁打!?』ってやつ。実は、今日はあの続きでね。知ってるかい？　昨日の横浜でも、似たような打球があったって話。今度は、中村の打った完璧なホームランが外野フライになっちまった。それで我が関東スポーツでは、この怪奇現象を本気で追いかけようという話になってね」

「へえ、そうなんですか」

何気ない会話を交わす新聞記者とプロ野球選手。そんな彼らの傍らで、マリィは自らの悪事が暴かれるのを恐れるように、箒を両手で握り締め、プルプルと身を震わせている。

聡介はマリィの傍に立ち、世間話でもするように彼女に囁いた。

「ちなみに聞くが、昨日のアレは、なんだ？　なぜ中村のホームランを邪魔したんだ？」

マリィは消え入るような小さな声で、「だって前田投手が好きなんだもん」と意外な答え。聡介は呆れるしかない。「つまんない理由で、プロの勝負に介入するなよ」

そんな二人の会話をよそに、新聞記者と野球選手の間では、なんらかの話の決着がついたらしい。二人はそれぞれ「また今度」「ひとつよろしく」といって会話を終えた。

あらためてチャンス到来！　ゆけ、魔法少女よ！　聡介はマリィの背中を軽く押す。

再び練習に戻ろうとする菅原に対し、少女は手にした野球ボールを軽やかに振りながら、大きな声で呼びかけた。「菅原さ〜〜ん、サインして〜〜〜」

これも魔法のひとつだろうか。それは、男なら誰もがサインしてあげたくなるような、甘美な響きを持つ声だった。事実、彼女の声を耳にして、くるりと振り向いた菅原の顔には、「サインぐらい、お安いご用」と書いてある。菅原武彦、意外に単純な男なのかもしれない。

そんな菅原に見せ付けるかのように、マリィは手にしたボールに唇を寄せて軽くキス。

その瞬間、彼女の背中で三つ編みが青く輝くのを、聡介は見逃さなかった。

マリィはボールに魔法をかけたのだ！

無表情を装う聡介の隣で、マリィは野球ボールと聡介から借りたペンを手渡しながら、

「菅原選手のサインと、好きな言葉を書いてもらえますか」

「ああ、座右の銘ってやつね」と、菅原はにこやかな笑みで答える。そして彼は受け取ったボールに慣れた手つきでペンを走らせながら、興味深そうな顔でマリィに質問を投げかけた。「君、見かけない娘だね？　多摩川ホームズが好きなの？　誰のファン？」

「マエケンです」

おい、マリィ、なぜそこでそれらしい嘘が吐けないんだ。失礼じゃないか！

「そ、そう。ま、前田健太は僕もいい投手だと思うよ」ぎこちない笑みを浮かべながらサインを終えた菅原は、「ホームズの選手も応援してやってね」と、聞いているほうが切なくなるような台詞を口にして、ボールとペンをマリィに渡した。「――それじゃ！」

爽やかに片手を振り、バットを担ぐようにして踵を返す菅原武彦。

大きな背中に向かって、マリィは「ありがとう」と、感謝の言葉を告げる。だが、そんな彼女の口許から、そのとき突然、「はッ」という呟きが漏れた。彼女の横顔が見る間に強張《こわば》っていくのが、聡介にもハッキリ判った。マリィは受け取ったサインボールを握り締めたまま、こみ上げる怒りを抑えきれないかのようにワナワナと小さな肩を震わせた。

「お、おい、どうしたんだ、マリィ？」聡介は怪訝な顔を向ける。

そんな彼の目の前で、マリィはいきなり突飛《とつび》な行動に出た。金網のフェンスに手を掛けるや否や、「――えい！」と、ひと声発したマリィは、両脚を揃えた恰好で軽やかにそれを飛び越えた。地上に舞い降りる直前、彼女の濃紺のワンピースの裾が、一瞬ふわりと捲れあがる。グラウンド上の選手の何人かは、確実に彼女の下着を覗き見たことだろう。だが、そんなことはお構いなしに、少女はグラウンドの上で堂々と背筋を伸ばした。

「お待ちなさい、菅原武彦！」

いきなり背後から女の子の声で呼び止められて、菅原はさぞや驚いたことだろう。彼はビクリと背中を震わせ、慌てて振り返る。そして、遥か前方に先ほどの少女の姿を確認すると、彼は少し安心したように半笑いの表情になった。

「なんだ、君か。まだ僕に用かい。でも、勝手にグラウンドに入っちゃ駄目だよ」

「大きなお世話よ、この凶悪殺人犯！」

馬鹿マリィめ！　やることが突拍子ないんだよ！　聡介は慌てて止めに入ろうとフェンスに片足を掛ける。だが他の選手たちの視線が、二人の間に熱く注がれているのを見て、とてもこの騒動に飛び込んでいく勇気はない、と彼は判断した。要するに怖気《おじけ》づいたのだ。

「さ、殺人犯だと……な、なんのことだ……僕が誰を……」

菅原はうろたえながら聞き返す。するとマリィは自信満々で、こう答えた。

「さあね、誰を殺したかなんて知らないわ。でも、あなたが殺したの。それは事実よ」

無茶苦茶である。頭を抱える聡介の視線の先で、菅原の表情が強気なものに変わる。

「なにをいってるんだい、お嬢ちゃん。あまりおかしなことをいうと――」

「おかしくなんかないわ。あなたが殺したのよ！」そういってマリィは右手に持ったサインボールを菅原に向けて、突き出すように示した。「だって、ほら、ここにちゃんとあなたの字で書いてあるじゃない。『わたしが殺しました・菅原武彦』って」

「な、なにい！」菅原の顔が驚愕《きょうがく》に歪む。「そ、そんな馬鹿な。『野球一筋・菅原武彦』って書いたはずじゃ……いや、それはなにかの間違いだ！　冗談だ、ジョークだ！」

いや、魔法だ――聡介は呟く。マリィの魔法が菅原に自白の言葉を書かせたのだ。

「言い訳は無用よ」マリィは冷たく言い放つと、サインボールを握り締めた手を、高々と頭上に持っていく。「ふッ、どうやら邪悪な犯罪者には、口でいっても判らないようね」

そういってマリィは右投げ本格派投手のように、大きく振りかぶる構え。

なにをする気だ、マリィ？　呆気にとられる聡介の前で、少女はいきなりワンピースの裾を蹴り上げるように高々と左足を上げる。そして、往年のジャイアンツのエース西本聖《たかし》ばりにその足をピンと真上に伸ばしたかと思うと、そのまま勢いよく前に踏み出した。サインボールを握り締めた右手は、しなる鞭《むち》のように風を切る。完全に豪腕投手の投球フォームだ。可愛らしい魔法少女のやることじゃない。

「――喰らえ、正義の剛速球！」マリィは叫びながらボールを放つ。

「嘗めるなよ、この小娘があ！」菅原はバットを立てて応戦の構え。

マリィの右腕から繰り出された速球は、唸りをあげながら打者の内角を鋭く抉る。だが、多摩川ホームズの代打男、菅原武彦は余裕を持ってバットを一閃《いっせん》。芯で捉えた打球は、一直線に外野のスタンドを飛び越え、遥か場外へと消えた。すべては一瞬の出来事だった。

見ごたえある好勝負に、スタンドの見物人や見守る選手たちの間から、溜め息が漏れる。菅原は勝ち誇ったように胸を張り、敗れた魔法少女は地面に四つん這いでうなだれた。どうやら両者の間では、なにがしかの決着がついたらしい。

「なにやってんだ、こいつら……」

聡介はなにがなんだか訳が判らないまま、観客席で立ち尽くすばかりだった。

意味不明な真剣勝負が終わった後、マリィは警備員の手で練習場から追い払われ、菅原武彦は何事もなかったように練習に戻った。聡介は練習場の外で再びマリィと合流し、彼女が観客席に置き去りにしていた竹箒を渡してやった。

敗戦のショックから立ち直ったマリィは、本来の生意気な態度を取り戻していた。

「ふん。あたしの渾身のストレートを弾き返すとは、あの菅原って男、なかなかやるわね」

「相手の打撃を褒《ほ》める前に、おまえ、魔女なんだろ。魔球とか投げられないのかよ。――いや、それよりなにより、サインボールを相手に投げつける意味が、俺には判らん」

「意味なんかないわよ。とにかく、これでハッキリしたでしょ。彼が殺人犯だってこと」

「まあな」聡介はその点は素直に感謝した。「だが問題は、これからどうするかだ」

「場外に消えたサインボールを捜してみる？　まだ、どこかに転がってるかもよ」

「いや、その必要はない。そもそも、『わたしが殺しました・菅原武彦』って自白調書にサインしてあれば証拠にもなるが、野球のボールにサインしてあるんじゃ、証拠どころか単なるギャグだ。彼の罪を立証する決め手にはならない」

「へえ、そうなんだ。ややこしいのね、人間の世界って」

まるで人間界を揶揄するようなマリィの言葉。どうやら彼女は人間の世界よりかは、ややこしくない世界に生きているらしい。だから、彼女の行動は突飛で的外れで意味不明なのだろう。せっかくの偉大な力も、いまは宝の持ち腐れである。もったいない、と聡介は思わず溜め息をついた。

そうこうするうちに、二人は駐車場にたどり着く。聡介は自分の愛車である中古のカローラを指差して、魔法少女を助手席に誘った。

「乗っていけよ、マリィ。箒で空を飛ぶには、まだ明るすぎるだろ。家まで送ろう」

何気なくいってから聡介はハッと気づいた。そういえば彼女の家はどこにあるのか。いや、そもそも家庭婦としていくつかの家庭を渡り歩くような生活を送る彼女に、決まった家が存在するのか。しかも、現在の彼女は家政婦としての仕事にありつけず、バイトで日銭を稼ぐ毎日。家まで送ろう、は彼女に対して禁句だったかもしれない。

「じゃあ、お言葉に甘えて送ってもらおうかしら。——白金台まで」

「は⁉　白金台って、都心の高級住宅地の⁉　おまえ、そんなとこに住んでるのか」

「正確には、身寄りのないセレブが白金台に住んでいるの。で、あたしは彼女の親戚なの」

「矛盾があるな。身寄りがないのに、おまえという親戚がいるのは変だろ」

「だから、そこは魔法で、そういう設定にしてあるのよ」

「…………」濃厚な犯罪の匂いがする。

「べつに悪いことはしてないわよ。わたしは屋根のある部屋で眠れるし、セレブな彼女は孤独が紛れるわ。とにかく、いまはそこで仮暮らしなんだから、白金台へお願い」

マリィはさっさとカローラの助手席に乗り込むと、「あと、途中で図書館に寄ってね」

「図書館⁉　なんでだ」聡介は運転席に乗り込みながら聞く。「魔球の投げ方でも研究するのか」

「違うわよ。調べたいことがあるの。ほら、さっき白坂っていう新聞記者が話してたじゃない。『魔法が打たせた本塁打⁉』っていう見出しの記事。あれ、あたしたちの記事よね」

「俺たちの記事じゃなくて、菅原武彦が神宮で打ったホームランの記事だと思うが」

「同じことよ。あれは、あたしが打たせたんだから。ね、なんて書いてあるか、気にならない？」

「そりゃまあ、多少は気になるが。——ああ、そうか、図書館にいけば、古いスポーツ新聞がファイルしてあるから、その記事も読めるってわけだな」

「そういうこと。グッドアイデアでしょ！」

「確かに悪くない考えだ」聡介はポンと手を叩く。「でもマリィ、ちょっと前の新聞ならネットで簡単に読める時代だぞ。図書館を頼ろうなんて、意外に遅れてるな、おまえ」

「遅れてんじゃな――い！　図書館が好きなだけ――ッ！」

瞬間、助手席から放たれた閃光で狭い車内は真っ青な輝きに満たされた。背筋も凍るような恐怖の輝きだ。気がつけば、聡介は運転席で器用なくらいさかさまになっていた。

不自然な体勢のまま、聡介は助手席の怒れる魔法使いを宥《なだ》めるようにいう。

「わ、判った……とにかく白金台へ……図書館にも寄ってみよう……」


それから小一時間が経過したころ。都心の図書館の新聞閲覧コーナーに、マリィと聡介の姿があった。閲覧テーブルの前に腰を下ろす聡介の前に、マリィが関東スポーツのファイルを持ってきて、問題の記事が載っているはずの野球面を大きく広げた。

「ほら、多摩川ホームズが19対4で負けた試合が、こんなにちっちゃく載ってるわよ」

「ふむふむ、『ホームズ迷宮入り』『泥沼八連敗』か。どうやら、間違いないな」

さっそくマリィは紙面に顔を近づけながら、嬉々としてお目当ての記事を捜しはじめた。だが、そんな彼女の表情はやがて深い落胆の色へと変貌した。

「なによ、あたしたちの記事なんて、どこにもないじゃない。新聞記者の嘘つき！」

「待てよ。あの新聞記者が、そんな嘘をつくはずがない。菅原の話し振りから見ても、例のホームランにまつわる囲み記事は、確かに新聞に載ったはずだ」

「でも、実際どこにもないじゃない」マリィは不満に頬を膨《ふく》らませる。

「ふむ。これは変だな。いったい、どういうことなんだ？」

聡介は眉間に皺《しわ》を寄せながら、新聞のページを一枚一枚丹念に眺めていった――

7

菅原武彦は半袖のポロシャツ姿で八王子の自宅を出ると、愛車のベンツで多摩川市民球場へと向かった。オールスター休みも終わり、今日から後半戦のペナントレースが再開されるのだ。だが車で球場へ向かう最中も、武彦の頭の中は事件のことで占められていた。

特に、昨日のあの出来事。あれはいったいなんだったのだろうか。喪服のような恰好をした謎の少女にボールを渡され、サインと座右の銘を書くように頼まれた。それなのに、なぜ自分はあのような言葉を書いてしまったのか。『わたしが殺しました』などと……

「いや、しかし問題はない。あのような殴り書きに、法的な意味はないはず」

武彦は弱気になる自分を奮い立たせるように、アクセルを強く踏み込む。

奇妙な出来事はあったにせよ、全体的に見れば計画は上手くいったのだ。武彦はそう評価していた。警察は彼の主張したアリバイを信じている。特に、あの椿木警部。彼女などは、彼のアリバイが完全無欠であったことを、わざわざ自宅まで報告しにきてくれた。彼女の武彦に向けるまなざしは、もはや容疑者を見る疑惑の目ではなく、憧れのスター選手を見るファンの目、あるいは恋する乙女の目だった。もっとも、椿木警部の実年齢は、乙女と呼ぶにはかなり無理がある水準に違いないが……

「とにかく大丈夫だ。アリバイがある限り、警察は俺に手出しできない」

いつしか車は市民球場の近くまでたどり着いていた。試合開始まで時間があるというのに、球場周辺にはペナントレースの再開を待ちわびるファンの姿が、すでに群れを成している。

「………………」

武彦は彼らの姿を横目で眺めながら、無言のままハンドルを切る。やがて車は球場に隣接する選手専用駐車場へと到着した。車を降りた武彦は、トランクから愛用のバットケースを取り出し、肩に担ぐと足早に選手専用の通用口へと向かった。だが、彼が通用口から球場の中に足を踏み入れようとした、その瞬間、

「ああ、すみません。ちょっと、お待ちくださいね」

突然、通せんぼするかのように、武彦の前に立ちはだかる背広姿の若い男。その無礼な振る舞いに、武彦は選手としてのプライドを大いに傷つけられた気がした。

「なんだ、君は！　僕は多摩川ホームズの菅原だぞ。君もこの球場の警備員なら、有力選手の顔ぐらいは覚えておきたまえ！　まったく、最近のアルバイトは質が落ち……」

「いや、あの、僕、バイトの警備員じゃありません」男は自分の顔を指差して訴えた。「僕、八王子署の小山田です。以前、お宅にお邪魔しましたよね」

「え、小山田!?　ああ、あのときの刑事さん。ええ、もちろん覚えていますよ」武彦は心にもな

い嘘を吐き、ぎこちなく笑みを浮かべた。「で、今日はいったいなんの用です？」

彼の問いに、背後から聞き覚えのある女性の声が答えた。

「実は、彼があなたに聞きたいことがあるそうなんです。質問に答えてあげてくれますか」

振り向くと、そこに立っているのは椿木警部だった。グレーのスーツに身を包む凜々しい姿は普段どおり。だが武彦を見据える視線からは、恋する乙女の甘さが消えていた。

なにかあるぞ。武彦は自らに警戒を呼びかけた。それから彼は肩に担いだバットケースを通用口の壁に立て掛けて置くと、あらためて小山田刑事に向き直った。

「いいですよ、刑事さん。聞きたいこととは、なんのことです？」

「実は、村瀬修一さんが殺害された夜のアリバイについてなんですが」

「事件の夜のアリバイですね。でも、それについては、もうすっかりお話ししましたよね？」

「ええ、伺いました。偽りのアリバイをね」

刑事の挑発的な言葉に、武彦はピクリと頬の筋肉を震わせた。

「偽りのアリバイ？　は、はは、いきなりなにをいうんですか。刑事さんは、わたしが嘘を吐いていると、そういいたいのですか」

「ええ、そうです。あなたは嘘を吐いている。あなたのアリバイは贋物です」

「ほう、僕のアリバイが贋物だというのなら、事件の夜に四谷ハイツの管理人に挨拶したのは誰なんです？　四谷のコンビニで買い物したのは誰です？　防犯カメラに映っていた人物は、いったい誰なんですか？」

「それは知りません。あなたじゃないなら、たぶん、あなたによく似た別人でしょうね」

「ふざけるな！」菅原は紳士的な態度をかなぐり捨てると、若い刑事に詰め寄った。「よく似た別人だと!? そんなの、いるわけないだろ。違う。あれは僕本人だ。事件の夜、僕は四谷のマンションにいた。深夜零時にはコンビニで買い物もした。その後もずっと僕は四谷にいた。翌朝の九時に部屋を出るまでずっと——」

「そう。あなたは事件の翌朝九時に四谷のマンションを出た。そしてＪＲ四ツ谷駅のキオスクで関東スポーツを一部買い求め、それから八王子の自宅へ戻った」

「そのとおりだ」

「ちなみに、あの日の関東スポーツ、まだお持ちですか、菅原さん？」

「はあ!? あれから何日経ったと思ってるんだ。持ってるわけないだろ。捨てたよ！」

正確にはシュレッダーで裁断したのだ。あの新聞が、なにかの証拠となるはずはない。

そう自分に言い聞かせる武彦の前で、小山田刑事は悠然と背中に右腕を回した。

「あの日の関東スポーツならば、ここにあります。——ほら」

小山田刑事の右腕が再び前に回されたとき、その手には細長く折られた新聞が握られていた。

彼はその新聞を武彦の目の前で、ゆっくりと広げて見せた。サッカー日本代表の惜敗を伝える大きな青い見出しが、武彦の目にも見て取れる。よく見覚えのある活字だ。

「なるほど。これは確かに、事件の翌朝の関東スポーツに間違いない……ん!?」

そのとき、ふいに武彦は妙な違和感を覚えた。なんだろうか。なにかがしっくりこない。確かにこれは、あの日に見た同じ新聞、同じ見出し、同じ活字。だが、なにかが違う。

武彦は小山田刑事が示した新聞に顔を寄せ、違和感の正体を突き止めようとする。

そして彼は気がついた。社名がないのだ。紙面の右上に堂々と存在を誇示するかのように置かれているはずの『関東スポーツ』の飾り文字がない。それで武彦は理解した。

「これは……一面じゃないな……」

武彦が見ているのは、一面の真逆。すなわちスポーツ新聞の最終面だった。一面を新聞の表紙とするなら、いま彼が見ているのは新聞の裏表紙だ。だが、いったいなぜ？

「なぜ、サッカー日本代表の記事が最終面に？　これは一面トップの記事だったはず……」

訳が判らずうろたえる武彦の耳に、小山田刑事の落ち着いた声が響く。

「実は、あの代表戦のおこなわれた夜に、スポーツ関連のビッグニュースが、もうひとつあったんですよ。おかげで日本代表の試合が、最終面に追いやられてしまったんですね」

「そ、そんな馬鹿な。日本代表の試合は、常にスポーツ紙の一面だろ。だいいち、あの夜に代表戦を上回るほどのスポーツイベントは、なかったはず――はッ」

瞬間、武彦は悪い予感に震えた。まさか、そんなはずはない。彼は慌てて両手を伸ばし、小山田刑事の持つ新聞を奪い取った。恐る恐るそれを裏返し、彼はあらためて関東スポーツの一面を見る。そこには驚くほど巨大な漆黒《しっこく》の活字が、武彦をあざ笑うかのように躍っていた。

［元プロ野球選手、村瀬修一氏、惨殺！］

8

小山田聡介が見詰める前で、菅原武彦はいっこうに腕の震えが止まらないようだった。

「ば、馬鹿な……なにかの間違いだ……村瀬だぞ、村瀬修一だぞ……球界の渡り鳥、永遠の一軍半と呼ばれた……あの一流になれなかった男の死亡記事が一面トップだと！」

驚きと屈辱の表情を浮かべながら、菅原武彦は手にした新聞を地面に叩きつけた。

聡介は冷静にそれを拾い上げると、菅原に注意を与えた。「あまり乱暴に扱わないでもらえますか。この新聞、都心の図書館からお借りしてきたものなんだから」

「……と、図書館だと？」

「ええ。実は、僕のとある親しい友人が都心に住んでいましてね。昨日、その友人と都心の図書館にいってきたんですよ。数日前の関東スポーツを捜すためです。その新聞に、友人がどうしても読みたいと願う囲み記事があるというんでね。ところが、新聞は見つかったけれど、そこに載っているはずの囲み記事が載っていない。変だな、と思ってよくよく見てみたら、どうやらその日の関東スポーツは記事が大幅に差し替えられていたんですね。そのせいで小さな囲み記事は、どこかに吹っ飛んでしまったようです。でも、おかげでようやく僕は気づくことができました、あなたが嘘を吐いているということに」

「…………」菅原は無言のまま、微動だにしない。

「ご存知でしょうけれど、スポーツ新聞はプロ野球のナイトゲームが終わるころにいったん締め切りがあって、最初の紙面が出来上がり、すぐさま印刷される。これが、いわゆる朝刊早版となって都心では早朝の四時ごろから売り場に出回る。と同時に印刷所から遠い地方にも、この早版が運ばれていきます。輸送に時間が掛かりますからね。しかし、新聞社には夜の間にも刻々とニュースが届けられる。その度に新聞の紙面は、少しずつ書き直されていき、版を重ねていく。新聞の欄外に《第何版》と記載があるのはそのことを示しています。そして朝刊の最終版の締め切り時刻は、普通の朝刊紙なら、だいたい深夜一時ごろ。関東スポーツの場合はそれより少し遅くて深夜一時半ごろだそうです」

「深夜一時半」と椿木警部が繰り返す。「わたしたちが村瀬修一殺害事件の捜査に当たったのは、深夜の零時半ごろだったわ。あのとき、野次馬たちの中に新聞記者が紛れ込んでいたとして、その記者が記事を纏《まと》め最終版に速報を載せるには、もうギリギリのタイミングだったわけね」

「ええ。実際、翌日のほとんどの新聞に、村瀬修一事件の第一報は載っていません。朝刊の最終版に間に合ったのは、関東スポーツただ一紙だけでした。つまり、これは関東スポーツのスクープ記事です。だから、関東スポーツのデスクも、敢えてサッカー日本代表の記事を最終面に移動させてまで、村瀬修一殺害の記事を一面に持ってきたんでしょう。――ところで、警部」

聡介はあらためて上司に尋ねた。「僕と警部が事件の翌日、菅原邸を訪れたとき、彼は関東スポーツを手にしていましたね。あの新聞の一面がなんだったか、覚えていますか？」

「ええ、覚えているわ。一面の見出しはサッカーよ。村瀬修一の事件ではなかった」

「菅原さん」と聡介は再び容疑者に向き直る。「あなたは事件の翌朝の午前九時過ぎに、四ツ谷駅のキオスクであの新聞を買ったと、そう証言しましたね。でも、それは無理なんですよ。だって午前九時といえば、もう朝刊を買うにはかなり遅い時刻だ。その時間帯なら、都心の売り場には朝刊の最終版の売れ残りが並んでいたはず。――つまり、この新聞です」

聡介は漆黒の見出しが躍る関東スポーツを掲げた。

「だが、あなたは一面にサッカーの青い見出しが載った関東スポーツを手にして、自宅に戻ってきた。あの新聞は四ツ谷駅のキオスクで買ったものではない」

「いや、だから、あの新聞は……」

「さらに」と聡介は畳み掛けた。「あなたは僕らと会うなり、こんなことをいいましたよね。『事件のことは、ついさっき妻からのメールで知った。だから、事件の詳しいことは、まだよく知らない』と。だが、これもあり得ない。もしあなたが、本当に午前九時に四ツ谷駅のキオスクで関東スポーツを買い求めていたなら、あなたはその場でびっくり仰天していたはずだ。この大きな活字の一面の記事を、あなたが見逃すわけないんですからね」

「…………」菅原は完全に沈黙した。

「どうです、菅原さん？　そろそろ本当のことをいってもらえませんか。あなたは事件の夜に四谷のマンションにはいなかった。翌朝、四ツ谷駅で新聞を買うこともなかった。あなたは、あの夜、都心から遠く離れた八王子にいたんです。そして富士森公園で村瀬修一を殺害し、そのまま翌朝までずっと八王子にいた。関東スポーツを買い求めたのも、八王子のどこかだ。そうじゃありませんか、菅原さん」

「ち、違う。僕が関東スポーツを買ったのは八王子じゃない。僕は四谷にいたんだ。信じてください、警部さん。僕じゃない。僕じゃないんですよ」

菅原武彦は一縷の望みを託すかのように、椿木警部に救いを求めた。「ああ、そ、そうだ！ 思い出しましたよ、警部さん。これは僕のとんだ勘違いでした！」

「勘違い⁉」椿木警部は指先で眼鏡を押し上げて聞き返す。「どういうことですか⁉」

「いやあ、いま思い出しましたよ、警部さん。僕が四ツ谷駅で関東スポーツを買ったのは午前九時じゃない。もっと早い時間帯でした。あれはたぶん午前七時――そう七時です！ だから、一面の記事もサッカーの記事だったんですね。きっと、そうだ。そうに違いない」

「なんですって、午前七時！」警部は驚きの声を発しながら腕組みした。「う〜ん、そうだとすると全然、話は違ってくるわね。確かにその時間帯なら、都心でもまだ最終版になる前の関東スポーツが売られていた可能性がある。菅原さんがそれを買って、八王子の自宅に戻ったとすれば、話の辻褄は確かに合う。容疑者がうっかり時間を間違えて証言するということも、ときどきある話だし――」

「そう、そうなんですよ、警部さん。うっかり九時なんていってしまって、すみません」

「いや、お気になさらないでください、菅原さん。お話はよく判りました」

椿木警部は妖艶《ようえん》な笑みを浮かべて頷くと、今度は聡介に向かい厳しい顔で命令を下した。

「小山田君、聞いてたわね。そういうことだから、いまから四谷に向かってちょうだい。もし菅原さんの証言どおりならば、事件の翌朝の七時ごろに、新聞を買いに出掛ける彼の姿が、マンションの防犯カメラの映像に残っているはずだわ。それを調べてきてほしいの。若杉君を連れて、さっそくいってきてね」

警部の完璧な指図に、聡介はニヤリと笑みを浮かべて、「了解しました、椿木警部！」

だが聡介が踵を返そうとした瞬間、追い詰められた菅原がついに怒りをむき出しにした。

「させるかあ！」菅原は立てかけてあったバットケースに駆け寄ると、目にも留まらぬ速さでケースのファスナーを開ける。彼がくるりと振り向いたとき、その手には彼の商売道具である白木のバットが握られていた。「ええい、おまえら！　よくも俺をおちょくりやがってえ！」

叫ぶ菅原の目が血走っている。彼は本気だ。聡介は腰をかがめて臨戦態勢。一方、椿木警部は慌てて菅原から距離をとる。菅原はバットを大きく振りかぶると、ホームラン狙いの強打者のようなフルスイング。彼のバットは、身を低くした聡介の頭上一センチのところを通過した。空を切るバットの風圧で、聡介の髪の毛が「ふわっ」となり、彼の心臓は「きゅっ」と縮んだ。生きた心地がしないとは、このことだ。

たちまち戦意を喪失する聡介。そこで今度は椿木警部が大きな声を張り上げて、

「およしなさい、菅原さん。あなたは亡くなった妹さんの恨みを晴らすために村瀬修一を殺害したんでしょ。こんなことをしても、天国の妹さんは喜ばないはずだわ」

と、五十メートルぐらい離れた場所から、もっともらしい説得を試みるが、あまりに距離がありすぎて、彼女の言葉は菅原の殺気立った心には少しも響いていないようだった。

警部、離れすぎ！　恨み言を呟く聡介の前で、菅原はバットを大きく振り上げた。

「この、小僧め……全部、おまえのせいだ……喰らえ！」

憎悪に満ちた叫び声とともに、菅原はバットを垂直に振り下ろす。真横に飛び退く聡介。再び空を切ったバットの先端は、アスファルトの地面を激しく叩き、乾いた音を響かせた。

「ちッ！」と菅原の舌打ち。だが次の瞬間、彼の表情に困惑の色が浮かんだ。「……ん⁉」

菅原の動きが止まった。再びバットを振り上げて、次の攻撃に移るのかと思われたが、彼はそれをしない。いや、できないのだ。彼のバットの先端は、まるでアスファルトにくっついてしまったかのように、地面から離れない。菅原の顔に焦りの色が滲む。

「な、なんでだ⁉　こ、これはいったい……」

「？」聡介は逃げることも攻撃することもすっかり忘れて、思わず真顔で彼に質問した。「おい、どうした？　なに遊んでるんだ？」

「わ、判らん……バットがお、重い……急に鉛のように重たくなった……」

地面に張り付いたまま動かない木製バット。それをなんとか持ち上げようとして、菅原は両手に更なる力を込める。見る間に彼の顔面は紅潮し、逞しい両腕に力こぶが現れる。

「くうぅぅぅぅぅ」菅原の口許から苦悶の声が漏れ、彼の両腕にありったけのパワーが注がれる。すると次の瞬間、「わあ！」と急に気が抜けたような彼の叫び声。

鉛のようだったバットは突然、嘘のように軽々と持ち上がり、勢い余ったその先端は、真っ直ぐ菅原の額を直撃した。カアンという軽快な音が周囲にこだまする。自分の持ち上げたバットで自分の頭をクリーンヒットした菅原は、そのままゆっくり後ろに倒れて、その場で気絶した。

「…………」聡介は目の前で起きた奇妙な現象に言葉を失った。

もっとも、誰のせいでこうなったのか、聡介には考えなくても判る。

椿木警部は五十メートルの距離を一気に駆け寄ってくると、「いったい彼、どうしたの？」と、不思議そうな顔で聞いてきた。聡介は肩をすくめながらもっともらしく説明する。

「完全犯罪を暴かれた菅原は、自暴自棄に陥りバットを振り回した。やがて、自らの敗北を悟った彼は、バットで自分の額を打ち据えて自殺を図った。――てな、とこですかね」

でも、本当は魔法のせいでバットが鉛のようになりまして――なんてことは、警部には説明しても無駄だろう。彼女は魔法など一ミリも信じない現実主義者である。

「なにはともあれ、容疑者確保ね」椿木警部は気絶した菅原を眺めて、満足そうに微笑む。

「そうですね」と気のない返事をしながら、聡介は球場の周囲に少女の姿を捜す。明るい時間帯だから、箒に跨《また》がって呑気にふわふわ空を飛んでいるはずはないのだが……いた！

見上げる視線の先に、魔法少女の姿を発見。濃紺のワンピースに身を包むマリィは、魔女の証である三角帽を頭に乗せた正装で、多摩川市民球場の巨大な照明塔の上にいた。目も眩《くら》むような高さにある鉄骨に腰を掛け、子供のように両脚をぶらぶらさせている魔法使い。

危なくないのかよ、と一瞬不安を覚える聡介だったが、彼女の手に握られた魔法の箒を見れば、それも杞憂《きゆう》だと判る。バットを鉛にした張本人は、笑っているように見えた。

聡介は椿木警部に悟られないように、小さく右手を振る。

照明塔に腰掛けたマリィは、手にした箒を大きく左右に振った。

9

こうして菅原武彦は逮捕され、気絶したまま病院送りとなった。

後で意識を取り戻した菅原は、医者や警察になにをどう話すのだろうか。それは非常に気がかりだが、いまはそれを心配してもはじまらない。とにかく、ひとつの仕事を成し遂げた小山田聡介は、意気揚々と八王子署の刑事部屋を出ると、愛車に乗り込み家路へつく。

カーラジオは多摩川市民球場のナイトゲームの模様を伝えている。七回を終わって3対3の同点。勝負どころで《代打・菅原》のコールがないことを、球場のファンはどれほど残念に思うだろうか。

「でもまあ、仕方がないか。殺人犯が打席に立つよりはマシだ」

そう呟く聡介は、車の窓から片肘を突き出した恰好で片手ハンドル。車はゆっくりとした速度で、人けのない浅川沿いの道を走行中である。するといきなり――

「やれやれ、やっと夜になったから、歩かないで済むわ。――やあ、昼間はお疲れ！」

窓の外に、明るい笑顔で片手を上げるマリィの姿。車とピッタリ併走する彼女は、もちろん箒に乗って低空飛行の真っ最中だ。聡介は慌てて車を端に寄せると、急ブレーキを踏んだ。

道端に止めた車の窓から顔を突き出し、聡介は呆れた声で少女に尋ねる。

「おまえなあ、いくら夜だからって油断しすぎだろ。そんなに堂々と空飛んでいいのかよ」

空中に止めた箒の上に横座りしたまま、マリィは彼の質問に平然と答えた。

「大丈夫よ。超低空飛行だから、空軍のレーダーには引っ掛からないわ」

「…………」

誰もレーダーの話なんかしてないし、空軍はおまえなんか捜してない。ていうか、空軍ってどこの!?　聡介は溜め息を吐きながらラジオを消し、扉を開けて車の外に出た。

「まあ、いいや。ちょうどマリィに話したいことがあったんだ」

「あら、珍しいのね。どんな話？」

「二つある。まずひとつ目。今回の事件のこと、ありがとな。今回ばかりはマリィの魔法がなければ、事件は解決しなかったかもしれない。その点は感謝する」

「え⁉」浮かんだ箒の上で少女は照れくさそうに微笑む。「あたしの魔法、役に立ったの⁉」

「ああ、大いにな。考えてみりゃ、おまえの魔法が本当の意味で事件解決に役立ったのは、今回が初めてかもしれない」

「どれ、どれ⁉　どの魔法が役に立った⁉」少女は可愛らしく顎に指先を当て、あれこれ考える素振り。「ボールにキスした魔法のこと⁉　それともバットが鉛になるやつかしら」

「いや、違う。いちばん最初のやつだ。神宮球場のアレだよ。菅原の打ったファウルフライを魔法でホームランにしただろ。あの魔法が効いた」

「えー、あれがぁ？」マリィは不満そうに口を尖らせる。「どう効いたっていうのよ？」

「判らないか？　そもそも、なぜ菅原は殺人の翌朝に、わざわざ人ごみの中に出ていって、スポーツ新聞なんか買ったと思う？　自分の犯した殺人事件の記事が読みたかったわけじゃない。彼は事件の記事が翌朝の新聞に載るなんて思っていなかったんだからな。もちろん、サッカーの記事が読みたいわけでもない。そう、彼は自分の打ったホームランの記事を読みたかったんだよ。だからあの朝、彼は敢えて関東スポーツを買ったんだ」

「そっか。あの人、関東スポーツの取材を受けていたみたいだしね」

「そうだ。結局、それが菅原の命取りになった。逆に考えると、どうなる？　もし神宮球場で彼が打った、あの打球がただのファウルだったら、彼は翌朝、関東スポーツなんか買わなかったはずだ。その場合、彼の贋アリバイは崩れなかった。彼の完全犯罪は成就していた。その可能性が高い」

「なるほどねー。うっかりホームランなんか打つもんじゃないわねー」

「他人事みたいにいうな。おまえが打たせたんだぞ。おかげで、こっちは助かったけど」

聡介は車に身体を預けながら、小さく息を吐く。「ところで、話の二つ目だ。マリィ、おまえ、今夜もまた白金台に住む身寄りのない《親戚》の家に泊まる気か」

「そのつもりだけど、なにか問題でも？」

「大ありだ。金持ちの家に赤の他人が勝手に入り込む。警察としては見過ごせないな」

「へえ、《住居不法侵入罪》だっていうの？」

「いや、《住居魔法侵入罪》の恐れがある！」

マリィの容疑を叫ぶや否や、聡介は背広の内ポケットに右手を突っ込み、一枚の紙片を取り出す。そして、目の前で冗談みたいにふわふわ浮かぶ魔法少女に、それを突き出した。

「なによこれ、逮捕状!?」マリィは紙に書かれた文字をじっと見詰めた。「いや、逮捕状じゃないか。なになに、『住み込み家政婦、募集中。委細面談。個室アリ』――ふーん」

マリィは高い鼻をツンと上に向けながら、聡介の顔を横目でチラリと覗き見た。

「あたし、この募集チラシ、前に一度見たことあるわ。大喜びで応募したら、なぜか知らないけれど、怖いお兄さんに追い回されたの。あのときは酷い目に遭っちゃった」

「へえ、そんなこともあったっけかなあ」聡介はすっとぼけるように宙を眺める。聡介がマリィを魔法使いだと知らずに追い回したのは、この春のことだ。「まあ、それはそれとしてだ。おまえ、家政婦の仕事、探してるんだろ。だったら、あらためてどうだ？」

「どうだって？」マリィの顔に小悪魔っぽい笑みが浮かぶ。「それ、どういう意味？」

「だ、だから、その」聡介は慌てて彼女の顔から視線を逸らし、遠くに輝く街の明かりを見やった。「よ、よかったら、うちにこないか？」

「………」

「う、うちは古くて汚くて、だけど広さと部屋数だけは相当あって、近所のガキからは《幽霊屋敷》って呼ばれているけど、親父がひとりいるだけでべつに幽霊はいないし、親父が幽霊になるまでにはもうしばらく時間が掛かると思うし、そもそもおまえだって魔女なんだから、幽霊とかに文句はいえないわけで、たぶん住み心地に問題はないと……」

「――聡介」

マリィの声がなぜか彼の背中のほうから聞こえてきた。「ねえ、誰に喋ってるの？」

気がつくとマリィはすでに車の中。愛用の箒を大事に抱えたまま、助手席に腰を下ろして、聡介の長い独白が終わるのを待っていた。「――帰るんでしょ、その幽霊屋敷に」

「え!?　あ、ああ、もちろん」

聡介はホッと表情を緩めて運転席に乗り込む。「待ってろ。すぐ着く。五分で着くから」

「へえ、ここからそんなに近いんだ。――じゃあ、こうするね」

マリィは助手席から手を伸ばし、聡介の握るハンドルを指先で「ちょん！」と突付く。

マリィの三つ編みが青く輝き、それを見た聡介の顔が恐怖に青ざめる。

「お、おい、マリィ、いま、俺の車になにを――うわ！」

聡介の質問が終わらないうちに、車は運転手の存在を無視して勝手に走り出した。

「な、なんだこれ！　おい、マリィ、これって、どういう魔法なんだ！」

運転席でパニックを起こす聡介に、魔法使いは輝くような笑顔を向けていった。

「これ？　これはね、このあたりを一時間ほど、適当にドライブする魔法！」

「なんだよ、それ！　適当にって、大丈夫か、おい！」

聡介の不安をよそに、行き先不明のカローラは夜の八王子を適当に走る。

狭い車内には聡介の悲鳴と、マリィの笑い声が交互に響き渡るのだった――

この物語はフィクションです。
登場する団体、人物などはすべて架空のものです。

初出

魔法使いとさかさまの部屋　「オール讀物」二〇一一年七月号
（「魔法使いは完全犯罪の夢を見るのか？」より改題）
魔法使いと失くしたボタン　「オールスイリ　二〇一二」
魔法使いと二つの署名　「オール讀物」二〇一二年四月号
魔法使いと代打男のアリバイ　「オール讀物」二〇一二年八月号

東川篤哉
一九六八年、広島県尾道市生まれ。
岡山大学法学部卒。
一九九六年、鮎川哲也編『本格推理⑧』に「中途半端な密室」が初掲載。二〇〇二年、『密室の鍵貸します』が光文社カッパ・ノベルスの新人発掘プロジェクト「カッパ・ワン」第一弾に選ばれて長編デビュー。気鋭のユーモアミステリー作家として注目を集める。『謎解きはディナーのあとで』で二〇一一年本屋大賞を受賞。主な作品に『殺意は必ず三度ある』『放課後はミステリーとともに』『はやく名探偵になりたい』などがある。

魔法使《まほうつか》いは完全犯罪《かんぜんはんざい》の夢《ゆめ》を見《み》るか？

二〇一二年九月三十日　第一刷発行

著者　東川《ひがしがわ》篤哉《とくや》
発行者　村上和宏
発行所　株式会社　文藝春秋
〒一〇二―八〇〇八
東京都千代田区紀尾井町三―二三
電話　〇三―三二六五―一二一一
印刷所　凸版印刷
製本所　加藤製本

ISBN 978-4-16-381650-0

夏だ！　海だ！　クワコーだ！

桑潟幸一准教授のスタイリッシュな生活２

黄色い水着の謎

奥泉光

文芸部の海合宿に誘われたクワコー。
だが到着早々、水着が盗まれるという事件が発生する。
大人気ユーモア・ミステリー第二弾！